ANN-KRISTIN GELDER

21 Tage

Buch

Jahrelang wähnte Louisa sich in Sicherheit. Die Erinnerung an das dunkelste Kapitel ihrer Vergangenheit war beinahe verblasst. Doch dann erhält sie eine verstörende Mail. Im Betreff ein Countdown: »Noch 21 Tage«. Der Inhalt, eine Horrorgeschichte. Sie beschreibt Louisas eigenen Tod. Eine dumpfe Beklommenheit ergreift von ihr Besitz. Plötzlich fühlt Louisa sich beobachtet, verfolgt, kämpft gegen ihre wachsende Angst. Und dann lässt eine weitere Mail keinen Zweifel mehr zu: Jemand will mit ihr abrechnen, jemand, der ihr Geheimnis kennt. Der Countdown läuft, und für Louisa gibt es kein Entrinnen …

Autorin

Ann-Kristin Gelder, Jahrgang 1981, ist Deutsch- und Musiklehrerin. Sie lebt mit ihrem Mann, zwei Katern, drei Kindern und zwölf Musikinstrumenten an der Weinstraße. Wenn sie nicht gerade an einem neuen Roman schreibt, geht sie geocachen oder steht mit Band oder Chor auf der Bühne.

Ann-Kristin Gelder
21 Tage

Psychothriller

GOLDMANN

Sollte diese Publikation Links auf Webseiten Dritter enthalten,
so übernehmen wir für deren Inhalte keine Haftung,
da wir uns diese nicht zu eigen machen, sondern lediglich
auf deren Stand zum Zeitpunkt der Erstveröffentlichung verweisen.

Penguin Random House Verlagsgruppe FSC® N001967

1. Auflage
Originalausgabe November 2021
Copyright © 2021 by Ann-Kristin Gelder
Copyright © Deutsche Erstausgabe 2021 by
Wilhelm Goldmann Verlag, München,
in der Penguin Random House Verlagsgruppe GmbH,
Neumarkter Str. 28, 81673 München
Dieses Werk wurde vermittelt durch die Montasser Medienagentur, München
Umschlaggestaltung: UNO Werbeagentur München
Umschlagfoto: © Trevillion Images / Buffy Cooper; FinePic®, München
Redaktion: Susanne Bartel
BH · Herstellung: ik
Satz: GGP Media GmbH, Pößneck
Druck und Bindung: GGP Media GmbH, Pößneck
Printed in Germany
ISBN: 978-3-442-49124-7
www.goldmann-verlag.de

Besuchen Sie den Goldmann Verlag im Netz

EINS

Der Tod fand Louisa im fahlen Schein des aufgehenden Mondes.

Obwohl es bereits stockdunkel draußen ist, geht mir dieser Satz in Endlosschleife durch den Kopf, und ich muss mich mit Gewalt dazu zwingen, mich auf die Straße zu konzentrieren.

Immer wieder werden Regenböen gegen die Windschutzscheibe geweht, und die Welt verschwindet für einige Sekunden hinter einem nassen Schleier. Trotz höchster Intervallstufe kommen die Scheibenwischer nicht gegen die Wassermassen an.

Es war eine dumme Idee, das letzte Design noch fertigzustellen, länger als alle anderen im Büro zu bleiben und meinen Yogakurs sausen zu lassen. Jetzt muss ich durch Regen und Sturm zurückfahren. Ich bin nur wenige Kilometer von meinem Haus entfernt, doch es fühlt sich an, als könnte es nicht weiter weg sein.

Wenn ich heute Morgen etwas früher aufgestanden wäre, hätte ich den Auftrag vor der Telefonkonferenz beenden können, ohne in Zeitnot zu geraten. Alternativ hätte ich abwarten können, bis sich die Wetterlage ein wenig gebessert hat, um mich dann auf den Heimweg zu machen. Verdammte Ungeduld. Schon am helllichten Tag ist die kurvenreiche Strecke durch den Wald anstrengend zu fahren. In einer stürmischen Nacht ist sie grauenvoll. Zu allem Übel ist das angekündigte Gewitter trotz meiner Beschwörungen natürlich nicht in die andere Richtung gezogen. Im Gegenteil. Als würde es mir folgen, ist jeder Donner lauter als der vorige. Blitze zerreißen die Finsternis, tauchen die Umgebung in grelles Licht. Die Schwärze wirkt anschließend nur noch tiefer. Die Baumstämme sind feucht vom Regen und reflektieren das aufzuckende Licht. Die dahinterliegende Dunkelheit scheint voller sich windender Schatten zu sein. Ich kann nicht sagen, wie oft ich schon erschrocken bin, weil ich mir eingebildet habe, eine menschliche Silhouette allein am Straßenrand zu sehen. Meine Augen sind überreizt von dem schnellen Wechsel zwischen Hell und Dunkel.

Wieder wandern meine Gedanken zu der Mail, die ich vor zwei Tagen erhalten habe.

Noch einundzwanzig Tage

Der Tod fand Louisa im fahlen Schein des aufgehenden Mondes.

Sie stand in ihrer Küche, machte Abendessen. Eine willkommene Ablenkung. Eine Ablenkung von der Angst, die in den vergangenen Stunden ihr ständiger Begleiter gewesen ist.

Am Nachmittag hatte sie eine Nachricht erhalten, die ihr das Blut in den Adern gefrieren ließ. Aus der nahe gelegenen Nervenheilanstalt war ein Patient entkommen. Ein Sozio-

path, der es liebte, mit seiner Beute Katz und Maus zu spielen. Ein kaltblütiger Mörder, der seine bisherigen Opfer mit einer Spiegelscherbe markiert hatte, um sie dann in seinen tödlichen Plan zu verwickeln. Die Polizei hatte die Warnung ausgegeben, Fenster und Türen geschlossen zu halten, und Louisa brauchte keine zweite Einladung, um der Aufforderung zu folgen.

Trotzdem wollte das kalte Gefühl in ihrem Innern nicht verschwinden. Sie konzentrierte sich auf das Messer in ihrer Hand, mit dem sie die Zutaten schnitt. Knoblauch. Schafskäse. Tomaten.

Bis ...

Ein Knirschen ließ sie innehalten.

Das Messer zitterte in ihrer Hand.

Wer ist da?

Ein Geräusch aus dem Flur, fast unhörbar. So flüchtig und hohl, dass es auch das Wispern des Windes sein könnte. Doch der Wind weht nicht durch das Haus.

Ist es ... er?

Nein. Lächerlich.

Warum sollte er ausgerechnet sie wählen?

Warum sollte er ausgerechnet in ihr Haus eindringen?

Warum sollte er ausgerechnet ihrem Leben ein Ende setzen wollen?

Warum nicht?

Kein Grund zur Sorge.

Wieder das Geräusch. Deutlich näher.

Allen Grund zur Sorge.

Louisa.

Sie umfasst den Griff ihres Messers fester. Öffnet die Tür. Lauscht in die Stille.

Er kommt.

Ein fremder Geruch in der Luft. Nicht alleine.

Zögerliche Schritte. Banges Warten.

Vor ihr etwas am Boden.

Glänzend und boshaft. Gezackt. Scharfkantig.

Die Scherbe. Die Spiegelscherbe.

Zu spät.

Sie ist sich ihrer eigenen Zerbrechlichkeit nicht bewusst.

Jetzt wird sie ihr vor Augen gehalten.

Ihr Spiegelbild.

Zersplittert wie die Scherbe.

Er ist da.

Diese Worte … Diese seltsame Mischung aus Sätzen und direkten Sinneseindrücken ist mir nicht unbekannt. Sie ist mir schon einmal begegnet. Vor ungefähr fünfzehn Jahren. Und damals ist die Sache alles andere als gut ausgegangen.

Nein. Nicht darüber nachdenken. Nicht jetzt. Ich hatte mich die letzten drei Tage einigermaßen im Griff, also werde ich es auch heute Abend schaffen.

Für einen Moment ziehe ich in Erwägung, an den Straßenrand zu fahren, um dort zumindest den Höhepunkt des Unwetters abzuwarten, doch alles in mir sträubt sich, auch nur eine Minute länger in der Dunkelheit unterwegs zu sein als nötig. Ich kenne die Strecke auswendig. Zwei enge Linkskurven, anschließend knapp drei Kilometer geradeaus. Wieder eine Kurve, dann mein Haus. Eine Viertelstunde. Maximal.

Ich drehe das Radio noch lauter, damit die Musik den grollenden Donner und den prasselnden Regen übertönt. Kein Grund zur Sorge.

Allen Grund zur Sorge.

Es ist bloß ein Gewitter, und laut Faraday ist das Auto währenddessen ein sicherer Ort. Trotzdem wäre ich lieber zu Hause. In meinem weichen Bett mit den kuscheligen Kissen, eine Tasse Salbeitee in der Hand, den ich mir fast jeden Abend zum Einschlafen koche.

Eine Bewegung am Straßenrand holt mich jäh aus meinen Gedanken. Zu abgehackt und ruckartig, um von einem sturmgepeitschten Baum oder Busch zu stammen. Ein Tier?

Instinktiv reiße ich das Steuer zur Seite und trete auf die Bremse. Mein Fiat schlingert, gerät ins Schleudern. Für einige grauenhafte Augenblicke verlieren die Reifen die Bodenhaftung und rutschen über den regenglatten Asphalt. Ich stoße einen erstickten Schrei aus und umklammere das Lenkrad mit beiden Händen. Nur Sekunden später greifen die Reifen wieder, und das Auto kommt mitten auf der Fahrbahn zum Stehen.

Ich drehe den Schlüssel, und Motor und Musik ersterben abrupt. Obwohl die Tropfen nach wie vor auf das Dach trommeln, ist die Stille übermächtig. Als hielte die Zeit den Atem an. Fast bin ich dankbar für den nächsten

Donnerschlag, der mich aus dem seltsamen Schwebezustand reißt.

Ich atme einmal tief durch und zwinge meinen rasenden Puls wieder auf ein normales Tempo. Es ist nichts passiert. Ich habe überreagiert, weil ich wegen der Gewitteratmosphäre angespannt bin. Ich habe mich lediglich erschreckt, weil ...

Ja, weshalb eigentlich?

Ein unangenehmes Kribbeln läuft mir über den Rücken.

In einer solchen Nacht kann einem die Fantasie Streiche spielen. Und trotzdem bin ich sicher, etwas am Straßenrand gesehen zu haben, was dort nicht hingehört. Nicht in einen dichten Wald, mehrere Kilometer von der nächsten Ortschaft entfernt. Eher schon in ein Horrorkabinett oder eine Geisterbahn.

Eine dunkel gekleidete Gestalt. Eine Gestalt mit einer schwarzen Skimaske, die das Licht der Scheinwerfer aufzusaugen schien.

Ist es ... er?
Nein. Lächerlich.

Ich streiche mir eine Haarsträhne aus der Stirn, beiße mir auf die Unterlippe und starte den Motor. Die plötzlich wieder einsetzende dröhnende Musik lässt mich zusammenzucken, und ich verfluche meine eigene Schreckhaftigkeit.

Ich drehe mich halb um und setze einen knappen Meter zurück, um das Auto wieder gerade auf die Straße zu bringen.

Zusammenreißen.

Kurze Zeit später bin ich erneut auf Kurs, allerdings nach wie vor über die Maßen angespannt. Immerhin hat sich mein Herzschlag beruhigt. Leider nur so lange, bis ich in der Dunkelheit vor mir etwas auf der Straße liegen sehe. Verdammt. Das darf doch nicht wahr sein. Die eingebildete Gestalt hat mir schon gereicht. Was ist nun los?

Vor ihr etwas am Boden.

Abermals verringere ich mein Tempo und bin dankbar dafür, dass dieses Mal keine Vollbremsung nötig ist, weil ich ohnehin nur in mäßiger Geschwindigkeit unterwegs war. Etwa zwei Meter vor dem Hindernis halte ich an und schalte das Radio aus. Die Scheinwerfer meines Wagens zerschneiden scharf die Dunkelheit, die abseits des Lichtkegels jetzt dicht und bedrohlich wirkt. Die Blitze und die darauffolgenden Donnerschläge sind seltener geworden.

Ich strecke mich ein wenig und spähe mit zusammengekniffenen Augen nach draußen in die Dunkelheit. Als ich erkenne, was meine Weiterfahrt verhindert, bin ich erleichtert und frustriert zugleich. Ein großer Ast liegt auf der Straße. Kein Wunder bei dem Sturm. Nicht wirklich gefährlich, aber nach dem ersten Schreck würde jetzt wohl schon ein Kaninchen ausreichen, um mich in Panik zu versetzen.

Ich lasse das Auto ein Stückchen nach vorne rollen, sodass die Scheinwerfer den Ast vollständig erfassen. Er glänzt vor Nässe und ist an seiner breitesten Stelle bestimmt armdick. Und natürlich liegt er so auf der Straße, dass nicht einmal mein kleiner Fiat daran vorbeipasst. Ich habe heute echt kein Glück.

Was nun?

Das Klügste wäre, umzudrehen und zu Josy zu fahren. Ungeachtet der Uhrzeit würde sie mir einen Kaffee kochen und mich in eine dicke Decke gewickelt vor den Kamin setzen. Andererseits ist es nicht mehr weit nach Hause. Selbst im Schneckentempo dürfte ich nur wenige Minuten brauchen – sofern ich diesen Ast irgendwie beiseiteschaffen kann.

Ich durchwühle meine Handtasche nach meinem Handy und atme auf, als ich sehe, dass ich trotz des Unwetters und des Walds um mich herum guten Empfang habe.

Spontan rufe ich Josy über die Kurzwahltaste an.

»Hey, Süße«, meldet sie sich nach dem zweiten Klingeln. »Bist du zu Hause? Ich habe es vorhin schon mal bei dir versucht.«

»Noch nicht ganz«, erwidere ich. »Ein dämlicher Ast blockiert die Straße.«

»Du bist noch unterwegs?«, fragt Josy.

»Ich habe länger gearbeitet«, erkläre ich kleinlaut.

»Himmel, Lou.« Josys Stimme klingt gereizt. »Es gab eine Unwetterwarnung, hast du nichts davon mitbekommen?«

»Ich dachte, so schlimm würde es schon nicht werden«, verteidige ich mich. »Und es wäre auch kein Problem, wenn nicht der Ast auf der Fahrbahn läge.«

»Ausgerechnet heute musstest du Überstunden machen«, murmelt sie. »Während sich alle anderen beeilen, um rechtzeitig zu Hause zu sein, bevor es richtig losgeht. Und jetzt?«

»Werde ich versuchen, das Mistding an den Straßenrand zu ziehen. Sieht nicht allzu schwer aus«, entgegne ich, ernte von Josy aber bloß ein skeptisches Brummen.

»Fahr besser zurück in die Stadt«, sagt sie. »Du kannst bei uns übernachten. Ich koche dir einen Kaffee und lege ein paar Holzscheite in den Kamin.«

Unwillkürlich muss ich lächeln, beschließe aber, lieber aktiv zu werden. In der Zeit, die ich schon mit Josy telefoniere, hätte ich den Ast dreimal aus dem Weg räumen können. Kurz bilde ich mir wieder ein, eine Gestalt im Schatten der Bäume zu sehen. Aber niemand wusste, dass ich ausgerechnet heute Überstunden machen würde. Es ist denkbar unwahrscheinlich, dass mir hier im Wald jemand auflauert.

Warum sollte er ausgerechnet sie wählen?

»Ich steige jetzt aus«, verkünde ich, schnalle mich ab und öffne die Autotür. Sofort weht mir eine Sturmbö Regen ins Gesicht, sodass ich mir meine Kapuze über den Kopf ziehe, um das Handy vor der Feuchtigkeit zu schützen. Es im Auto zu lassen kommt nicht infrage. Josys Stimme beruhigt mich. Langsam gehe ich im Licht der Scheinwerfer auf das Hindernis zu. Meine Gestalt wirft einen langen Schatten auf den glänzenden Asphalt.

»Du bist echt mutig«, sagt Josy mit einer Ruhe, die im krassen Kontrast zu den tobenden Naturgewalten um mich herum steht.

»Bin gleich da«, sage ich, ohne auf das Kompliment oder die Kritik – ganz sicher bin ich mir nicht, was es war – einzugehen.

Ich schaue mich einmal um. Vollkommen sinnlos, da ich ohnehin nur Dunkelheit sehen kann. Dann trete ich testweise gegen den Ast. Da er sich überraschend leicht bewegen lässt, klemme ich mir das Handy zwischen Schulter und Ohr und zerre ihn unter vollem Körpereinsatz zur Seite. Kurze Zeit später ist die Straße wieder frei. Ich richte mich auf und blinzle in das grelle Licht der Scheinwerfer.

»Alles okay?«, will Josy wissen.

»Ja«, erwidere ich knapp, während ich zum Auto zurückgehe. »Ich denke, du kannst auflegen.«

»Schick mir eine Nachricht, wenn du daheim bist«, sagt Josy, was ich natürlich verspreche.

Wir verabschieden uns, und ich öffne die Fahrertür.

Als ich wieder im warmen und trockenen Auto sitze, lasse ich mich in das weiche Polster sinken und blicke auf die nun freie Straße. Obwohl ich mich nur kurz von meinem Wagen entfernt habe, steigt ein komisches Gefühl in mir auf. Hektisch schalte ich die Innenbeleuchtung an und prüfe die Rückbank. Sie ist leer. Natürlich.

Dann wird mir klar, wie gut ich von außen sichtbar bin, und ich mache das Licht wieder aus. Diese ganze Situation macht mich regelrecht paranoid, ich bin froh, wenn ich endlich zu Hause bin. Obgleich es keine Anhaltspunkte dafür gibt, werde ich den Eindruck nicht los, dass ich in dieser Gewitternacht nicht alleine bin.

Ich schnalle mich an, drehe den Zündschlüssel und aktiviere die Innenverriegelung. Das gleichmäßige Brummen des Motors beruhigt meine überreizten Nerven.

Noch wenige Kilometer und ich bin zu Hause. Der Regen hat mittlerweile nachgelassen, sodass ich die Geschwindigkeit der Scheibenwischer herunterregeln kann. Flüchtig bilde ich mir ein, einen unbekannten Geruch im Auto wahrzunehmen. Würzig und irgendwie herb, mit einem Hauch von Tabak. Sicher nur der durch den Regen verstärkte, typische Waldduft. Kein Grund zur Beunruhigung.

Ein fremder Geruch in der Luft. Nicht alleine.

Und doch verspüre ich den geradezu zwanghaften Wunsch, mich zu vergewissern, dass alles in Ordnung ist, dass ich nach wie vor alleine im Wagen bin. Ohne den Blick von der Straße zu nehmen, fasse ich nach hinten und berühre mit den Fingerspitzen etwas Weiches.

Haare.

Mein Herz bleibt für einen Moment stehen, und ich rechne fest damit, dass sich gleich kalte Finger um mein Handgelenk schließen. Bis ich mich an den flauschigen Badvorleger erinnere, den ich gestern Nachmittag gekauft habe und der zusammengerollt hinter meinem Sitz liegt.

Erschöpft stoße ich die angehaltene Luft aus. Wenn ich nicht bald daheim bin, erleide ich noch einen Nervenzusammenbruch.

Mit einem Seufzen schalte ich die Musik an, dieses Mal deutlich leiser als zuvor, aber laut genug, um mitsingen zu können. Ich sollte dringend aufhören, mich selbst so verrückt zu machen.

Drei Songs später lichtet sich endlich der Wald. Mir wird fast schwindlig vor Erleichterung, erst jetzt realisiere ich, wie angespannt ich war. Beim nächsten nächtlichen Gewitter werde ich mich bei Josy und ihrem Mann einquartieren oder notfalls im Büro übernachten. Beides dürfte weniger nervenaufreibend sein als der überstandene Horrortrip.

Aufatmend biege ich in meine Einfahrt ein. Heute wäre es wirklich schön, nicht alleine zu wohnen und einen Mann oder zumindest Freund zu haben, mit dem ich über meine Schreckhaftigkeit lachen könnte.

Mit einem Anflug von Niedergeschlagenheit parke ich meinen Fiat in der Garage und öffne die hintere Tür, um den Badvorleger herauszuholen, der vorhin für einen Schockmoment gesorgt hat. Als ich mich wieder aufrichte, bemerke ich einen Lichtreflex im Augenwinkel.

Glänzend und boshaft. Gezackt. Scharfkantig.

Ich stelle die Tüte zur Seite und beuge mich nach vorne. Eisige Kälte breitet sich in mir aus, die nichts mit dem kühlen Herbstwetter zu tun hat.

Auf der Rückbank hinter dem Fahrersitz liegt eine Spiegelscherbe. Klein genug, um sie bei einem schnellen Blick im schummrigen Licht der Innenbeleuchtung zu übersehen, aber definitiv nicht so winzig, dass sie mir gestern beim Verstauen der Tüte nicht aufgefallen wäre. Ich bin mir ganz sicher, dass sie noch nicht im Auto lag, als ich vorhin vom Büro losgefahren bin. Als ich realisiere, was das zu bedeuten hat, wird mir übel.

Jemand war in meinem Wagen.

Ich kämpfe gegen die Panik an, schließe die Augen und konzentriere mich auf meine Atemzüge. Die schwarze Gestalt am Waldrand. Der Ast auf der Straße. Hat tatsächlich jemand die Gelegenheit genutzt, um mir einen Streich zu spielen?

Ich weiche einige Schritte zurück und greife nach der Handschaufel aus Metall, die ich mit anderen Gartenwerkzeugen in der Garage aufbewahre. Sofort fühle ich mich besser. Jederzeit bereit zuzuschlagen, prüfe ich sorgfältig den Innenraum des Autos. Doch ich finde nichts – bis auf die Spiegelscherbe, die im trüben Licht der Garagenlampe funkelt, als wollte sie mich verhöhnen.

Kurz entschlossen nehme ich einen alten Lappen vom Regal, wickle das scharfe Glasstück darin ein und stecke es in meine Handtasche.

Die Tüte mit meinem Einkauf in der einen, die erhobene Schaufel in der anderen Hand verlasse ich schließlich die Garage. Die wenigen Meter durch den Vorgarten ziehen sich ewig hin. Jede Sekunde erwarte ich, dass sich ein Angreifer auf mich stürzt. Nichts passiert.

Im Haus schließe ich zweimal die Tür von innen ab und gestatte mir einen Moment der Erleichterung. Ich bin daheim. In Sicherheit.

Nachdem ich einen Kontrollgang durch alle Zimmer inklusive der drei Kellerräume gemacht und sowohl im

Erd- als auch im Obergeschoss sämtliche Lichter angeschaltet habe, fühle ich mich zumindest nicht mehr unmittelbar bedroht. Ob ich die Scherbe vorhin beim Losfahren doch übersehen habe? Aber wie ist sie auf dem Sitz gelandet? Wer hat sie dort hingelegt? Bei der Erinnerung daran, dass ich früher mit Freunden ähnlichen Blödsinn gemacht habe, regt sich mein schlechtes Gewissen.

Ich schicke die versprochene kurze Nachricht an Josy, versorge meinen Kater Mozart mit Futter und stelle mich anschließend unter die Dusche. Obwohl ich mindestens eine Viertelstunde lang heißes Wasser auf mich niederprasseln lasse, kann es die unterschwellige Kälte nicht vertreiben, und auch später im Bett ist das Unbehagen nicht verschwunden. Es hat sich in mir eingenistet wie ein ungebetener Besucher, der mich von einer Zimmerecke aus beobachtet und einfach nicht verschwinden will. Auf den ersten Blick nicht zu sehen, aber dennoch da.

Ich lege die Gartenschaufel neben mein Kopfkissen, um mich der Illusion von Schutz hinzugeben, und versuche, an etwas Schönes zu denken. Leider erfolglos, die Beklommenheit hat mich weiterhin in ihren Klauen.

Sie ist sich ihrer eigenen Zerbrechlichkeit nicht bewusst.
Jetzt wird sie ihr vor Augen gehalten.
Ich wurde ausgewählt.

ZWEI

Noch achtzehn Tage.

Mit einem unguten Gefühl blicke ich auf den Betreff der Mail, die laut Anzeige um 6:55 Uhr eingegangen ist. Nachdem die vergangene Nacht voll von Albträumen von glitzernden Spiegelscherben und boshaften schwarzen Gestalten war, dauert es einige Sekunden, bis mein Gehirn das Wesentliche realisiert. Bei der Mail handelt es sich um eine weitere Gruselgeschichte mit einer zufällig generierten Adresse aus Ziffern und Buchstaben als Absender.

Eigentlich hätte sie im Spam landen müssen, die Betreffzeile liest sich wie das einmalige Angebot einer Wunderdiät, die innerhalb von wenigen Tagen zur Traumfigur verhilft. Leider weiß ich sehr genau, dass der Inhalt sich nicht mehr von einer solchen Werbung unterscheiden könnte.

Kurz ziehe ich in Erwägung, die Nachricht mit einem Rechtsklick in den Papierkorb meines privaten Mail-Accounts zu befördern, doch irgendetwas hält mich davon ab. Vermutlich das Wissen, dass mir der Mist selbst dann keine Ruhe lassen würde.

Der Tod fand Louisa an einem kühlen und regnerischen Abend.

Ich greife nach meiner Kaffeetasse und zwinge mich zum Weiterlesen. Obwohl ich bereits ahne, was kommt, will ich Sicherheit haben.

Ich beuge mich ein wenig nach vorne.

Die Sonne war längst hinter dem Horizont verschwunden, und die Fichten im Garten neigten sich im auffrischenden Wind.

Eine ausgelassene Filmnacht mit ihren Freundinnen war geplant, doch was letztendlich daraus wurde, hatte nichts mehr mit dem ursprünglichen Plan gemein.

Eine Liebeskomödie. Unmengen an Essen und Getränken. Angeregte Gespräche. Gelächter.

Der Film war nicht besonders gut, die Stimmung umso besser.

Bis ...

Ein unbekanntes Geräusch sorgte für jähe Stille. Der Film wurde angehalten, man sah sich um.

Nichts Besorgniserregendes. Nichts Bedenkliches.

Nichts Greifbares, aber trotzdem da. Ein Knistern? Ein Scharren?

Halbherzig wurde der Film weitergeschaut, bis ein schrilles Klingeln den Abend durchschnitt.

Ein kurzer Schreckmoment, dann Erleichterung. Das Telefon. Nur das Telefon.

Unbekannte Nummer.

Sie nahm das Gespräch an. Ein Fehler.

Der Anrufer hatte keine guten Absichten. Keine guten Absichten.

Louisa. Komm nach draußen. Komm zu mir.
Sie legte auf, lachte. Ein Telefonstreich.
Ihr Lachen klang hohl.
Die Aufmerksamkeit der anderen war wieder auf den Fernseher gerichtet, bis das trockene Schaben erneut ertönte.
Unruhe. Beklommenheit, die zu Angst wurde.
Drei junge Frauen alleine im Haus. Die nächsten Nachbarn weit entfernt. Ein großer Garten, um den sie viele beneideten. Jetzt Grund zur Unsicherheit.
Der Fernseher schwieg.
Wieder das Kratzen. Eindeutig von der Terrassentür. Fingernägel, die über Glas fuhren? War das der Anrufer? War er hier?
Eine Stimme von draußen. So flüchtig und hohl, dass es auch das Wispern des Windes sein könnte. Doch der Wind spricht nicht.
Louisa.
Ungläubige Blicke. Der Pulsschlag dröhnt in ihren Ohren. Sie sind nicht allein in dieser Nacht.
Ein Aufwallen von Mut. Tollkühnheit?
Sie steht auf, läuft zu der Tür. Die Freundinnen bleiben zurück.
»Geh nicht.«
Louisa will nicht hören. Sie durchbricht die letzte Barriere, die sie von der Dunkelheit trennt.
»Wer ist da?«
Atemgeräusche in der Nacht. Das Rascheln von trockenem Herbstlaub. Ein Aufblitzen in der Schwärze.

Er kommt.
Sie schreit auf, dreht sich um, will flüchten. Sie ist nicht schnell genug.
Zu spät.
Er ist da.

Ich starre auf den Bildschirm, und die Worte verschwimmen für einen Moment vor meinen Augen. Viel zu heftig stelle ich den Kaffeebecher ab, sodass die Keramik mit einem lauten Knall auf der Tischplatte landet.

Fiona, die mir gegenübersitzt, blickt von ihrem Monitor auf.

»Alles klar, Lou?«, vergewissert sie sich.

»Natürlich.« Ich grinse verlegen. »Ich habe mich nur in der Entfernung verschätzt. Lag bestimmt daran, dass ich gerade eine Nachricht von meinem Horrorkunden bekommen habe, der mit dem neuen Entwurf schon wieder nicht zufrieden ist.«

Ich weiß selbst nicht, weshalb ich zu dieser Schwindelei greife. Vermutlich, weil die Wahrheit, dass mich eine klischeehafte Gruselgeschichte aus dem Konzept gebracht hat, zu peinlich wäre und zu viele Fragen aufwerfen würde.

Meine Arbeitskollegin mustert mich nachdenklich. »Du bist blass«, stellt sie fest.

»Schlecht geschlafen«, sage ich betont gelassen, und das ist immerhin keine Lüge. Dank des gestrigen Vorfalls und der Albträume bin ich in der Nacht mehrfach schweißgebadet hochgeschreckt.

»Und du bist dir wirklich sicher, dass sonst nichts ist?«, lässt Fiona nicht locker.

»Absolut«, erwidere ich mit all meiner Überzeugung, nehme als Beweis einen weiteren Schluck Kaffee und achte diesmal darauf, die Tasse betont leise abzusetzen.

Fiona zuckt mit den Schultern, bevor sie den Blick wieder auf ihren Bildschirm richtet. Auch ich gebe vor, mich an die Arbeit zu machen, doch in Wirklichkeit gehen mir die beiden ersten Sätze der zwei Mails, die ich bisher erhalten habe, nicht aus dem Kopf. An konzentrierte Arbeit ist unter diesen Umständen kaum zu denken.

Der Tod fand Louisa im fahlen Schein des aufgehenden Mondes.

Der Tod fand Louisa an einem kühlen und regnerischen Abend.

Diese verfluchten Mails haben schon jetzt viel zu viel Aufmerksamkeit bekommen.

In den folgenden Stunden arbeite ich weitgehend störungsfrei und überstehe außerdem die anberaumte Telefonkonferenz, in der ich das Farbkonzept eines neuen Logos mit einem sehr speziellen Kunden bespreche.

Gegen Mittag schaut Carsten, der Geschäftsführer und gleichzeitig mein direkter Vorgesetzter, vorbei und kündigt an, für die ganze Firma beim Chinesen zu bestellen. Als er sich mir zuwendet, breitet sich Wärme in mir aus, und ich hoffe, dass mein Make-up ausreichend deckt, um meine mit Sicherheit geröteten Wangen zu verbergen.

»Für dich das Übliche, Lou?«, fragt er mit seiner angenehmen Stimme, die immer ein wenig rau klingt. »Gebratene Nudeln mit Hühnchen?«

Ich nicke wortlos und täusche Gelassenheit vor, obwohl mir allzu bewusst ist, dass Carsten nur wenige Zentimeter hinter mir steht und mir vermutlich über die Schulter schaut.

»Sieht gut aus«, lobt er und geht etwas zur Seite. Als er sich auf meine Schreibtischplatte stützt, fällt mein Blick auf den schmalen goldenen Ehering an seiner linken Hand. »Eventuell könnten Sie über einen etwas weniger grellen Rosaton nachdenken, vielleicht kombiniert mit Grau?«, fügt er hinzu, was mir ein ersticktes Lachen entlockt.

»Das war mein Vorschlag«, erwidere ich, »aber der Kunde hat sich dagegen entschieden. ›Die Farben sollen knallen!‹, waren seine Worte.«

»Hätte ich mir denken können«, sagt Carsten mit seinem typischen schiefen Lächeln.

Bevor ich mich für das versteckte Kompliment bedanken kann, richtet er sich auf und verlässt unser Büro, um die Essensbestellung der Entwicklungsabteilung im Nebenraum aufzunehmen. Dabei ruhen meine Augen auf seiner durchaus ansprechenden Rückansicht.

»Chef«, erinnert mich Fiona grinsend. »Glücklich verheiratet.«

»Ist mir durchaus klar«, schnappe ich zurück und widme mich erneut der Farbgestaltung des Logos.

Bis zu meinem Feierabend gelingt es mir, weder über die beunruhigenden Mails noch über die Spiegelscherbe in meinem Auto nachzudenken, doch schon als ich am späten Nachmittag vor meinem Fiat stehe, überfällt mich wieder Beklommenheit.

Bevor ich in den Wagen steige, prüfe ich sorgfältig sowohl Rückbank als auch Fuß- und Kofferraum. Erwartungsgemäß finde ich nichts, bin aber weiterhin angespannt. Bisher habe ich mich in meinem Wagen immer sicher gefühlt. Bloß ein Klick und die Zentralverriegelung ist aktiv. Seit mir klar geworden ist, dass sich ein Unbekannter Zugang verschafft haben muss und somit höchstwahrscheinlich im Besitz einer Kopie meines Schlüssels ist, sieht die Sache anders aus. Hoffentlich legt sich dieses unterschwellige Gefühl der Bedrohung in Kürze, und das Ganze stellt sich als dummer Scherz heraus. Vermutlich ist in erster Linie gar nicht der nächtliche Vorfall der Grund meiner Angst, sondern die Erinnerungen, die durch die Scherbe in Kombination mit den Mails geweckt wurden. Die Erinnerungen und das schlechte Gewissen.

Glücklicherweise sind es von meiner Firma bis zu dem Café in der Innenstadt, in dem ich mit Josy verabredet bin, nur wenige Minuten Fahrt. Hoffentlich wird ein Gespräch mit meiner besten Freundin alles ins rechte Licht rücken.

»Ich kann verstehen, dass du Panik hattest«, sagt Josy kurz darauf, nachdem ich ihr geschildert habe, was nach unserem Telefonat geschehen ist. »Du hättest dich noch mal melden können.«

»Ich wollte keinen Stress machen«, winke ich ab. »Und eigentlich ist ja auch nichts passiert, abgesehen davon, dass ich fast durchgedreht wäre. Allerdings habe ich heute Morgen —«

Ich verstumme, weil in diesem Moment der Kellner die von uns georderten Latte macchiato bringt.

»Allerdings hattest du heute Morgen ein Gespräch mit deinem heißen Chef?«, bietet Josy an, nachdem sie genießerisch einen Schluck getrunken hat.

»Das auch. Lässt sich im Büro nicht vermeiden«, antworte ich grinsend. »Aber eigentlich wollte ich dir von einer weiteren Mail erzählen, die ich bekommen habe.«

»Eine weitere Mail?« Josy zieht verständnislos eine Braue hoch. »Was meinst du?«

»Am Montag kam die erste. Anonym. Der Betreff war *Noch einundzwanzig Tage*«, sage ich. »Der der heutigen ist *Noch achtzehn Tage*.«

Josy winkt ab. »Und jetzt bist du irritiert, weil man dir Tabletten für eine Penisverlängerung anbietet, die innerhalb von weniger als drei Wochen Wirkung zeigen sollen?«

»Nein«, erwidere ich ernst.

Meine Freundin erkennt sofort, dass etwas nicht stimmt. Sie stellt ihr Glas auf den Tisch und mustert mich auffordernd. »Also?«

»Die Mails bestanden aus Gruselstorys«, sage ich und fasse mit wenigen Worten die Handlungen der beiden

Texte zusammen. Josy hört mir schweigend zu, und ihr Gesichtsausdruck verdüstert sich merklich, als ich von der Spiegelscherbe im Wagen erzähle.

»Es ist nicht das erste Mal, dass derartige Geschichten in meinem Leben auftauchen«, sage ich vage, hebe für eine kurze Gnadenfrist meinen Kaffee an die Lippen und nehme einen Schluck. Die folgende Beichte wird unangenehm.

»Alles hat während der Schulzeit angefangen. Ich war sechzehn und Teil einer festen Clique. Wir waren eine verschworene Gruppe, nur im Viererpack anzutreffen, und haben einigen Quatsch angestellt. Nick war mein erster Freund, ich lag ihm buchstäblich zu Füßen, habe jeden Blödsinn mitgemacht, den er vorgeschlagen hat. Eigentlich war alles recht harmlos, aber einmal haben wir für eine Schularbeit einen Schummelplan ausgeklügelt.«

Josy lacht. »Wie heftig.«

»Astrid, ein Mädchen aus unserer Klasse, hat uns belauscht, als wir darüber gesprochen haben.«

»Astrid«, wiederholt Josy. »War sicher nicht einfach für sie mit dem Namen.«

»Sie war eher eine Einzelgängerin und hatte wenig Freunde, weil sie jede Gelegenheit genutzt hat, um sich vor den Lehrern hervorzutun. Jedenfalls hat sie uns vor der Arbeit hochgehen lassen und dafür gesorgt, dass wir alle schlechte Noten bekommen haben«, sage ich, ohne auf Josys Kommentar zu Astrids Namen einzugehen. »Im Nachhinein war ihr Verhalten natürlich nicht toll, aber andererseits hatten wir uns nicht so auf die Arbeit vorbereitet, wie wir es hätten tun sollen. Damals sahen wir die Dinge jedoch anders: Astrid war schuld an dem Debakel. Wir waren unglaublich wütend und beschlossen, Rache zu nehmen, ihr gründlich Angst einzujagen. Und dann sind wir irgendwie auf die Idee mit der Wette gekommen.«

»Eine Wette.« Josy stöhnt. »Das riecht schon nach Ärger. Worum ging es? Ist das die Verbindung zu diesen Mails?«

»Nick hatte schon davor gerne Geschichten erfunden, und ich muss zugeben, dass sie meistens ziemlich gut waren. Du kennst sicher diese typische Story von einem Verrückten, der aus der Irrenanstalt ausgebrochen ist und in der Gegend sein Unwesen treibt?«

Josy runzelt die Stirn. »Wer kennt sie nicht.«

»Er hat behauptet, er würde es schaffen, jemanden davon zu überzeugen, dass dieser Blödsinn wahr ist. Wir anderen haben dagegen gewettet. Die Wahl ist auf Astrid als Versuchskaninchen gefallen, einfach, weil wir in dem Moment eine Rechnung mit ihr offen hatten. Wir waren so unglaublich sauer auf sie, also haben wir uns gemeinsam die Geschichte über den sogenannten Countdown-Mörder ausgedacht, der seinem Opfer Mails schreibt, in denen er Todesszenarien schildert und in deren Betreff steht, wie lange es noch zu leben hat.«

»Noch einundzwanzig Tage«, murmelt Josy.

»Ganz genau«, bestätige ich die von ihr gezogene Verbindung. »Wir haben Astrid also zuerst in Panik versetzt und uns anschließend bei ihr unter dem Vorwand angebiedert, sie zu trösten. Dabei hat Nick, der das Ganze organisiert hat, um seine blöde Wette zu gewinnen, beiläufig erwähnt, dass das Verschicken von Drohmails, deren Inhalt in die Tat umgesetzt wird, gut zu dem Countdown-Mörder passen würde, der angeblich aus einer Irrenanstalt ausgebrochen ist und nun ein Opfer sucht, das er mit einer Spiegelscherbe markieren will.«

Josy schnaubt ungläubig. »Und das hat Astrid euch abgenommen? Ganz ehrlich, ich hätte auch dagegen gewettet.«

»Zuerst nicht«, gebe ich zu. »Sie war zwar beunruhigt, aber nicht überzeugt. Doch dann haben wir angefangen, Details der Horrorgeschichten aus den Mails wahr werden zu lassen. Wir haben ihr eine Scherbe in ihren Schulrucksack gesteckt, sie verfolgt, ohne dass sie uns erkannte, nachts an ihrem Fenster gekratzt und sind sogar über die Terrasse in ihr Haus eingebrochen, um in ihrem Zimmer Spuren des vermeintlichen Mörders zu hinterlassen. Irgendwann hat sich das verselbstständigt, und es ging gar nicht mehr um die Wette. Unsere Ideen wurden immer extremer, wir überboten uns regelrecht gegenseitig, während Nick die Durchführung koordiniert hat. Und jedes Mal sah es hinterher so aus, als wäre Astrid dem Tod nur knapp entronnen. Damit sie sich auf die Mails nicht einstellen konnte, verschickten wir sie in unregelmäßigen Abständen. Einmal lag sogar fast eine Woche dazwischen. Aber der Countdown bis zur letzten Geschichte und damit ihrem angeblich sicheren Tod tickte kontinuierlich runter.«

»Vermutlich hat Astrid bei jeder längeren Pause gehofft, dass der Spuk ein Ende hat«, sagt Josy. »Echt fies, die ganze

Aktion, aber eigentlich ist doch nichts Schlimmes geschehen, oder?«

»Dazu komme ich jetzt«, sage ich, und Josy lehnt sich ein Stück nach vorne.

»Es war am letzten Tag, am Tag Zero, wie ihn Nick nannte. In der letzten Mail hatten wir ein Szenario geschildert, bei dem der verrückte Mörder seinem Opfer an einer Brücke auflauert, weil wir wussten, dass Astrid auf dem Weg von der Schule nach Hause eine überqueren musste. Sie wohnte in einem der Einsiedlerhöfe etwas außerhalb, deshalb erschien uns die kaum benutzte Brücke als der perfekte Tatort.«

Während ich spreche, schaue ich auf den Milchschaum vor mir, der langsam in sich zusammenfällt. Auch nach all den Jahren hat die Sache nichts von ihrem Schrecken verloren. Jetzt weiß ich, dass wir unser Spiel damals nicht auf die Spitze hätten treiben dürfen.

»Zwei von uns folgten ihr, die anderen beiden warteten auf der anderen Seite der Brücke. Wir waren dunkel gekleidet und hatten uns Skimasken besorgt, weil wir das ganze Theater mit einem dramatischen Knalleffekt auflösen wollten. Natürlich musste Astrid annehmen, vom Countdown-Mörder verfolgt zu werden, der ihren Tod mit der entsprechenden Geschichte angekündigt hatte.«

Ich schließe kurz die Augen und beiße mir auf die Lippen, während Josy atemlos meinem Bericht lauscht.

»Astrids Schritte wurden immer schneller, bis sie schließlich rannte. Sie war vollkommen fertig mit den Nerven, weinte, schrie. Erst in dem Moment realisierten wir, dass wir zu weit gegangen waren. Wir riefen ihren Namen, aber dadurch wurde sie nur noch panischer. Und plötzlich bog sie ab, um den Weg über die Gleise zu nehmen, die sechs Meter unterhalb der Brücke verliefen. Wahrscheinlich, weil sie anders handeln wollte als das Opfer in der Geschichte, die sie per Mail erhalten hatte.«

Meine Stimme bricht, und ich muss mich mehrfach räuspern. Es ist das erste Mal, dass ich darüber rede. Nach all den Jahren breche ich mein Versprechen, absolutes Stillschweigen zu bewahren. Es fällt mir unglaublich schwer.

»Die Böschung war extrem steil, dazu kam dieser scharfkantige Schotter überall. Sie ist den Abhang hinabgeschlittert, hat die Balance verloren, ist gefallen und direkt auf den Schienen gelandet. Wenig später rauschte ein Zug heran und vorüber. Einige Horrorsekunden lang waren wir sicher, dass er sie erwischt hatte, doch dann entdeckten wir Astrid auf der anderen Seite der Gleise. Arme und Oberkörper von den Funken der bremsenden Zugräder verbrannt, blutend, zitternd und vollkommen verstört – aber immerhin lebendig. Wir sind abgehauen, bevor der Zug vollständig zum Stehen kam.«

»Mein Gott«, murmelt Josy. »Das ist echt ...«

Sie verstummt, als würden ihr die Worte fehlen.

»Echt furchtbar«, beendet sie schließlich ihren Satz. »Die Arme. Zuerst über einen knappen Monat hinweg dieser Druck und die Angst und dann ein solches Erlebnis. Sie muss komplett am Ende gewesen sein, und ihre Eltern waren sicher wütend auf euch wegen dieser Aktion. Gab es Konsequenzen?«

Ich weiche ihrem Blick aus und schlucke. »Nein. Keine«, gestehe ich tonlos, woraufhin mich Josy fassungslos mustert. »Natürlich haben ihre Eltern Kontakt mit unseren aufgenommen«, sage ich. »Aber man entschied sich dafür, die Sache im Sande verlaufen zu lassen, immerhin war alles gut ausgegangen. Also, fast jedenfalls. Es dauerte, bis die Verbrennungen verheilt waren.«

»Wow.« Josy fährt mit einem Finger abwesend über den Rand ihres Latte-macchiato-Glases. »Wenn ihr mein Kind dermaßen gequält hättet, wäre ich garantiert ausgeflippt. Das hätte ich euch niemals durchgehen lassen.«

»Ich schätze, Astrids Eltern wollten vermeiden, dass sie zum Gesprächsthema wird. Sie waren ohnehin eher zurückhaltende Leute. Ganz davon abgesehen war Nicks Vater damals in der Lokalpolitik aktiv und Bürgermeisterkandidat. Das hat sicher ebenfalls seinen Teil zu ihrer Reaktion beigetragen. Jedenfalls wurde uns nach einer ordentlichen Standpauke gesagt, wir sollten den Vorfall vergessen und nicht mehr darüber reden. Und das haben wir getan.«

»Die Familie hat also wirklich keine weiteren Schritte gegen euch eingeleitet?«, erkundigt sich Josy, und trotz ihres neutralen Tonfalls kann ich die Anklage in ihrer Frage hören.

»Nein.« Ich schüttle den Kopf. »Nachdem Astrids Verbrennungen in einem Krankenhaus behandelt worden waren, wurde sie in eine psychiatrische Klinik verlegt, und die Familie zog weg. Wir haben sie aus den Augen verloren. Bis uns einige Jahre später ...« Ich presse die Lippen zusammen und umfasse mein Glas etwas fester. »Bis uns einige Jahre später die Nachricht erreichte, dass sie sich umgebracht hat. Ich bin mir sicher, ihr Tod steht im Zusammenhang mit dem, was wir ihr angetan haben. Die Vergangenheit hat sie schließlich doch noch eingeholt.«

Für längere Zeit herrscht Schweigen, dann lehnt sich Josy wieder mir entgegen. »Was ihr damals getan habt, war grausam.«

»Ich weiß. Die Sache ging mir auch wirklich nahe«, gebe ich zu. »Erst als ich für mein Studium weggezogen bin, konnte ich sie etwas verdrängen. Trotzdem werde ich mir das nie verzeihen. Wenn wir geahnt hätten, zu welcher Katastrophe diese dumme Wette führen würde ... Natürlich waren wir jung und unvernünftig, aber das ist weder eine Begründung noch eine Rechtfertigung. Wir haben Astrids Leben nicht nur zerstört, sondern es ihr letztendlich auch genommen.«

»Und jetzt hast du zwei Mails bekommen, die euren von früher gleichen«, kehrt Josy zum eigentlichen Thema zurück. An ihrer Stimme höre ich, wie schwierig es für sie ist, mich nicht dafür zu verurteilen, was ich als Jugendliche getan habe.

»Sie erinnern stark daran.« Ich hebe hilflos die Schultern. »Der Inhalt, der gesamte Stil. Die fragmentarischen Sätze, die Kombination aus Handlung und Empfindung.«

»Sind es dieselben Geschichten?«, fragt Josy.

»Ich weiß es nicht«, erwidere ich ehrlich. »Genau kann ich mich nicht mehr daran erinnern, was wir damals geschrieben haben. Wobei die erste Mail, die ich bekommen habe, definitiv anders ist als unsere von früher. In unseren Texten kam die Flucht des Mörders aus der Anstalt nie vor. Davon haben wir Astrid nur erzählt. Wir verschickten sie von einem Account, den Nick extra dafür angelegt hatte. Wir lieferten ihm Ideen für Horrorszenarien, und er formulierte sie dann in kleinere Episoden um.«

»Eigentlich gibt es bloß eine Möglichkeit«, sagt Josy, nachdem sie einige Schlucke ihres Latte macchiato genommen hat, »denn einen Zufall schließe ich nach deiner Erzählung aus. Zwei Gruselstorys, die Spiegelscherbe ... Anscheinend will jemand für dich die Vergangenheit wiederaufleben lassen.«

Ich nicke bedrückt. »Das habe ich mir auch überlegt, aber wer? Wir waren alle froh, die Sache hinter uns zu lassen. Niemand hat mehr darüber gesprochen, und als die Familie weggezogen ist, waren alle erleichtert. Niemand hat sich mehr bemüht herauszufinden, wie es Astrid geht. Von ihrem Tod haben wir nur zufällig erfahren. Weshalb also sollte sich jemand die Mühe machen, nach dem damaligen Vorbild Mails zu verfassen und sie mir zu schicken? Und weshalb ausgerechnet jetzt?«

»Astrid hat während ihrer Zeit in der psychiatrischen Klinik garantiert noch andere Menschen ins Vertrauen gezogen«, mutmaßt Josy. »Durchaus möglich, dass sie Freundschaften geschlossen hat.«

»Du meinst, dass sich jemand an Astrids Stelle an mir rächen will?«

Josy zuckt mit den Schultern. »Alternativ könnte es jemand aus deiner alten Clique sein.«

Ich überlege. Vorstellbar wäre es. Zwar wüsste ich nicht, aus welchem Grund, nichtsdestotrotz sollte ich diese Möglichkeit in Erwägung ziehen.

»Ich habe seit Jahren nichts mehr von den anderen gehört«, erwidere ich. »Warum sollte einer von ihnen auf die Idee kommen, mir seltsame Geschichten zu schicken?«

»Vielleicht ist es nur der verunglückte Versuch einer witzigen Kontaktaufnahme?«, schlägt Josy vor. »Am besten, du wartest einfach ab. Versuche, die Mails zu ignorieren und dir nicht allzu viele Gedanken zu machen. Schließlich ist bisher ja nichts passiert.«

Klar. Abgesehen davon, dass eine Spiegelscherbe wie von Geisterhand plötzlich in meinem Wagen lag und ich mir nach wie vor sicher bin, eine schwarze Gestalt im Wald am Straßenrand gesehen zu haben.

Um Josy nicht weiter zu beunruhigen, setze ich ein halbherziges Lächeln auf. »Du hast recht. Ich werde einfach abwarten. Wahrscheinlich wird nichts mehr passieren, sodass ich mich später nur darüber ärgere, mir so viele Gedanken gemacht zu haben.«

Während der nächsten Stunde widmen wir uns angenehmeren Themen, beratschlagen über das perfekte Geburtstagsgeschenk für Josys Mann und besprechen die Filmauswahl für unseren Mädelsabend am kommenden

Sonntag. Die Zeit vergeht wie im Flug, weshalb wir spontan beschließen, gemeinsam im Café zu Abend zu essen.

Als wir deutlich später als geplant nach draußen treten, ist es stockdunkel. Der kalte Wind lässt mich frösteln, und ich kuschle mich enger in meine Jacke. Immerhin regnet es nicht.

Nachdem wir uns mit einer Umarmung verabschiedet haben, beginne ich, im Kofferraum meines Fiats zu wühlen, als würde ich nach etwas suchen. Erst als meine Freundin außer Sicht ist, öffne ich die hintere Tür und unterziehe den Innenraum einer genauen Musterung. Hätte ich das in ihrem Beisein getan, wäre ihr sofort klar gewesen, dass ich in keinster Weise so cool bin, wie ich mich gegeben habe.

Am liebsten würde ich ihr hinterherrufen und sie anflehen, umzukehren und bei mir zu übernachten. Seit dem Tod meiner Eltern fühle ich mich oft einsam, und nicht zum ersten Mal denke ich darüber nach, das von ihnen finanzierte Haus, in dem ich jetzt lebe, zu verkaufen. Für mich alleine ist es viel zu groß; eine kleine Wohnung in Stadtnähe wäre absolut ausreichend.

Erst nachdem ich mich mehrfach davon überzeugt habe, dass in meinem Auto alles ist wie zuvor, setze ich mich hinters Steuer, lehne mich zurück und atme einmal tief durch. Es ist lächerlich, dass ich mich dermaßen leicht aus dem Konzept bringen lasse. Ein Stückchen Glas und zwei anonyme Mails. Seit wann bin ich so schnell zu verunsichern?

Gegen zwanzig Uhr stelle ich den Motor aus. Mit einer Hand greife ich nach meiner Tasche, mit der anderen nach der kleinen Schaufel, die seit gestern Abend mein steter Begleiter ist. Auf dem Weg von der Garage bis zum Haus muss ich mich zusammenreißen, um mich nicht bei jedem Schritt umzusehen. Erst als ich die Tür hinter mir zugeknallt, zweimal abgeschlossen und die Sicherheitskette vorgelegt habe, fühle ich mich etwas wohler. Gleichzeitig steigt Frust in mir auf. Ich reagiere vollkommen überzogen. Zugegeben, was damals geschehen ist, war furchtbar. Aber es ist vorbei, und es gibt keinen Grund, mich heute noch davon beeinflussen zu lassen.

Entschlossen dränge ich sämtliche Erinnerungen in die hinterste Ecke meines Gehirns zurück und widme mich stattdessen meinem Kater, der mich mit beharrlichem Gemaunze darauf aufmerksam macht, dass es allerhöchste Zeit für sein Abendessen ist.

Nachdem ich Mozart versorgt habe, mache ich es mir mit einem Tee und meinem Laptop auf der Couch bequem. Ich habe gerade die Seite meines Streamingdienstes geöffnet, da klingelt es an der Tür. Stirnrunzelnd stelle ich den Computer zur Seite und stehe auf. Für unangemeldeten Besuch unter der Woche ist es ziemlich spät.

Schnell nehme ich den Hausschlüssel aus der Schale auf der Flurkommode, schließe auf und öffne die Tür einen Spalt weit, wobei ich darauf achte, dass Mozart nicht entwischt.

»Hi, Lou«, grüßt Carsten, und sein Anblick lässt mein Herz sofort doppelt so schnell schlagen.

Ich gehe einen Schritt zurück, um die Kette auszuhängen, und nutze die Gelegenheit, um schnell meine schulterlangen Locken auszuschütteln. Zum Glück habe ich mich noch nicht abgeschminkt. Demonstrativ gelassen öffne ich erneut.

»Hallo, Chef«, sage ich mit einem angedeuteten Lächeln und bitte ihn mit einer auffordernden Geste herein.

Sobald die Tür hinter ihm zugefallen ist, überbrückt er den Raum zwischen uns mit einem schnellen Schritt, legt beide Hände an meine Wangen und küsst mich. Seine Lippen sind kühl von der Abendluft, aber das Feuer, das mich bei seiner Berührung durchströmt, ist glühend heiß. Mein gesamter Körper reagiert auf ihn, und auch er seufzt leise, während er mich an sich drückt. Die gegenseitige Anziehungskraft ist nicht zu leugnen. Seine Hand fährt unter den Saum meines Shirts, folgt dem Schwung meiner Wirbelsäule nach oben und hinterlässt eine flammende Spur auf meiner Haut. Ich vergrabe meine Hände in seinem dichten braunen Haar, während er sich mit seiner ganzen Länge an mich presst und mit der Zunge über meine Lippen streicht, die ich bereitwillig für ihn öffne. Im Gegenzug schiebe ich meine Hand unter seinen Pullover und berühre seine Brust und seinen Bauch. Er atmet zittrig aus, und in derselben Sekunde erklingt eine Melodie, die ich in den letzten Monaten zu hassen gelernt habe. Der Klingelton seines Handys.

Sofort löst er unseren Kuss, weicht zurück und bemüht sich, seine Atmung unter Kontrolle zu bringen.

»Hallo, Schatz«, meldet er sich und wirft mir einen entschuldigenden Blick zu.

Ich zucke mit den Schultern und ziehe mein Shirt zurecht. Es ist nicht das erste Mal, dass wir von seiner Frau gestört werden, trotzdem tut es weh.

»Nein, ich habe noch im Büro zu tun.«

Und wieder mal schiebt er die Arbeit vor.

»Tatsächlich?«

Er lauscht mit schräg gelegtem Kopf.

»Das kann warten. Ist auch nicht wirklich wichtig«, versichert er und versetzt mir damit einen weiteren Dolchstoß ins Herz. »Ich mache mich gleich auf den Weg.«

Er legt auf und gibt mir einen flüchtigen Kuss.

»Ich muss los«, sagt er bedauernd. »Tanjas Laptop fährt nicht hoch, und sie muss heute Abend noch etwas Wichtiges für die Kanzlei erledigen.«

Ohne meine Antwort abzuwarten, verschwindet er und lässt mich allein, aufgewühlt und ziemlich deprimiert im Flur zurück, um seiner Frau zu helfen.

In diesem Augenblick fühle ich mich so benutzt und minderwertig, dass ich nicht zum ersten Mal in Erwägung ziehe, diese ungute Affäre zu beenden. Unterm Strich machen mich diese gestohlenen Momente nur unglücklich. Ich würde alles dafür tun, dass er sich von ihr trennt, und auch er spricht immer wieder davon, wie gerne er mit mir zusammen wäre, aber es passiert nichts. Das halbe Jahr, das mittlerweile zwischen unserem ersten spektakulären Sex nach Feierabend in der Personalküche und dem heutigen

Abend liegt, war geprägt von Versprechen, von denen er kein einziges gehalten hat.

Ich fahre mir über die Stirn und lege resigniert den Kopf in den Nacken. Er wird sie niemals verlassen. Mir ist vollkommen klar, wie naiv ich bin, wenn ich auf eine Trennung von seiner Frau hoffe. Dennoch tue ich es. Ich bin so verliebt in diesen Mann, dass ich geradezu verzweifelt jedes bisschen Nähe annehme, das er mir gibt. Am schlimmsten ist, mit niemandem darüber sprechen zu können. Selbst Josy, meine beste Freundin, weiß lediglich, dass ich eine Schwäche für meinen attraktiven Chef habe. Alles andere ist zu riskant. Sollte etwas von unserer Affäre durchsickern, wäre Carsten in einer ziemlich unangenehmen Situation. Obwohl ein Teil von mir ahnt, dass er mich ausnutzt, will ich ihm keine Schwierigkeiten machen.

Den Rest des Abends verbringe ich mit meinem Tee und einem historischen Roman auf der Couch. Immer wieder schiele ich auf mein Handy in der Hoffnung, Carsten würde sich melden. Da das aber nicht der Fall ist, entschließe ich mich gegen zweiundzwanzig Uhr, ins Bett zu gehen. Die gestrige Nacht war alles andere als erholsam, daher dauert es nicht lange, bis ich eingeschlafen bin.

DREI

Im Gegensatz zu der vorangegangenen Aufregung verläuft der nächste Tag überraschend ruhig. In meinem Posteingang erwartet mich keine neue Mail, und in der Agentur schaffe ich es erfolgreich, Carsten aus dem Weg zu gehen. Als ich am Abend nach Hause komme, bin ich so optimistisch, dass ich die Gartenschaufel wieder in die Garage verbanne. Ich war grundlos aufgewühlt. Was ist schon groß geschehen? Lediglich ein Streich von einem Schatten aus der Vergangenheit, der dachte, er könne mir mit einer Spiegelscherbe und zwei lächerlichen Mails Angst einjagen.

Obwohl ich am Tag darauf ausschlafen kann, bin ich viel zu früh wach und dementsprechend erschöpft. Ich habe mir schon den zweiten Kaffee eingeschenkt und starre apathisch in die Tasse, als es an der Tür klingelt.

Mit einem Ächzen hieve ich mich hoch, schlurfe durch den Flur und blinzle kurz darauf müde in den trüben Oktobersamstag.

»Du hast noch geschlafen.« Phil, Paketzusteller meines Vertrauens, fährt sich mit gespieltem Bedauern durch die blonden Haare.

»Du täuschst dich«, gebe ich zurück und nehme meine Sendung in Empfang. »Ich habe nur meinen Kaffee hypnotisiert, damit er endlich wirkt. Willst du auch einen?«

Phil verzieht das Gesicht. »Bleib mir weg. Mit Kaffee kannst du mich jagen.«

»Sorry«, entschuldige ich mich. »Hatte ich vergessen.«

Ich nehme mein Päckchen in Augenschein, und meine Laune bessert sich schlagartig.

»Gerade noch rechtzeitig«, sage ich erfreut. »Die Mädels rechnen für morgen Abend fest mit unserer Lieblingssojasoße. Und sonntags bist du ja nicht am Start. Leider.«

Phil schnaubt amüsiert, bevor er ein verschmitztes Grinsen aufsetzt. »Früher bestellen schont die Nerven. Du müsstest nicht dauernd Stress schieben, weil irgendetwas zu spät ankommen könnte.«

»Hey, bloß, weil du mir regelmäßig meine Sachen lieferst, heißt das nicht, dass du dir Frechheiten erlauben kannst.«

»Das war nur ein gut gemeinter Rat«, rudert er zurück. »Es ist mir immer eine Freude, deine Pakete auszuliefern.«

»Sei froh, dass ich so viel bestelle. Ohne mich wärst du längst arbeitslos«, erwidere ich lachend, klemme mir das Päckchen unter den Arm und verschwinde mit einem Winken nach drinnen.

Den restlichen Tag verbringe ich teils mit dem historischen Roman, der mich nicht wirklich fesselt, auf der Couch, teils mit dem halbherzigen Bearbeiten von Aufträgen, zu denen ich unter der Woche nicht gekommen bin. Immer wieder ertappe ich mich dabei, wie ich auf mein Handy schiele, doch Carsten lässt nach wie vor nichts von sich hören.

Am Sonntag schlafe ich bis mittags und mache mich dann entspannt daran, das geplante Sushi vorzubereiten.

Es ist schon eine Tradition, dass ich, Josy und unsere gemeinsame Freundin Sandra uns jeden zweiten Sonntag im Monat zum Filmabend treffen, der abwechselnd bei einer von uns stattfindet.

Nachdem ich eine knappe Stunde lang Reis und Fisch in Algenblätter eingerollt habe, nutze ich den Rest des Nachmittags für ein ausgedehntes Schönheitsprogramm.

Kurz nach neunzehn Uhr klingeln meine Freundinnen an der Tür. Als ich öffne, beschwert sich Sandra wie immer über die abgelegene Lage meines Hauses und lobt im nächsten Atemzug meinen modernen Einrichtungsstil; ein Ritual, an dem sie mit beeindruckendem Durchhaltevermögen festhält.

Nachdem wir Gläser aus dem Schrank geholt haben, nehmen wir auf meiner Couch Platz, Sandra und ich mit jeweils einem Glas Prosecco, Josy, die heute die Fahrerin ist, mit einer Coke light.

»Also, Lou, was gibt's Neues an der Männerfront?«, will Sandra wissen. Ebenso wie Josy ist sie glücklich verheiratet, was ihrer Frage in meiner Wahrnehmung etwas Lauerndes verleiht. Manchmal habe ich den Eindruck, meine

Freundinnen gehen davon aus, ich würde es darauf anlegen, Single zu sein. Dabei wäre ich selbst am glücklichsten, wenn ich den Richtigen finden würde. Oder wenn dieser endlich erkennen würde, dass ich die Richtige für ihn bin. Aber ganz bestimmt will ich den Mädels keinen Bericht über meine Treffen mit Carsten erstatten. Ich kann mir lebhaft vorstellen, wie die beiden reagieren würden. Und das will ich vermeiden.

Statt eine Antwort zu geben, beschließe ich, dass es Zeit für das Abendessen ist. Ich ignoriere den vielsagenden Blick, den Josy und Sandra tauschen, und verschwinde in die offene Küche, um das Sushi, die begehrte Sojasoße und ausreichend Wasabi zu holen. Währenddessen wählt Josy mit der Fernbedienung bei meinem Streaminganbieter die Komödie aus, für die wir uns schon letzte Woche entschieden haben, sodass wir bester Stimmung in unseren Mädelsabend starten.

Wir sind ausgelassen, lachen viel, obwohl der Film nicht sonderlich gut ist, und ich genieße die entspannte Atmosphäre.

Bis ich ein seltsames Geräusch höre. Zuerst bin ich unsicher, ob es nicht vielleicht aus dem Fernseher gekomen ist. Ein Kratzen oder Schaben, genau kann ich es nicht sagen. Ich setze mich ein wenig aufrechter hin, und Josy mustert mich von der Seite.

»Alles klar?«

»Ja«, erwidere ich schnell. »Ich dachte nur, ich hätte etwas gehört.«

Josys Gesicht ist ein Spiegel ihrer Gedanken. Sie weiß, dass ich seit einigen Tagen nervöser bin als sonst, und kennt den Grund dafür. Ich werfe ihr einen bittenden Blick zu und hoffe auf ihr Einfühlungsvermögen. Sandra muss nicht auch noch über meine aktuellen Probleme Bescheid wissen. Obgleich beide meine engsten Freundinnen sind, stehe ich Josy näher – was kein Wunder ist, immerhin kennen wir uns seit dem Studium.

Wenige Sekunden später sorge ich allerdings selbst dafür, dass Sandra meine Nervosität bemerkt, denn als das Festnetztelefon klingelt, springe ich auf, als hätte man mir einen Stromschlag verpasst.

Ich blende die irritierten Blicke meiner Freundinnen aus und fixiere das Telefon, das einfach nicht verstummen will.

»Willst du nicht rangehen?«, fragt Sandra verwirrt, woraufhin ich zögerlich die Hand danach ausstrecke.

Sie nahm das Gespräch an. Ein Fehler.

Verärgert dränge ich die Erinnerung an die Mail zurück und schließe die Finger um das Gerät.

Unbekannte Nummer.

»Peters.« Meine Stimme klingt belegt, und ich räuspere mich unauffällig. Lediglich ein Telefonat. Kein Grund zur Beunruhigung.

Der Anrufer hatte keine guten Absichten. Keine guten Absichten.

»Louisa.«

Meine Haut prickelt unangenehm, als würden unsichtbare Augen auf mir ruhen, und ich ziehe die Schultern hoch.

Louisa. Komm nach draußen. Komm zu mir.

»Wer ist da?«, stelle ich die Frage, die so klischeehaft ist, dass ich mich regelrecht dafür schäme. Allerdings nur wenige Sekunden lang, denn die Antwort zeigt, dass sie absolut berechtigt war.

»Ich beobachte dich. Dich und deine beiden Freundinnen.« Ein tonloses Flüstern, das die Stimme verstörend neutral wirken lässt. Unmöglich zu erkennen, ob der Anrufer männlich oder weiblich ist.

Unwillkürlich verstärke ich meinen Griff um den Hörer. Ich sollte auflegen. Auf jeden Fall sollte ich auflegen, doch ich tue es nicht.

»Dein Shirt ist hübsch. Grün steht dir«, fährt der Anrufer fort, und sein Wispern jagt mir einen Schauer über den Rücken. »Obwohl mir die hellblaue Bluse, die in der engeren Wahl war, auch gefallen hat. Schade, dass du sie wegen der Flecken in die Wäsche geben musstest.«

Stumm greife ich nach meinem Prosecco, während ich mich bemühe, nicht auszuflippen.

»Genau«, bekräftigt der Anrufer, »trink etwas. Aber bloß einen Schluck. Nicht, dass dir der Alkohol zu Kopf steigt. Darf ich mich erkundigen, warum du die Prosecco-Marke gewechselt hast? Warst du mit der anderen nicht mehr zufrieden?«

Unter Aufbietung sämtlicher Selbstbeherrschung stehe ich auf und laufe, das Telefon noch immer an meinem Ohr, zur Terrassentür. Versteckt sich wirklich jemand in der Schwärze? Oder hat der Anrufer nur eine Reihe von Zufallstreffern gelandet? Unwahrscheinlich.

»Und, kannst du etwas erkennen?«, erkundigt sich die Stimme und fegt damit meinen letzten Zweifel beiseite.

Da draußen ist jemand; und er kann aus der Dunkelheit des Gartens in mein hell erleuchtetes Wohnzimmer sehen.

Während ich zu realisieren versuche, was gerade passiert, ertönt das sonderbare Kratzen, das mich zuvor schon irritiert hat, erneut. Seine Quelle ist zwar nicht im Haus, klingt jedoch, als läge sie in direkter Nähe zur Terrassentür. Ich beiße mir auf die Unterlippe, während mein Gesprächspartner schweigt.

»Lou?«, fragt Sandra in normaler Lautstärke, woraufhin ich heftig zusammenzucke. »Was ist los?«

Ich schüttle den Kopf und lege eine Handfläche an die Scheibe, als wollte ich Kontakt aufnehmen zu dem, was uns dahinter beobachtet.

Unruhe. Beklommenheit, die zu Angst wurde.

Ich presse meine Stirn an das kühle Glas und starre mit brennenden Augen in die Nacht. Nichts zu sehen. Die Ungewissheit macht mich verrückt. Mit der freien Hand umschließe ich den Türgriff so fest, dass meine Knöchel weiß hervortreten, und blinzle mehrfach.

»Lou?«, meldet sich Josy hinter mir.

Ich antworte nicht, bin viel zu sehr in der Erinnerung an das Szenario in der Mail gefangen. Das hier ist die gleiche bedrohliche Situation.

Ich öffne die Terrassentür und lausche in die Schwärze.

Eine Stimme von draußen. So flüchtig und hohl, dass es auch das Wispern des Windes sein könnte. Doch der Wind spricht nicht.

Louisa.

Nein. Verdammt, dermaßen leicht bin ich nicht in Panik zu versetzen. Das lasse ich nicht mit mir machen. Ich beende das Gespräch und werfe das Telefon zur Seite, dann reiße ich die Tür zur Terrasse komplett auf und trete in den Garten hinaus.

Ein Aufwallen von Mut. Tollkühnheit?

Mit aller Macht versuche ich, die Fragmente der Geschichte abzuschütteln, die immer wieder in meinem Kopf aufblitzen. Ich habe die Mail zu oft gelesen. Viel zu oft.

»Lou?«, höre ich aus weiter Ferne Josys Stimme. »Was machst du da?«

Sie durchbricht die letzte Barriere, die sie von der Dunkelheit trennt.

Zögerlich mache ich einige Schritte. Ich spüre deutlich, dass ich nicht alleine bin in der Finsternis. Die gleiche eisige Beklommenheit wie in der Gewitternacht überfällt mich. Meine Nackenhaare stellen sich auf, meine Handflächen werden feucht, und ein nervöses Kribbeln kriecht meine Wirbelsäule empor.

Als irgendwo neben mir ein Ast knackt, drehe ich mich ruckartig um. Der Anblick jagt mir einen solchen Schrecken ein, dass ich einige Sekunden lang wie gelähmt bin.

Er kommt.

Neben meinem Gartenschuppen, am Rand des Lichtkegels, der durch die Terrassentür fällt, steht eine Gestalt, die fast mit der tintenschwarzen Dunkelheit verschmilzt. Während ich noch gegen die lähmende Angst ankämpfe, streckt sie einen Arm in meine Richtung, als wollte sie nach mir greifen.

Die Bewegung löst meine Starre. Mit einem erstickten Schrei hetze ich zurück ins Haus und knalle die Tür derart heftig hinter mir zu, dass die Scheiben erzittern.

Erst jetzt beginnt mein Gehirn wieder zu arbeiten. Bin ich vollkommen verrückt geworden? Wie konnte ich so leichtsinnig sein? Die Informationen, die der Anrufer über mich hat, lassen keinen Raum für Zweifel. Jemand versteckt sich in der Nacht nahe meinem Haus und hat mich schon am Tag beobachtet, und ich habe nichts Besseres zu tun, als mich ihm auf dem Silbertablett zu präsentieren?

Josy ist mittlerweile aufgestanden, während Sandra Mozart auf ihren Schoß gehoben hat, damit er die Gelegenheit nicht zu einem spontanen Ausflug nach draußen nutzt. Beide beobachten mich besorgt.

»Louisa.« In Josys Tonfall kann ich einen Hauch von Ungeduld ausmachen. »Wirst du uns jetzt endlich verraten, was los ist?«

»Tut mir leid«, entschuldige ich mich und zwinge mich zu einem verlegenen Lächeln, obwohl mein Herz so heftig schlägt, dass es fast meinen Brustkorb sprengt. Ich ignoriere ihre Frage, gehe von Fenster zu Fenster und lasse sämtliche Rollläden herunter. Erst als das erledigt ist, fühle ich mich etwas weniger verletzlich.

»Du bist leichenblass«, stellt Josy fest, während ich mich zurück auf die Couch setze und dabei den Blick zur Terrassentür meide. Wer stand da in meinem Garten? Oder haben mir meine überreizten Nerven einen Streich gespielt? Vielleicht hat das Gläschen Prosecco stärker gewirkt als erwartet, und es ist nichts passiert. Es ist überhaupt nichts passiert. Aber woher wusste der Anrufer diese ganzen Sachen?

»Bestimmt nur eine andere Katze«, sagt Sandra und streichelt über Mozarts Rücken, was dieser mit lautem Schnurren quittiert. »War mir gar nicht klar, dass du so schreckhaft bist.«

»Mir auch nicht«, murmle ich, woraufhin Josy fast unmerklich die Stirn runzelt.

»Wer war das am Telefon?«, will sie wissen.

Ich atme einmal tief durch. »Ein anonymer Anrufer«, sage ich dann, »der uns anscheinend von draußen beobachtet hat.«

»Was?«, stößt Josy hervor, während sich Sandra unvermittelt aufrichtet.

»So ein Quatsch«, tut sie meine Worte ab. »Bestimmt ein Spinner, der bloß so getan hat.«

»Er kannte die Farbe meines Shirts, obwohl ich mich noch umgezogen habe, bevor ihr gekommen seid«, sage ich dumpf. »Er hat jede meiner Handlungen kommentiert, wusste sogar von der neuen Prosecco-Marke.«

Für einige Sekunden herrscht Schweigen.

»Du glaubst ernsthaft, dass uns jemand beobachtet hat?«, vergewissert sich Sandra skeptisch.

»Ich *weiß* es«, korrigiere ich sie im Brustton der Überzeugung.

»Ruf die Polizei«, fordert mich Josy auf, und ich mustere sie unschlüssig.

Sandra nickt. »Ja, Lou«, bekräftigt sie. »Immerhin müssen wir später nach Hause fahren, und mir ist nicht wohl bei dem Gedanken, dass uns möglicherweise irgendein Verrückter im Garten auflauert.«

Soll ich tatsächlich die Polizei rufen? Im Prinzip ist ja nichts passiert. Aber der Anruf und der Schatten draußen machen mir in Kombination mit den Mails und der Spiegelscherbe in meinem Fiat doch den Eindruck, als hätte ich allen Grund zur Sorge.

Dass der Rat von meinen Freundinnen kommt, gibt den Ausschlag. Ich stehe auf, nehme das Telefon, das noch vor der Terrassentür liegt, und wähle den Notruf.

Wenig später habe ich der Dame am anderen Ende der Leitung alles Nötige erzählt, und laut ihrer Aussage befindet sich ein Streifenwagen bereits auf dem Weg zu uns.

»Das ist echt gruselig«, sagt Sandra, wirkt dabei aber so munter, als könnte sie der Situation sogar einiges abgewinnen. Klar. Ebenso wie Josy wird sie in Kürze zu Hause sein, bei ihrem Verlobten. Nur ich bleibe alleine zurück. Wie immer.

In den folgenden zwanzig Minuten ist die Stimmung merklich angespannt. Nachdem ich uns Tee gekocht habe, versuchen wir, zu unserer vorigen Leichtigkeit zurückzufinden, doch es will uns nicht gelingen. Wiederholt fällt mir auf, dass meine Freundinnen besorgte Blicke tauschen, weshalb ich vorgebe, mich allmählich zu beruhigen. In Wirklichkeit laufen meine Gedanken Sturm. Das Szenario der zweiten Mail wurde in die Tat umgesetzt, und ich wäre dumm und naiv, weiter die Augen davor zu verschließen: Irgendjemand erweckt die Geschichten zum Leben – genau wie damals.

Als es klingelt, schnelle ich vom Sofa hoch und bin innerhalb von Sekunden an der Haustür. Obwohl es sich um die Polizei handeln muss, öffne ich lediglich einen Spalt und entferne die Sicherheitskette erst, als ich zu hundert Prozent sicher bin, dass es tatsächlich die Beamten sind.

»Frau Peters?«, vergewissert sich einer von den zweien und mustert mich aufmerksam, während sich sein Kollege im Flur umsieht. »Sie hatten die Zentrale angerufen?«

Ich nicke und fasse die Geschehnisse der vergangenen Stunde zusammen, wobei ich entschlossen den Gedanken verdränge, dass mich die beiden Männer für komplett durchgeknallt erklären könnten. Josy und Sandra halten sich eher im Hintergrund und schütteln nur halb bedauernd, halb erleichtert die Köpfe, als sie danach gefragt werden, ob ihnen etwas Außergewöhnliches aufgefallen ist.

Im Verlauf der nächsten halben Stunde überprüfen die Beamten den kompletten Garten, entdecken jedoch nichts Ungewöhnliches.

»War es das erste Mal, dass Sie einen solchen Anruf erhalten haben?«, erkundigt sich der kleinere der beiden.

»Ja«, bestätige ich und ahne schon, worauf er hinauswill.

»In diesem Fall sehen wir davon ab, eine Providerabfrage zu machen«, sagt er fast entschuldigend und bestätigt damit meinen Verdacht. »Sie wurden nicht bedroht, und auf Ihrem Grundstück gibt es keine Spuren von unbefugtem Eindringen. Vermutlich hat sich ein Jugendlicher bloß einen dummen Scherz erlaubt. Die einsame Lage Ihres Hauses lädt ja förmlich dazu ein.«

Ich verkneife mir eine spitze Entgegnung und zwinge ein Lächeln auf mein Gesicht. »Danke für Ihre Mühe«, murmle ich, bevor sich die beiden verabschieden.

»Wir werden uns jetzt auch auf den Heimweg machen«, eröffnet Josy, nachdem der Streifenwagen verschwunden ist, und ich registriere, dass meine Freundinnen bereits ihre Taschen in der Hand halten. Anscheinend haben sie sich von mir unbemerkt abgesprochen. Wenn ich ehrlich bin, wundert es mich nicht, dass sie der noch immer angespannten Atmosphäre entfliehen wollen. Statt den Abend wie geplant mit ihnen zu genießen, habe ich panisch in die Dunkelheit gestarrt und die Polizei in Atem gehalten.

»Alles klar«, erwidere ich betont locker, um meine Kränkung zu überspielen.

Nach zwei knappen Umarmungen steigen die beiden in Josys Auto, fahren davon, und ich bin wieder allein.

Sofort schließe ich die Tür, drehe den Schlüssel mehrfach um und hänge die dünne Metallkette davor. Trotzdem stellt sich kein Gefühl von Sicherheit ein. Jede Sekunde rechne ich damit, dass das Telefon erneut klingelt. Für einige Minuten stehe ich reglos im Flur. Erst als alles still bleibt, fasse ich ausreichend Mut, um ins Wohnzimmer zurückzukehren. Ich räume die Überreste des Fernsehabends auf, während ich versuche, Telefon und Terrassentür zu ignorieren. Nachdem ich in der Küche schnell das Geschirr gespült habe, gehe ich nach oben, mache mich im Bad fertig und lösche bis auf meine Nachttischlampe alle Lichter. Bevor ich mich ins Bett lege, trete ich noch ans Fenster, um einen letzten prüfenden Blick in den Garten zu werfen.

Zuerst wirkt alles unauffällig, doch dann überläuft mich eine Welle der Angst. Direkt vor dem kleinen Gartenhaus kann ich einen schwarzen Schatten erkennen, der sich dunkel gegen die hell gestrichene Bretterwand abhebt. Ich blinzle mehrfach, um einen Irrtum auszuschließen, immerhin bin ich seit dem Anruf höchst angespannt. Es wäre nicht verwunderlich, wenn mir meine Sinne einen Streich spielten. Doch plötzlich bewegt sich die Gestalt und radiert damit jegliche Zweifel aus, die ich an meiner Zurechnungsfähigkeit gehabt habe. Sie dreht die dunkle Fläche ihres Gesichts in meine Richtung, als würde sie mich ansehen, und mir wird eiskalt. Der Unbekannte weiß, dass ich ihn beobachte. Er will meine Aufmerksamkeit.

Ich mache einen regelrechten Sprung nach hinten und stürze zur Nachttischlampe, sodass das Zimmer unvermittelt in Schwärze getaucht ist. Obwohl mir bewusst ist, wie sinnlos es ist, schließe ich die Schlafzimmertür ab und verkrieche mich in meinem Bett. Zitternd, den Tränen nahe und mit den Nerven am Ende. Verzweifelt klammere ich mich an den Gedanken, dass es in ein paar Stunden wieder hell werden wird. Bei Tageslicht wirkt alles viel weniger bedrohlich. Hoffentlich.

VIER

Ich starre auf den Monitor, doch egal, wie oft ich blinzle, der Betreff ändert sich nicht. Nach einer mehr als unruhigen Nacht, in der ich nie länger als ein paar Minuten die Augen zugemacht habe, erinnere ich mich kaum, wie ich in die Agentur gekommen bin, und auch die beiden Tassen Kaffee, die ich zu Hause bereits getrunken habe, zeigen keine Wirkung. Seit ich aufgestanden bin, kreisen meine Gedanken um das, was ich höchstwahrscheinlich in meinem Posteingang finden werde, und mit der neuesten Mail von 6:50 Uhr haben sich sämtliche meiner Befürchtungen bestätigt. Es geht weiter.

Kurzzeitig ziehe ich in Erwägung, den verdammten Text einfach zu löschen, aber natürlich bringe ich es nicht über mich. Ich muss wissen, was als Nächstes geschehen wird. Unauffällig werfe ich einen Blick über die Schulter, um auszuschließen, dass jemand im Büro etwas von meiner Irritation bemerkt hat, dann beginne ich zu lesen.

Der Tod fand Louisa in einer kalten Nacht.

Geplant als eine unschuldige Mutprobe unter Freunden. Eine Übernachtung in einer alten Waldhütte. Alleine durchhalten bis zum Morgengrauen.

Was konnte schon passieren?
Unzählige Male waren sie in diesem Wald gewesen. Unzählige Male hatten sie in dieser Hütte geschlafen.
Keine Herausforderung?
Dieses Mal war alles anders.
Die Stimmen der Freunde entfernten sich.
Sie war allein.
Allein.
Bis ...
Ein Geräusch ließ sie zusammenzucken. Ein scharfes Knirschen, gefolgt von einem trockenen Knistern.
Ein Schleifen von draußen. So flüchtig und hohl, dass es auch das Wispern des Windes sein könnte. Doch der Wind versperrt keine Türen.
Louisa.
Schreie, die niemand hörte.
Die kriechende Kälte wird von erbarmungsloser Hitze abgelöst. Brennender Qualm steigt ihr in die Augen.
Holt mich hier raus.
So heiß. Zu heiß.
Sie weicht in eine Ecke zurück, nur weg von dem Feuer.
Angst. Entsetzen. Panik.
Verzweifelte Tränen im roten Schein.
Rettet mich.
Die Flammen fressen sich immer weiter, strecken ihre gierigen Finger nach ihr aus.
Glühend. Verzehrend.
Er kommt.

Die Fenster mit Brettern vernagelt.
Kein Weg nach draußen.
Eingesperrt. Gefangen in der Hitze.
Sie spielt gerne mit dem Feuer.
Dieses Mal spielt es mit ihr.
Zu spät.
Flackern. Brennen. Gleißender Schmerz. Erstickte Schreie.
Lodernde Flammen.
Er ist da.

Die Buchstaben verschwimmen vor meinen Augen, während ich in Gedanken Möglichkeiten durchspiele, wie jemand diese Geschichte in die Wirklichkeit übertragen könnte. Die Spiegelscherbe lag ohne Ankündigung auf dem Rücksitz meines Wagens, davor hatte ich eine dunkle Gestalt am Straßenrand gesehen, und das Szenario der letzten Mail ist gestern fast genau so wie beschrieben eingetreten. Zuerst ein anonymer Anruf, danach die Gestalt im Garten. Was wäre passiert, wenn ich länger im Garten geblieben wäre oder mich weiter in den Wald vorgewagt hätte? Hätte *er* mich angegriffen? Hat mir mein Fluchtinstinkt das Leben gerettet?

Ich mahne mich zur Ruhe. Nicht überreagieren. Schließlich ist mir bisher nicht das Geringste passiert. Trotzdem werde ich innerhalb der nächsten Tage mit Sicherheit weder eine Garten-, geschweige denn eine Waldhütte betreten.

Sie spielt gerne mit dem Feuer.
Dieses Mal spielt es mit ihr.

Die Worte jagen mir eisige Schauer über den Rücken, und dennoch bemühe ich mich mit aller Kraft um eine ausdruckslose Miene, damit Fiona nichts von meiner Verfassung bemerkt.

Von wem stammen diese Mails? Wieder ist die Absenderadresse zufällig generiert und lässt keinen Hinweis auf den Schreiber zu. Was bezweckt er damit? Schwebe ich tatsächlich in Gefahr oder will er mich nur in Angst und Schrecken versetzen? Falls ja, geht sein Plan zu hundert Prozent auf. Und was geschieht, wenn der Countdown in der Betreffzeile abgelaufen ist? Was passiert an meinem persönlichen Tag Zero?

Je länger ich darüber grüble, desto unruhiger werde ich. Am liebsten würde ich mich krankmelden und mich zu Hause verbarrikadieren. In meinen eigenen vier Wänden fühle ich mich sicherer als hier. Seit dem gestrigen Abend sind meine Nerven komplett überreizt, und allmählich bezweifle ich, dass sich das innerhalb der nächsten vierzehn Tage ändern wird.

Für etwa zwanzig Minuten schaffe ich es, an meinem Schreibtisch sitzen zu bleiben und vorzugeben, mich auf die Arbeit zu konzentrieren. In Wirklichkeit lasse ich den Mauszeiger ziellos über den Monitor wandern und denke nach. Bevor Fiona doch noch etwas merkt, beschließe ich, einen Ausflug zur Kaffeemaschine zu machen. Etwas Bewegung wird mir guttun.

In der Personalküche lehne ich mich erschöpft mit der Hüfte gegen die Arbeitsplatte, während ich darauf warte, dass die Maschine loslegt. Doch statt Kaffee zuzubereiten, beginnt deren Anzeige zu blinken: Die Bohnen müssen aufgefüllt werden.

Seufzend gehe ich in die angrenzende Abstellkammer, in der wir neben diversen Putzutensilien auch unseren Kaffeevorrat aufbewahren. Als ich mich auf Zehenspitzen nach dem entsprechenden Regal strecke, spüre ich eine Berührung an meiner Schulter und fahre so heftig zusammen, dass ich um ein Haar die Dose fallen lasse.

»Ganz schön schreckhaft«, sagt Carsten und schließt die Tür hinter sich. Wir stehen im Halbdunkel, lediglich durch den schmalen Schlitz unter der Tür fällt spärliches Licht in den kleinen Raum. Sofort beschleunigt sich mein Herzschlag.

»Tut mir echt leid, dass ich am Donnerstag so plötzlich abgehauen bin«, sagt er, stellt sich hinter mich und fährt mit der Nase den Schwung meines Halses nach.

Eigentlich müsste ich ihm jetzt sagen, wie demütigend sein Verhalten ist. Wie sehr es mich verletzt, dass er mir seine Frau bei jeder Gelegenheit vorzieht. Dass er mit meinen Gefühlen spielt, indem er mir immer wieder Hoffnungen macht. Dass er sich verdammt noch mal zum Teufel scheren soll, wenn er nicht in der Lage ist, eine Entscheidung zu treffen.

Stattdessen schmiege ich mich an ihn und lasse zu, dass er beide Hände unter meine Bluse schiebt. Seine Fingerspitzen auf meiner bloßen Haut fühlen sich so gut an. Ich kann ihm unmöglich widerstehen, und das weiß er ganz genau und nutzt es gnadenlos aus. Ich verfluche mich für meine Schwäche.

Als er meinen Bauch streichelt und gleichzeitig meinen Hals küsst, kann ich nicht anders, als meinen Kopf leicht gegen seine Schulter sinken zu lassen und seine sanften Berührungen zu genießen.

Geschickt öffnet er den Knopf meiner Jeans und lässt seine Hand in meinen Slip gleiten. Als er mich mit kreisenden Bewegungen massiert und anschließend mit einem Finger in mich eindringt, stöhne ich auf und reibe mich an ihm, was ihm ebenfalls ein ersticktes Keuchen entlockt. In diesem Moment löst sich der letzte Rest meiner Selbstbeherrschung in Luft auf, und ich falle förmlich über ihn her. Einerseits, weil ich ihm ohnehin noch nie etwas entgegensetzen konnte, andererseits, weil ich den Sex gerade bitter nötig habe.

Ich drehe mich um, knöpfe sein Hemd auf und küsse jeden Zentimeter der entblößten Haut. Als ich auf der Höhe seines Bauchnabels angekommen bin, öffne ich seine Hose und zerre sie ihm samt seinen Boxershorts über die Hüfte. Bevor ich mich aufrichte, nutze ich die Chance, um ihn mit den Lippen spielerisch zu necken.

Er greift mit einer Hand in meine Haare und atmet zittrig aus.

»Lou«, stößt er hervor. »Keine Zeit.«

Dann umfasst er meine Oberarme und zieht mich enger an sich. Nach einem schnellen, aber umso leidenschaftlicheren Kuss geht er vor mir auf die Knie, befreit mich von

Jeans und Slip, holt ein Kondom aus seiner Hosentasche, packt mich an der Taille und setzt mich auf den Tisch, auf dem die Putzmittel stehen. Während er sich das Kondom überstreift, lasse ich meine Fingerspitzen über seinen definierten Oberkörper gleiten, dann bringt er uns in Position und nimmt mich in Besitz.

Ich folge seinem Rhythmus, biege mich ihm entgegen und schlinge die Beine um seine Hüfte, um ihn noch tiefer in mir zu spüren. Seine Bewegungen sind langsam, fast träge, und das Wissen, dass wir jederzeit erwischt werden können, erregt mich zusätzlich.

Während Carsten mich mit einer Hand an der Seite hält, legt er die andere auf meine Mitte und beginnt, mich gezielt zu reizen. Gleichzeitig steigert er Tempo und Intensität, sodass der Tisch immer wieder dumpf gegen die Wand prallt. Schon nach kürzester Zeit verkrampfen sich meine Muskeln. Der Höhepunkt erwischt mich so heftig, dass ich mir die Hand auf den Mund presse, um mein Stöhnen zu dämpfen. Carsten geht es nicht besser. Kraftvoll stößt er in mich, gibt sich hemmungslos seiner Leidenschaft hin und beißt in die empfindliche Stelle oberhalb meines Schlüsselbeins. Der Schmerz verlängert den Sturm in meinem Innern, und kurz befürchte ich, vom Tisch zu kippen. Er weiß genau, wie er mich um den Verstand bringen kann. Vermutlich wäre es einfacher, sich von ihm loszusagen, wenn er nicht solche Fähigkeiten im Bett besäße – wobei ich noch nie im wörtlichen Sinne im Bett mit ihm war.

»Carsten«, beginne ich, als ich halbwegs wieder zu Atem gekommen bin.

Er sieht mich an und streicht liebevoll über meine Wange. In seinen Augen lese ich Zuneigung und Bedauern. Er mag mich, doch das ist nicht genug. Es reicht nicht aus. Es wird nie ausreichen.

»Das muss aufhören«, wispere ich tonlos. »Ich ertrage das nicht mehr, aber ich schaffe es auch nicht, dir zu widerstehen. Die Sache zwischen uns macht mich fertig.«

Ich bin so armselig. Keine Ahnung, wie oft ich schon meine Vorbehalte formuliert habe, nur um bei der nächsten Gelegenheit so weiterzumachen wie in den letzten sechs Monaten. Immerhin ist er einfühlsam genug, mich nicht darauf hinzuweisen.

»Ach, Lou«, sagt er bloß und wickelt sich eine Haarsträhne um den Zeigefinger. Eine Geste, die durch ihre Zärtlichkeit umso grausamer ist. Wieso hat er nicht den Mut, sich von ihr zu trennen?

In fast verlegenem Schweigen ziehen wir uns wieder an. Carsten verlässt die Vorratskammer zuerst. Ich bleibe alleine zurück und fühle mich wie ein Putzlappen. Benutzt und anschließend in die Ecke geschleudert.

Erst nach einigen Minuten bin ich in der Lage, die Kammer zu verlassen. Mit den Kaffeebohnen, die der ursprüngliche Grund für meinen Abstecher waren, gehe ich in die Personalküche, fülle den Automaten auf und mache mir endlich einen Kaffee. Den dritten heute. Meine Knie sind unangenehm wacklig, und obwohl ich gerade auf meine

Kosten gekommen bin, fühle ich mich seltsam leer und ausgelaugt. Immerhin scheint mich der Liebeskummer von den anonymen Mails in meinem Posteingang abzulenken, denn zumindest für den Moment bin ich emotional zu erschöpft, um weiter Angst zu haben.

Mit der Kaffeetasse in der Hand betrete ich das Büro und lasse mich auf meinen Platz sinken.

»Alles in Ordnung?«, erkundigt sich Fiona. »Du hast ziemlich lange gebraucht.«

»Die Bohnen mussten aufgefüllt werden«, erkläre ich vage, woraufhin sie nickt. Glaubt sie mir? Schöpft sie Verdacht? Verdammt, fast wünsche ich, dass unser Verhältnis auffliegt. Dann wäre Carsten dazu gezwungen, endlich eine Entscheidung zu treffen.

Der weitere Tag verläuft weitgehend ereignislos, und ich widerstehe mehrfach dem Drang, erneut die Mail zu öffnen. Am liebsten würde ich jedes Wort einzeln in mich aufsaugen und sämtliche Möglichkeiten der Umsetzung durchspielen. Allerdings ist mir bewusst, welche Auswirkung dies auf meine ohnehin schon angekratzte Gefasstheit hätte. Und schließlich besteht nach wie vor die Chance, dass es sich lediglich um einen grausamen Scherz handelt. Dann hätte mir meine Vorstellungskraft nur einen Streich gespielt.

Als ich nach der Arbeit nach Hause komme, bleibe ich auf der Schwelle stehen. Irgendetwas stimmt nicht. Zögerlich betrete ich den Flur und schließe die Tür hinter mir. Es dauert einige Sekunden, bis ich weiß, was mich irritiert.

Ein seltsamer Geruch hängt in der Luft. Nicht unangenehm, nur fremd. Würzig und herb, mit einem Hauch von Tabak. Er erinnert mich an ...

Beklommen ziehe ich die Schultern hoch.

Er erinnert mich an die Gewitternacht im Wald. So hat es in meinem Wagen gerochen, als ich wieder eingestiegen war, nachdem ich den Ast zur Seite geschafft hatte. Und kurz bevor ich die Spiegelscherbe auf der Rückbank fand.

Ich lege meinen Hausschlüssel in die flache Schale auf dem Regal neben der Tür und umfasse meine Handtasche fester. In diesem Moment wünsche ich mir, die Gartenschaufel nicht wieder in die Garage gelegt zu haben.

Vorsichtig bewege ich mich durch das Haus, jederzeit damit rechnend, dass sich eine Gestalt mit Skimaske auf mich stürzt.

Erst nachdem ich alle Zimmer samt Keller überprüft habe, lasse ich mich auf die Couch sinken. Mir wird klar, dass ich überreagiert habe. Mal wieder. In meinem Haus riecht es nur nach würziger Waldluft, und ich renne deshalb wie ein aufgescheuchtes Huhn durch sämtliche Räume, bewaffnet mit einer Handtasche. Ich sollte mich dringend zusammenreißen.

FÜNF

Die folgenden beiden Tage sind erfreulich ruhig. So ruhig, dass ich mich am Mittwochnachmittag sogar bereit fühle, zum Yogakurs zu gehen, den ich eigentlich ausfallen lassen wollte.

Er beginnt erst um 20:30 Uhr, sodass ich ausreichend Zeit habe, um vorher zu Hause eine Kleinigkeit zu essen, meine Sporttasche zu packen und in Ruhe eine Tasse Tee zu trinken.

Als das Wasser kocht und ich die Tür meines Küchenschranks öffne, um die Box mit den Teebeuteln herauszuholen, stocke ich. Das entsprechende Fach ist leer, obwohl ich sicher bin, sie nach meiner allabendlichen Tasse Tee gestern zurückgestellt zu haben. Sofort steigt mein Nervositätslevel. War jemand in meiner Küche, während ich bei der Arbeit war?

Na sicher. Weil jemand in mein Haus einbrechen würde, um meine Teebeutelkiste verschwinden zu lassen. Mein Verfolgungswahn nimmt allmählich bizarre Züge an. Unschlüssig lasse ich meinen Blick durch die Küche schweifen und halte Sekunden später inne.

Die Box steht neben der Mikrowelle. Zwar kann ich

mich nicht daran erinnern, sie dorthin gestellt zu haben, jedoch ist es durchaus möglich.

Ich atme einmal tief durch, nehme einen Beutel heraus und brühe den Tee auf.

Nachdem ich etwas Leichtes zu Abend gegessen und ein paar Seiten meines neuen Thrillers gelesen habe, ist es eigentlich Zeit zum Aufbruch. Doch auf der Couch ist es so gemütlich, dass ich ernsthaft in Erwägung ziehe, den Kurs ausfallen zu lassen. Dazu kommt das lauernde Unbehagen, das sich im Verlauf meiner Lektüre in mir ausgebreitet hat. Bis vor Kurzem mochte ich dieses Gefühl unterschwelligen Grusels noch, aber seit den Mails fühlt sich die Angst realistischer an, als mir lieb ist. Vielleicht sollte ich für die nächste Zeit auf Liebesromane als Lesestoff ausweichen.

Dann regt sich mein Stolz. Mag sein, dass ich zu Hause am sichersten bin, wenn ich Türen und Fenster verrammle und damit versuche, sämtliche Bedrohungen und düstere Grübeleien auszusperren. Trotzdem bin ich nicht bereit, mich von irgendwelchen dämlichen Geschichten einschüchtern zu lassen. Ich werde über meinen Schatten springen und zu meiner Yogastunde gehen. Entschlossen greife ich nach meiner Sporttasche, lösche im Haus alle Lichter, schließe sorgfältig ab und mache mich auf den Weg zum Auto.

Kurz nach acht erreiche ich das Fitnessstudio, ziehe mich um und verstaue meine restlichen Sachen im Spind in der Umkleide.

Wenig später nehme ich auf meiner Matte Platz und lausche dem Begrüßungsmantra der Yogalehrerin, die uns anschließend durch die verschiedenen Übungen führt. Zuerst habe ich Schwierigkeiten, meine wild kreisenden Gedanken auszuschalten, doch schließlich zeigen die ruhige Stimme der Leiterin und die sanften Klänge der Musik Wirkung. Als der Kurs zu Ende ist, fühle ich mich so gelöst und entspannt wie seit Tagen nicht mehr. Es war gut, dass ich hergekommen bin.

Während die anderen Teilnehmer direkt anschließend duschen, ziehe ich meine Yogakleidung aus, wickle mich in ein Handtuch und mache mich stattdessen auf den Weg zur finnischen Sauna auf der Dachterrasse.

Als ich in die Nacht hinaustrete, fröstle ich leicht. Nach der stickigen Luft im Studio streicht der Wind angenehm kühl über meine Haut. Mit schnellen Schritten laufe ich durch die hölzernen Ruheliegen und an den beiden Schwallduschen vorbei. Der gesamte Wellnessbereich ist verwaist.

Normalerweise genieße ich es, hier alleine zu sein. Seit einem guten Jahr bin ich mindestens einmal die Woche im Studio, und nie hatte ich Bedenken, alleine die Sauna zu benutzen – bis heute. Sofort ist die altbekannte Beklommenheit wieder da.

Energisch dränge ich die Erinnerung an die letzte Mail zurück.

So heiß. Zu heiß.

Wäre es besser, heute auf mein übliches Ritual zu verzichten? Zur Sicherheit? Kompletter Blödsinn.

Andererseits ist mir klar, dass ich das Unbehagen nicht mehr abschütteln kann. Den Saunagang jetzt durchzuziehen, nur um mir selbst zu beweisen, dass ich keine Angst habe, wäre kindisch. Außerdem könnte ich ihn unter diesen Umständen ohnehin nicht genießen. Ich beschließe, einfach Josy zu fragen, ob wir am Wochenende gemeinsam in die Sauna gehen.

Plötzlich höre ich ein leises Schaben, und das ungute Flattern in meinem Magen nimmt schlagartig an Intensität zu. Ich drehe mich in Richtung des Geräuschs. Die Saunatür neben mir steht offen. Weshalb? Sowohl Mitarbeiter des Studios als auch Saunagäste achten normalerweise peinlich genau darauf, sie geschlossen zu halten, damit möglichst wenig Wärme entweicht.

Nervös fahre ich mir mit der Zunge über die Unterlippe. Ich hätte doch wie die anderen Kursteilnehmer sofort duschen sollen. Alleine auf der Dachterrasse fordere ich das Schicksal nur heraus. Ich bin kurz davor, ins Gebäude zurückzurennen.

Fahrig blicke ich mich auf der Suche nach dem Urheber des Geräuschs um. Da ist niemand. Meine Kehle fühlt sich trocken an, mehrmals schlucke ich verkrampft. Ein eisiges Prickeln läuft meine Wirbelsäule hinab. Ich bin nicht mehr allein. Ich werde beobachtet, kann die fremden Augen förmlich auf mir spüren.

Im selben Moment, in dem ich mich entgegen aller Vernunft zur kopflosen Flucht entscheide, werde ich heftig gegen die Schulter gestoßen.

Unterdrückt schreie ich auf und taumle zur Seite, direkt durch die offen stehende Saunatür, hinter der sich mein Angreifer verborgen haben muss. Mit einem erstickten Keuchen registriere ich die Person mit der schwarzen Skimaske, dann fällt die Tür zu.

Für einige Sekunden stehe ich regungslos im Dämmerlicht. Panik steigt in mir auf. Ein Zufall ist ausgeschlossen, und obwohl ich ahne, dass es vergeblich ist, werfe ich mich gegen die Holztür mit dem getönten Sichtfenster. Sie bewegt sich keinen Millimeter. Hat sie ein Schloss? Eigentlich eine unsinnige Vorstellung, dennoch geht sie nicht auf. Ich bin gefangen.

Die Hitze steht in starkem Kontrast zu der kühlen Luft auf der Dachterrasse, und schon nach wenigen Minuten hat sich ein Schweißfilm auf meiner Haut gebildet. Im gleichen Maße, wie die Hitze unerträglicher wird, wächst auch meine Angst.

Wieder gehe ich zur Tür und schlage mehrfach mit der flachen Hand gegen das Glas. Ohne Erfolg. Ich werfe mich mit meinem gesamten Gewicht dagegen. Vergeblich. Ich bin in diesem Brutkasten gefangen. Ich könnte schwören, dass die Temperatur höher ist als sonst, aber vielleicht ist es auch das Entsetzen, das mir das Atmen schwer macht und sich wie eine dicke Decke auf meine Sinne legt.

Unwillkürlich erinnere ich mich an die reißerischen Schlagzeilen von verschiedenen Zeitungsartikeln über Menschen, die in der Sauna umgekommen sind.

Brutaler Hitzetod

Die Hölle auf Erden
Saunagang ins Jenseits

Waren diese Berichterstattungen realistisch? Wie lange kann der menschliche Körper solch hohe Temperaturen ertragen? Wie heiß kann es hier drinnen überhaupt werden? Ist nicht draußen ein Regler angebracht, damit die Saunagänger im Innern die Einstellungen nicht verändern können?

Verzweifelt kämpfe ich darum, nicht in Panik zu verfallen. Von dem leichten Frösteln vor ein paar Minuten ist nichts mehr zu spüren.

Die kriechende Kälte wurde von erbarmungsloser Hitze abgelöst.

Wieder lege ich meine Handflächen auf die Tür und drücke mit voller Kraft dagegen. Sie rührt sich keinen Millimeter.

Kein Weg nach draußen.
Eingesperrt. Gefangen in der Hitze.

Ruhig bleiben. Wenn ich hyperventiliere, wird mein Kreislauf nur umso schneller zusammenbrechen, und ich will gar nicht daran denken, was passiert, wenn ich hier umkippe und nicht rechtzeitig gefunden werde. Irgendwie muss ich auf mich aufmerksam machen.

Rettet mich.

Hat mich jemand beim Betreten der Dachterrasse gesehen? Ist mir jemand vom Studio-Team gefolgt, um mich im Auge zu behalten? Immerhin bin ich die Einzige im Wellnessbereich.

Im Dämmerlicht meines Gefängnisses taste ich mich an den Holzbänken entlang. Mit jedem Schritt kommt es mir heißer vor. Obwohl ich regelmäßig in die Sauna gehe, stoße ich an meine Grenzen. Zu heiß. Als würde bei jedem Atemzug Feuer meine Kehle hinabfließen.

Glühend. Verzehrend.

Allmählich beginnt sich der Raum um mich zu drehen. Nahe der Tür lasse ich mein Handtuch zu Boden fallen und kauere mich darauf zusammen. Ab welcher Temperatur nimmt die Haut Schaden? Wie lange hält ein Mensch das aus? Wie lange halte *ich* das aus?

Angst. Entsetzen. Panik.

Ich kann nicht mehr richtig atmen. Die Luft ist zu heiß, zu zäh, zu dumpf. Ich ringe um jeden Atemzug. Es fühlt sich an, als würde ich verbrennen. Innerlich und äußerlich.

Er kommt.

Mittlerweile bin ich nicht mehr in der Lage, einen sinnvollen Gedanken zu fassen, bin der Ohnmacht immer näher. Mein Puls rast, die Haare kleben mir im Gesicht. Schweiß brennt in meinen Augen, und ich schließe die Lider. Alles verschwimmt. Gedanken, Zeit, meine Umgebung. Meine Wahrnehmung löst sich an den Rändern auf.

Ist das mein Ende?

In diesem Moment wird die Tür aufgerissen, und ein Schwall kühler Luft streift meinen Körper. Eine Gestalt steht vor mir und sieht auf mich herab. Noch immer verläuft alles in meinem Blick, sodass ich ihren Gesichtsausdruck nicht richtig sehen kann.

»Louisa? Bist du das?« Trotz des Rauschens in meinen Ohren erkenne ich die Stimme von Ben, einem Trainer.

»Hilfe«, krächze ich, und er reagiert sofort, zerrt mich an den Oberarmen hoch und aus der heißen Hölle. Obwohl Ben vollkommen bekleidet ist, könnte mir meine Nacktheit ihm gegenüber gerade nicht egaler sein. Er hat mein Leben gerettet, das ist alles, woran ich denken kann. Ich war kurz davor, das Bewusstsein zu verlieren. Fraglich, ob ich wieder aufgewacht wäre.

Die kalte Luft auf der Dachterrasse trifft mich wie ein Vorschlaghammer. Weil ich mich aus eigener Kraft nicht auf den Beinen halten kann, lasse ich mich schweißüberströmt und dennoch zitternd ins Innere des Studios führen.

Dankbar hülle ich mich in das Handtuch, das Ben mir zuvor aus einem Schrank im Mitarbeiterbereich geholt hat.

»Du musst zuerst auf Normaltemperatur runterkühlen«, erklärt er und legt mir eine Manschette an, um meinen Blutdruck zu prüfen.

In den folgenden zehn Minuten lasse ich diverse Gesundheitschecks über mich ergehen, erst danach erlaubt mir Ben, in die Damenumkleide zurückzukehren und kalt zu duschen.

Nachdem ich meine Kleider übergezogen habe, fühle ich mich schon wieder deutlich besser.

Mit meiner Sporttasche über der Schulter gehe ich zum Empfangstresen, um mich zu verabschieden.

»Noch mal vielen Dank«, wende ich mich mit einem schwachen Lächeln an Ben, der mich prüfend mustert.

»Als unerfahrene Saunagängerin solltest du nie alleine saunieren. Wobei du das eigentlich häufiger machst, oder?«, sagt er, woraufhin ich nicke.

»Das hätte ganz anders ausgehen können«, fährt er fort, »wenn ich nicht meine übliche Runde gemacht hätte. Warum hast du die Sauna nicht verlassen, als du gemerkt hast, dass es dir zu viel wird?«

»Jemand hatte die Tür abgeschlossen«, murmle ich undeutlich, ohne den Blick zu heben.

Ben schnaubt ungläubig. »Saunatüren haben weder Schlösser noch Riegel«, sagt er dann. »Viel zu gefährlich. Wahrscheinlicher ist, dass du durch die Hitze schon so neben der Spur warst, dass du an der Tür gezogen hast statt sie aufzudrücken. Ich konnte sie problemlos öffnen.«

Ich erwidere nichts, vollkommen überfordert von dieser Information. Er glaubt mir nicht. Kann es wirklich sein, dass ich mich derartig getäuscht habe? Dass ich mir eingebildet habe, in der Hitze gefangen zu sein?

Nein. Mein Angreifer hat sich hinter der offenen Tür verborgen, und ich habe mich mit vollem Gewicht von innen dagegengestemmt. Ich bin mir absolut sicher, dass ich eingesperrt war.

Ben beobachtet mich noch immer mit einer Mischung aus Sorge und Irritation.

»Durchaus möglich, dass ich mir das in meiner Panik nur eingebildet habe«, gebe ich mangels glaubwürdiger Alternativen schließlich zu.

»Ab sofort gehst du da nicht mehr alleine rein, klar?«, will er sich mit einem schiefen Grinsen versichern.

»Klar«, erwidere ich, obwohl ich weiß, dass ich so schnell keine Sauna mehr betreten werde.

Ich schaffe es bis in meinen Fiat, bevor meine mühsam aufrechterhaltene Selbstbeherrschung in sich zusammenbricht. Obgleich sich meine Körpertemperatur mittlerweile normalisiert hat, beginne ich erneut zu zittern, während ich gleichzeitig das Bedürfnis habe, die Fenster zu öffnen, um frische Luft in den Innenraum zu lassen.

Statt dem Drang nachzugeben, aktiviere ich die Zentralverriegelung. Draußen ist es mittlerweile stockdunkel, und sollte sich mir jemand jetzt mit bösen Absichten nähern, werde ich ihn erst bemerken, wenn es zu spät ist. Ich sehe mich um. Der Parkplatz des Fitnessstudios ist menschenleer. Ich könnte angegriffen werden, ohne dass jemand etwas davon mitbekommt. Ich könnte spurlos verschleppt werden, einfach verschwinden. Ben würde bei einer Befragung wahrscheinlich von meiner Unzurechnungsfähigkeit in Kombination mit meiner Überzeugung, ein Unbekannter habe mich in der Sauna eingeschlossen, berichten. Im Gegensatz zu ihm weiß ich, dass die Tür verriegelt war. Eingeschlossen in der Hitze – wie es der anonyme Absender in der letzten Mail vom Montag angekündigt hat. Damit hat sich das dritte Szenario erfüllt, und zwar auf ziemlich grausame

Weise. Nicht auszuschließen, dass ich mich in Lebensgefahr befand. Bis dahin war der Unbekannte auf Abstand geblieben, aber jetzt hat er mich zum ersten Mal körperlich angegriffen. Es scheint, als würde er seine Hemmungen verlieren. Die Vorstellung löst blankes Entsetzen in mir aus. Ich kann es nicht mehr leugnen: Seit ich die Spiegelscherbe gefunden habe, spitzen sich die Ereignisse kontinuierlich zu.

Die Spiegelscherbe.

Ich zucke zusammen. Sie lag auf der Rückbank in meinem verschlossenen Wagen. Selbst in meinem Fiat bin ich nicht so sicher, wie ich glauben möchte. Hektisch drehe ich mich um und lehne mich zwischen den beiden vorderen Sitzen nach hinten. Als ich nichts Auffälliges erkenne, wird mir fast schlecht vor Erleichterung. Mit rasendem Puls sinke ich wieder in den Fahrersitz und bemühe mich, langsam zu atmen. Ich bin vollkommen fertig, der Gedanke, in mein großes, dunkles, einsames Haus zurückzukehren, ist unerträglich.

Mit zitternden Fingern durchwühle ich meine Sporttasche und hole kurz darauf mein Handy heraus.

»Hey«, meldet sich Josy nach dem ersten Klingeln.

»Kann ich bei euch übernachten?«, falle ich mit der Tür ins Haus. »Ich erzähle dir später alles. Ich war beim Yoga und stehe noch vor dem Studio auf dem Parkplatz.«

»Heute ist leider schlecht«, erwidert sie zögerlich. »Timo hat ein paar Arbeitskollegen eingeladen, und sowohl Couch als auch Gästezimmer sind belegt. Musst du morgen nicht arbeiten?«

Ich schweige einige Sekunden lang.

»Doch«, murmle ich dann. »Doch. Das muss ich.«

»Lou.« Josys Stimme klingt besorgt. »Was ist los?«

»Ich kann jetzt nicht alleine sein«, bringe ich erstickt hervor und kämpfe gegen die aufsteigenden Tränen an.

»Okay, dann komme ich zu dir und bleibe über Nacht«, entscheidet meine Freundin, ohne weitere Fragen zu stellen. »Gib mir eine halbe Stunde.«

»Danke«, sage ich und meine es aus tiefstem Herzen, woraufhin wir uns verabschieden und auflegen.

Ich verstaue mein Handy, atme einmal tief durch und mache mich auf den Heimweg.

Die Fahrt ist eine Tortur. Bei jeder Bewegung am Straßenrand rechne ich damit, die schwarze Gestalt zu sehen, und als ich schließlich zu Hause ankomme, bin ich schweißgebadet.

Da ich nicht den Mut finde, den Wagen zu verlassen, bleibe ich in der offen stehenden Garage sitzen. Nach wenigen Minuten ertönt plötzlich ein Klacken, und alles um mich herum ist dunkel. Wie erstarrt kauere ich auf meinem Sitz, die Hände um das Steuer geklammert, und warte.

Nach einer gefühlten Ewigkeit parkt Josy hinter mir in der Einfahrt. Der Bewegungsmelder schaltet die Beleuchtung wieder an, sodass die Garage in grelles Licht getaucht ist.

Ich nehme die Sporttasche vom Sitz und öffne die Fahrertür. Mit wenigen Schritten ist Josy bei mir und zieht mich in eine feste Umarmung.

»Lou«, sagt sie. »Was ist nur los mit dir? Du siehst ja schrecklich aus.«

Ich schüttle den Kopf und spähe gleichzeitig über ihre Schulter nach der Handschaufel, die ich am Freitag in der Annahme an ihren Platz zurückgelegt habe, ich würde sie nicht mehr brauchen.

Nach wenigen Sekunden löse ich mich von meiner Freundin, schnappe mir die Schippe und umklammere sie so fest, dass meine Knöchel knacken.

»Drinnen«, bringe ich hervor, während ich Josy am Handgelenk hinter mir her zur Haustür ziehe. Den nächtlichen Garten behalte ich dabei im Auge. Wenn der Angreifer das Fitnessstudio vor mir verlassen hat, wäre es durchaus möglich, dass er vorausgefahren ist und mir hier auflauert, um das zu Ende zu bringen, was er in der Sauna angefangen hat.

Erst als ich die Haustür hinter uns zugeknallt, die Kette vorgelegt und mehrfach abgeschlossen habe, geht mein Atem etwas leichter.

»Ich sollte mir eine Alarmanlage anschaffen«, murmle ich und fahre mir erschöpft über die Stirn.

Josy mustert mich kritisch, dann schiebt sie mich ins Wohnzimmer, wo sie mich auf einen Sessel drückt.

»Du wirst jetzt aufhören, dich so neurotisch aufzuführen, und mir erzählen, was passiert ist«, verlangt sie fast streng. »Aber vorher mache ich uns einen Tee.«

Ich nicke, streife meine Schuhe ab und ziehe die Beine an. Die Gartenschaufel lege ich neben mich auf den Couchtisch.

Josy runzelt die Stirn, macht sich in meiner offenen Küche zu schaffen und kehrt knappe fünf Minuten später mit zwei dampfenden Tassen zurück.

»Schieß los«, fordert sie mich auf und setzt sich mir gegenüber.

Ich kämpfe die aufsteigende Panik nieder und versuche, meine Erlebnisse der letzten beiden Stunden möglichst nüchtern zu schildern. Allerdings muss ich meine Hände ineinander verschränken, um ihr Zittern zu verbergen.

Nachdem ich meine Zusammenfassung beendet habe, herrscht Schweigen. Ich hebe den Kopf, um Josy anzusehen. Ihre Miene bestätigt meine schlimmsten Befürchtungen. Sie betrachtet mich genauso skeptisch wie Ben, der mich aus der Sauna gerettet hat.

»Du glaubst mir nicht«, stelle ich tonlos fest.

Josy stößt zischend Luft aus. »Ich glaube dir, dass du dachtest, du seist eingesperrt«, sagt sie vorsichtig, woraufhin ich resigniert seufze. »Du wirkst in letzter Zeit ohnehin ein wenig ... überreizt. Diese Mails haben dich irgendwie aus dem Gleichgewicht gebracht.«

»Wärst du etwa nicht *überreizt*, wenn jemand hinter dir her wäre und dich per Mail mit schrecklichen Geschichten terrorisieren würde, die sich dann tatsächlich so oder so ähnlich abspielen?«, fahre ich auf.

»Natürlich«, besänftigt mich Josy. »Trotzdem gab es bisher kein Zeichen von Fremdeinwirkung oder wirklicher Gefahr.«

»Aber ich wurde gestoßen und in einer Sauna eingesperrt!«, beharre ich. »Was soll das sonst gewesen sein?«

»Und dieser Trainer hat gesagt, er habe die Tür ohne Weiteres öffnen können?«, hakt sie nach.

Ich unterdrücke ein Stöhnen. »Ja. Aber als ich mich dagegengestemmt habe, war sie verschlossen.«

»Okay«, erwidert Josy und klingt nicht im Mindesten überzeugt. In diesem Moment wird mir klar, dass mir die Hände gebunden sind. Ich kann sie nicht zwingen, mir zu glauben.

»Vielleicht habe ich mir ja in der Panik doch nur etwas zusammenfantasiert«, lenke ich ein, obgleich ich nach wie vor zu hundert Prozent vom Gegenteil überzeugt bin. Einen Stoß bildet man sich wohl kaum ein. Und die verdammte Tür *war* verschlossen.

Im Verlauf der nächsten halben Stunde trinken wir eine weitere Tasse Tee und vermeiden alle riskanten Themen. Josys Gesellschaft beruhigt mich, und ich bin ihr mehr als dankbar, dass sie sich zum Übernachten bereit erklärt hat, obwohl sie deshalb morgen deutlich früher aufstehen muss, um pünktlich zu ihrer Schicht im Kindergarten anzutreten.

Gegen dreiundzwanzig Uhr beschließen wir, langsam ins Bett zu gehen. Nachdem wir die Tassen in die Küche getragen haben, nehme ich die Schaufel vom Tisch. Josy zieht die Augenbrauen hoch, sagt jedoch nichts.

Gemeinsam gehen wir die Treppe hoch, und wie immer fällt mein Blick dabei auf die Kunstdrucke meines Lieblingsmalers Franz Marc, die durch ihre knalligen Farben

Energie und gute Laune verbreiten. Pferde in Blau. Ein bunter Urwald. Ein blauschwarzer Fuchs.

Ich bleibe so ruckartig stehen, dass Josy gegen meinen Rücken prallt.

»Lou, was —«, setzt sie an und verstummt, als sie meinen Gesichtsausdruck sieht.

»Das Bild«, bringe ich hervor, während ich den Kunstdruck anstarre. Ich reibe mir die Augen und zwinkere mehrfach. Keine Veränderung.

»Der Fuchs?«, fragt Josy, die meinem Blick gefolgt ist. »Was ist damit?«

»Er schaut in die falsche Richtung«, flüstere ich und bin mir bewusst, dass ich gerade ziemlich verrückt klinge. Trotzdem ziehe ich nur Sekunden später den nächsten Schluss. »Das ist nicht mein Bild. Jemand muss es ausgetauscht haben.«

Josy schweigt, beißt sich auf die Unterlippe und sieht unschlüssig zwischen dem Kunstdruck und mir hin und her. »Du denkst, dass jemand in dein Haus eingedrungen ist, um ein Bild auszutauschen?«, vergewissert sie sich zweifelnd. »Weshalb sollte das jemand tun?«

Ich berühre mit den Fingerspitzen den Fuchs und ziehe seine Umrisse nach.

»Dieses Bild hängt seit über einem Jahr im Treppenhaus«, erkläre ich mit bemühter Ruhe. »Und die Schnauze des Fuchses hat immer in Richtung der Pferde gezeigt. Nach rechts. Ich schwöre es dir. Ich fand es witzig, dass er die Pferde anschaut.«

Automatisch umfasse ich die Schaufel etwas fester.

Josy atmet ein, als wollte sie etwas sagen. Wenn sie jetzt erneut davon anfängt, dass mich mein Erlebnis in der Sauna durcheinandergebracht hat und ich ohnehin *überreizt* wirke, werde ich ganz sicher losschreien.

Anscheinend spürt meine Freundin meinen drohenden hysterischen Anfall.

»Okay«, beruhigt sie mich und nickt. »Ich glaube dir. Schließlich hast du die Bilder aufgehängt, und die anderen ...«

Obwohl sie ihren Satz nicht beendet, weiß ich, worauf sie hinauswill. Schnell prüfe ich die restlichen Kunstdrucke, kann aber keine Auffälligkeiten feststellen.

»Die sind normal. Glaube ich«, entgegne ich unsicher. Obgleich ich täglich mehrmals an ihnen vorbeilaufe, schaue ich sie selten richtig an. Mit Ausnahme des Fuchses, der deutlich größer als die anderen und mein Lieblingsbild ist. Nachdenklich streiche ich über die glatte Oberfläche des Druckes. Oder täusche ich mich doch?

»Ich gehe schon mal ins Bad«, beschließt Josy, während ich weiterhin wie hypnotisiert den Fuchs fixiere.

Meine Freundin hat recht. Weshalb hätte jemand das Bild austauschen sollen? Um mir Angst zu machen? Um meine Paranoia zu befeuern? Um mir zu demonstrieren, wie verwundbar ich in meinem eigenen Haus bin?

Entnervt bemerke ich, dass ich schon wieder dabei bin, mich selbst in Panik zu versetzen. Seit dem Vorfall im Fitnessstudio vorhin bin ich völlig durch den Wind. Obwohl mir Josy offensichtlich keinen Glauben schenkt und an meiner Zurechnungsfähigkeit zweifelt, bin ich unglaublich froh, dass sie da ist.

Nachdem wir uns beide für die Nacht fertig gemacht haben, verschwindet Josy im Gästezimmer, das sich ebenso wie mein Schlafzimmer im ersten Stock befindet. Am liebsten würde ich sie bitten, bei mir zu schlafen, aber das würde sie vermutlich vollends von meinem Verfolgungswahn überzeugen.

Kurz darauf liege ich in meinem Bett, die Gartenschaufel direkt neben meinem Kopfkissen. Ziemlich schräg, aber sie vermittelt mir Sicherheit und das Gefühl, nicht total hilflos zu sein.

Durch die vergangenen Stunden ausgelaugt, dauert es nicht lange, bis ich einschlafe. Doch die Nacht ist nur wenig erholsam, denn weit vor Sonnenaufgang lässt mich eine Erkenntnis hochschrecken: Sowohl nach meiner Entdeckung der Spiegelscherbe als auch nach der Begegnung mit dem Unbekannten im Garten kam am folgenden Tag die nächste Mail. Was wird mich also erwarten, wenn ich am Morgen meinen Posteingang öffne?

Ich lasse mich zurück ins Kissen sinken, schiebe alle Grübeleien beiseite und versuche, noch ein wenig Schlaf zu finden.

SECHS

Als ich die Augen wieder aufschlage, fällt mein Blick als Erstes auf die Handschaufel, die nach wie vor neben mir liegt. Andere wachen neben einem Mann auf, ich neben einem Gartenwerkzeug.

Mein zynisches Lächeln vergeht mir sofort, als ich mich an den Grund für meine außergewöhnliche Gesellschaft im Bett erinnere. Am liebsten würde ich mich in meinem Haus verschanzen, den Rest der Welt ausschließen und insbesondere nicht in meinen Posteingang schauen. Vielleicht kann ich mich ja krankmelden und eine kleine Auszeit nehmen.

Im Bad begegne ich Josy, deren prüfender Blick mich dazu bringt, gute Laune vorzutäuschen und so zu tun, als würde ich mich über meine gestrige Hysterie bestens amüsieren.

Nachdem wir in Ruhe gefrühstückt haben, machen wir uns beide auf den Weg zur Arbeit. Ich hänge mir meine Tasche über die Schulter und greife, ohne hinzusehen, nach dem Schlüssel auf der Kommode neben der Haustür.

Ich greife ins Leere.

Irritiert mustere ich die Schale, meinen üblichen Ablageplatz für den Schlüsselbund. Habe ich ihn vielleicht gestern im Schloss stecken lassen? Oder ist er noch in meiner Handtasche? Nein. Dabei bin ich mir sicher, dass ich die Haustür abgeschlossen habe. Mehrmals.

»Lou?«, fragt Josy, die neben mir steht.

»Mein Schlüssel«, murmle ich, und in meinem Kopf formt sich sofort das entsprechende Horrorszenario. War jemand im Haus, während wir geschlafen haben? Hat sich jemand Zutritt verschafft und –

»Auf der Theke in der Küche«, unterbricht Josy meine Gedanken. »Da lag er zumindest eben noch, als wir Kaffee getrunken haben.«

Ich atme auf. »Du hast ihn dort hingelegt?«

»Nein«, widerspricht Josy. »Aber ich habe ihn da gesehen.«

Meine Erleichterung verpufft abrupt. »Du hast den Schlüssel nicht von der Kommode mit in die Küche genommen?«, vergewissere ich mich.

»Nein«, beteuert Josy. »Weshalb auch?« Sie runzelt die Stirn, als ihr mein unausgesprochener Verdacht klar wird.

»Lou«, sagt sie eindringlich. »Du musst jetzt endlich mal runterkommen und dich beruhigen. Du bist bleich wie eine Wand. Bestimmt hast du den Schlüsselbund gestern Abend selbst in Gedanken auf den Tisch gelegt und kannst dich nicht mehr erinnern, weil du so durcheinander warst.«

»Bestimmt«, flüstere ich. Aber seit ich vor einem halben Jahr um ein Haar ein wichtiges Meeting verpasst hätte, weil ich den Schlüssel nicht gefunden habe, achte ich peinlich darauf, ihn in die Schale zu legen. Immer.

Eine knappe Stunde später sitze ich an meinem Schreibtisch im Büro und sehe dabei zu, wie der Rechner hochfährt. Glücklicherweise sind meine Kollegen noch nicht da, weshalb ich mir keine Mühe geben muss, meine Nervosität zu verbergen. Ich nippe an meinem zweiten Kaffee für heute, lege die Hand auf die Maus, bringe es aber nicht über mich, meine Mails abzurufen.

Noch ein wenig die Unwissenheit genießen. Mich ein paar Minuten der Illusion hingeben, der Terror sei zu Ende, bevor ich mich der Realität stellen muss. Der grausigen Realität, dass irgendein Verrückter hinter mir her ist, der es sich anscheinend zur Aufgabe gemacht hat, meinen Verstand in seine Einzelteile zu zerlegen. Wenn ich seine Nachrichten ab sofort ignorieren würde, hätte er weniger Macht über mich. Andererseits jagt mir das damit einhergehende Risiko Angst ein. Für den Absender macht es vermutlich keinen Unterschied, ob ich seine Mails öffne oder nicht. Er wird seinen Plan auf jeden Fall durchziehen, und wenn ich die Geschichten kenne, habe ich wenigstens eine Chance, die Bedrohung vorherzusehen und ihr vielleicht zu entkommen.

Bevor ich noch länger darüber nachdenken kann, klicke ich auf mein Postfach. Sofort springt mir der Betreff ins Auge.

Noch elf Tage

Mir wird übel. Ich will den Inhalt der Mail nicht lesen, aber ihn zu ignorieren wäre deutlich schlimmer. Ich presse die Lippen aufeinander, unterdrücke die zunehmende Panik und klicke auf den Betreff.

Der Tod fand Louisa in der einsamen Dunkelheit.

Gemeinsam mit ihren Freunden wollte sie eine Höhle besichtigen. Die Vorfreude war groß. Tickets wurden gelöst, Helme aufgesetzt, Taschenlampen eingeschaltet.

Letzte Sicherheitsanweisungen des Höhlenführers, dann stellten sie sich der Schwärze.

Je tiefer sie in den Berg eindrangen, desto kühler wurde es.

Ausgelassene Stimmung.

Bis …

Ein Klopfen.

Louisa hielt inne. Lauschte.

Geräusche wirken in der Dunkelheit um ein Vielfaches lauter.

Lichtkegel zerschnitten die Finsternis.

Als der Schein einen Umriss traf, blieb sie schlagartig stehen.

Eine Gestalt mit einer schwarzen Maske.

Stopp. Jemand ist hier.

Irritation unter den Freundinnen. Skepsis des Höhlenführers.

Die Höhle wird regelmäßig kontrolliert. Nichts zu befürchten.

Weitergehen. Dunkelheit kann Angst machen. Man bildet sich Dinge ein, die nicht existieren. Schlimme Dinge.

Nach einigen Minuten geschah es wieder.

Ein Flüstern gleitet von den Wänden. So flüchtig und hohl, dass es auch das Wispern des Windes sein könnte. Doch der Wind weht nicht in den Tiefen des Höhlenlabyrinths.

Louisa.

Niemand sieht ihn außer ihr.
Niemand sieht richtig hin.
Erneut Schreie. Erneut Fassungslosigkeit. Erneut Unglaube.
Langsam setzt die Gruppe ihren Weg fort. Louisa kann die Blicke der anderen nicht sehen, aber sie kann sie spüren.
Was ist mit ihr los?
Sie ist hysterisch. Überreizt. Die Dunkelheit zu viel für sie.
Er kommt.
Ein Geräusch in der Finsternis. Ganz nah.
Jemand ist hier. Helft mir.
Keine Reaktion. Nur Einbildung. Unzurechnungsfähigkeit. Wie schon zuvor.
Zu spät.
Ein eiserner Griff um ihr Handgelenk zieht sie in die Schwärze.
Ihre Augen werden nie wieder das Licht erblicken.
Er ist da.

Mein Herz klopft so heftig, als wollte es jeden Moment aus meiner Brust springen. Wie erwartet ist die Geschichte schlimmer als die vorigen. Das Feuer in der Gartenhütte war zwar schon bedrohlich, aber in dieser Mail gibt es einen weiteren Aspekt, der mir Übelkeit verursacht: die Freunde, die sich von der Louisa in der Geschichte abwenden und ihr nicht mehr glauben, weil sie vor Angst durchdreht. Weil ihr Verhalten nicht mehr nachvollziehbar ist. Weil ihre Hysterie sie verschreckt hat.

Sofort kommt mir der gestrige Abend in den Sinn. Josys Blick, als mich der gespiegelte Fuchs im Treppenhaus aus der Bahn geworfen hat. Ihre nur vorgetäuschte Sorge, nachdem ich ihr von meinem Erlebnis in der Sauna erzählt hatte.

Du wirkst in letzter Zeit ohnehin ein wenig ... überreizt.

»Morgen, Lou«, reißt mich Fiona aus meinen Gedanken und lässt ihre Handtasche auf ihren Tisch fallen. Das Geräusch löst bei mir fast einen Herzinfarkt aus. Ich bin ein nervliches Wrack und ganz klar nicht nur *ein wenig überreizt.*

Als gegen elf Uhr mein Handydisplay aufleuchtet, habe ich noch nichts Sinnvolles zustande gebracht, sondern nur blind auf die ersten Entwürfe eines neuen Designs gestarrt.

Ich öffne die Nachricht von Josy und muss das Bild, das sie mir geschickt hat, erst einige Sekunden lang betrachten, bis die Erkenntnis einsetzt.

Es zeigt den Fuchs, der in meinem Treppenhaus hängt – und seine Schnauze ist nach links gerichtet.

Mit einem unguten Gefühl scrolle ich nach unten, um zu lesen, was Josy geschrieben hat.

Hey, Süße, das Ganze hat mir keine Ruhe gelassen, also habe ich recherchiert: Auf dem Original schaut der Fuchs nach links, genau wie der auf deinem Kunstdruck.

Fahrig öffne ich die Suchmaschine meines Vertrauens, um mich selbst davon zu überzeugen, obwohl mir klar ist, was meine Recherche ergeben wird.

Wenige Minuten später lehne ich mich in meinem Stuhl zurück. Das Blut rauscht in meinen Ohren, in meinem Magen hat sich eine klamme Kälte eingenistet.

Sie hat recht. Josy hat verdammt noch mal recht. Der Fuchs schaut nach links. Und trotzdem bin ich mir sicher, dass dies auf dem Kunstdruck neben meiner Treppe nicht der Fall war; zumindest bis gestern.

Ich fahre mir müde übers Gesicht. Alles deutet darauf hin, dass ich allmählich den Verstand verliere. Wenn tatsächlich jemand das Bild ausgetauscht hat, muss es sich um einen doppelten Wechsel gehandelt haben. Wurde der Fuchs ausgetauscht, kurz nachdem ich ihn aufgehängt hatte? War schon damals jemand in meinem Haus, ohne dass ich es bemerkt habe? Oder hatte ich ein Exemplar mit dem gespiegelten Druck gekauft, das jetzt durch das Original ersetzt wurde? Ich habe keine Ahnung.

Den restlichen Vormittag verbringe ich in ständiger Angst vor einem neuerlichen Angriff auf mein Leben. Obwohl meine Kollegen um mich herum sind, fühle ich mich nicht sicher. Durch die wechselnden zeitlichen Abstände der Ereignisse ist nicht vorhersehbar, wann der Unbekannte das nächste Szenario in die Tat umsetzen wird. Klar ist nur, dass er es tun wird, und das macht mich verrückt. Spätestens jetzt realisiere ich, was wir Astrid damals angetan haben. Was uns wie ein harmloser Scherz erschien, war in Wirklichkeit Psychoterror vom Feinsten. Indem wir einander mit schrägen Ideen übertrafen und diese mit viel Gelächter und Spaß Realität werden ließen, zerstörten wir ihr Leben.

Insbesondere Nicks Vorschläge wurden damals zunehmend extremer. Ich fand jeden einzelnen davon schon aus

Prinzip großartig, weil ich bis über beide Ohren in ihn verliebt war. Er hätte alles vorschlagen können, und ich hätte ihn darin unterstützt. Falsch, ich *habe* ihn in allem unterstützt. Und er war es auch, der aus unseren Ideen Gruselgeschichten in dem für ihn so typischen Stil gemacht hat. Dem gleichen Stil, der sich jetzt in den Texten wiederfindet, die in meinem Posteingang landen.

Ich warte, bis sich Fiona in ihre Mittagspause verabschiedet hat, dann öffne ich die bisherigen vier Mails, sodass ich sie miteinander vergleichen kann. Der Absender ist jedes Mal ein anderer, immer eine zufällig generierte Adresse. Die Überschriften in der Betreffzeile folgen einem gleich bleibenden Schema, und auch verschiedene Formulierungen tauchen immer wieder auf.

Bis ...
Louisa.
Er kommt.
Zu spät.
Er ist da.

Ich ziehe leicht die Schultern hoch und reibe mir die Arme, um die beginnende Gänsehaut zu vertreiben. Damals wie heute ist der Ausdruck des Schreibers sehr speziell. Eine Anhäufung von Adjektiven. Unfertige Sätze. Sinneseindrücke. Der Tenor ist atemlos, gehetzt und Furcht einflößend.

Wäre es möglich, dass Nick selbst diese Mails geschrieben hat? Aber weshalb sollte er das tun?

Der Gedanke, nach all der Zeit Kontakt zu ihm aufzunehmen, macht mich sofort nervös. Abgesehen davon bezweifle ich, dass ein Telefonat etwas bringen würde. Die Wiederbelebung der Idee des Countdown-Mörders ist grausam, aber bis ins kleinste Detail durchdacht. Sollte Nick der Absender sein, würde er das garantiert nicht zugeben, nur weil ich ihn mit meinem Verdacht konfrontiere.

Sinnvoller erscheint es mir, zuerst Patrick oder Dana anzurufen. Nach der Eskalation an der Brücke hat sich unser Verhältnis merklich abgekühlt, bis sich schließlich unsere Wege trennten. Vermutlich haben sie im Verlauf der letzten Jahre ebenso wenig an mich gedacht wie ich an sie.

Trotzdem ist unsere gemeinsame Vergangenheit ein Anhaltspunkt, den ich nicht ignorieren sollte, wenn ich herausfinden will, wer hinter den Mails steckt. Und nachdem selbst Josy bereits an meiner Zurechnungsfähigkeit zweifelt, muss ich die Dinge selbst in die Hand nehmen. Immerhin ist es denkbar, dass ich nicht die Einzige bin, die mit diesen grauenvollen Geschichten gequält wird. Vielleicht erlaubt sich Nick einen Spaß und schickt uns allen diesen Mist?

Ich muss diese Chance auf Klärung einfach nutzen. Wahrscheinlich hätte ich diesen Schritt schon viel früher gehen sollen. Obwohl ich das, was ich im Moment durchstehen muss, keinem meiner damaligen Freunde wünsche, durchflutet mich verzweifelte Hoffnung darauf, meine Angst bald mit jemandem teilen zu können, der mich versteht und ernst nimmt.

Kurz entschlossen gebe ich Danas vollen Namen in die Maske der Suchmaschine ein und stöhne resigniert auf, als ich die Treffer sehe: Bei allen handelt es sich um alte Einträge. Vermutlich hat sie geheiratet und den Nachnamen ihres Mannes angenommen. Bestimmt wäre es möglich, Danas Spur zu verfolgen und sie ausfindig zu machen, allerdings auch ziemlich zeitaufwändig.

Bei Patrick habe ich mehr Glück. Ich stoße nicht nur in den sozialen Netzwerken auf sein Profil, sondern außerdem auf die Seite seines Maklerbüros, auf der ich eine Handynummer entdecke. Während ich die Ziffern tippe, klopft mir mein Herz bis zum Hals. Nie hätte ich gedacht, dass es mir so schwerfallen würde, Kontakt zu meiner Vergangenheit aufzunehmen. Während sich die Verbindung aufbaut, ziehe ich mich mit meinem Handy in die glücklicherweise leere Personalküche zurück.

»Makleragentur Schreiner. Was kann ich für Sie tun?«, nimmt ein Mann das Gespräch an.

»Patrick?«, frage ich statt einer Begrüßung und schließe die Tür hinter mir. »Hier ist Lou … Louisa Peters. Von …« Ich stocke. »Von früher.«

»Hey, Lou.« Er klingt erfreuter als erwartet. »Ich hätte nicht gedacht, noch mal was von dir zu hören. Wie geht's dir?«

»Ganz okay«, erwidere ich und überlege fieberhaft, wie ich das Gespräch auf die Mails bringen kann. Den Verdacht, Nick könnte der Absender sein, will ich vorerst nicht erwähnen. »Ich musste in den letzten Wochen häufiger an dich und unsere Clique denken.«

»War eine schöne Zeit damals«, stimmt Patrick zu. »Also,

bevor ... du weißt schon«, fügt er verlegen hinzu, als wäre ihm eben erst eingefallen, was damals geschehen ist.

»Ja«, sage ich, während ich nach einer passenden Überleitung suche.

»Was machst du so?«, durchbricht er irgendwann die unangenehme Stille.

»Ich arbeite als Grafikdesignerin«, antworte ich und entschließe mich zu einem direkten Vorstoß, um dieses verkrampfte Gespräch nicht unnötig in die Länge zu ziehen. Es ist offensichtlich, dass die Sache mit Astrid noch immer zwischen uns steht. Letztendlich ist unsere Freundschaft daran zerbrochen.

»Hast du auch diese Mails erhalten?«, frage ich übergangslos und schlucke gegen den Kloß in meiner Kehle an.

»Diese Mails?«, wiederholt Patrick irritiert. »Was meinst du?«

»Mails aus der Vergangenheit.« Ich atme einmal tief durch, dann fasse ich die Ereignisse der letzten zehn Tage zusammen. Als ich fertig bin, warte ich gespannt auf seine Reaktion.

»Nein«, blockt Patrick schließlich ab. »Sorry, Lou, aber ich habe keine Mails bekommen, und um ehrlich zu sein, will ich mich auch nicht mehr mit dem beschäftigen, was damals passiert ist. Meine Arbeit nimmt mich voll in Beschlag, meine Agentur kann sich vor Aufträgen kaum retten. Ich habe mir wegen dem Scheiß, den wir abgezogen haben, ewig Vorwürfe gemacht und war sogar in Therapie deswegen. Ich will nicht mehr daran erinnert werden.«

»Okay«, murmle ich und dränge die aufwallende Enttäuschung zurück. Für einige Sekunden hatte ich wirklich angenommen, er wäre in derselben Lage wie ich oder könnte meine mindestens nachvollziehen. Das ist so verdammt unfair. Patrick war an der Sache damals genauso beteiligt wie ich. Hat er das Recht darauf, die Vergangenheit zu ignorieren, nur weil er eine Therapie gemacht hat? Darf er deshalb ein ungestörtes Leben führen, während sich meins im Ausnahmezustand befindet? Nach unserem Telefonat wird er weitermachen, als wäre nichts geschehen, während ich nach wie vor bedroht werde.

»Eine Frage noch«, sage ich geistesgegenwärtig, bevor er auflegen kann. »Hast du die aktuelle Nummer von Dana?«

»Ja«, erwidert er zögerlich. »Wir telefonieren sporadisch. Aber ich denke nicht ...«

»Gib sie mir«, fordere ich. »Bitte.«

»Ich schicke dir die Nummer auf dein Handy.« Diesmal gelingt es ihm, das Gespräch zu beenden, bevor ich etwas entgegnen kann.

Deprimiert lasse ich mein Telefon sinken. Es ist offensichtlich, dass Patrick keiner der Mails erhalten hat, und ihn selbst als Urheber schließe ich aus. Dafür war er viel zu abweisend und desinteressiert. Ganz abgesehen davon – weshalb sollte er das tun? Aber weshalb sollte das überhaupt irgendjemand tun?

In Gedanken versunken kehre ich zu meinem Schreibtisch zurück, ohne zu registrieren, dass ich eigentlich ebenfalls Mittagspause hätte. Stattdessen widme ich mich mal wieder halbherzig der Ausarbeitung des Logos meines Kunden. Das funktioniert genau so lange, bis die versprochene Nachricht von Patrick eintrifft. Danas Nummer.

Bevor ich es mir anders überlegen kann, tippe ich den Kontakt an und ziehe mich erneut in die Personalküche zurück. Es ist wenige Minuten vor zwei; wenn ich Glück habe, macht Dana gerade eine späte Mittagspause – wenn sie denn arbeitet. Fast ist es mir unbegreiflich, dass wir uns aus den Augen verloren haben, obwohl wir zu Schulzeiten eng befreundet waren.

»Graf«, meldet sie sich mit einem mir unbekannten Namen. Anscheinend hat sie tatsächlich geheiratet.

»Hallo, Dana«, begrüße ich sie, denn im Gegensatz zu dem Gespräch mit Patrick habe ich mir dieses Mal vorher überlegt, was ich sagen will. »Hier ist Louisa. Louisa Peters. Wir waren in derselben Klasse.«

Gut, das ist maßlos untertrieben. Wir waren beste Freundinnen; zumindest bis zu dem Vorfall. Kurz darauf erhielt Danas Vater ein Jobangebot, für das die Familie zeitnah umziehen musste. Obwohl der Psychoterror nie öffentlich thematisiert worden war, blieb die Stimmung zwischen unseren Familien angespannt, und Danas Eltern schienen froh zu sein, dem Druck entfliehen zu können. Auch Dana hat sich damals bereitwillig gefügt.

»Patrick hat mir deine Nummer gegeben«, sage ich, weil sie nicht antwortet.

»Louisa«, wiederholt sie schließlich meinen Namen, und ihr Unbehagen ist deutlich zu hören. Sie will ebenso wenig mit der Vergangenheit konfrontiert werden wie er, und ich kann sie verstehen. Beide kann ich verstehen.

»Hast du ein paar Minuten?«, frage ich, was sie zögerlich bejaht; vermutlich, weil ihr auf die Schnelle keine Ausrede einfällt.

In wenigen Sätzen erzähle ich ihr von den Mails.

Ihre Reaktion ist ähnlich wie Patricks. Zuerst schweigt sie eine halbe Ewigkeit lang, und als sie endlich spricht, ist ihre Stimme kaum mehr als ein Flüstern.

»Das ist ja furchtbar«, sagt sie tonlos. »Fiese Drohungen verpackt in die Geschichten von damals?«

»Es sind nicht unsere Geschichten«, korrigiere ich. »Sie ähneln ihnen nur, der Inhalt ist ein anderer.«

»Und sie erfüllen sich?«, vergewissert sie sich, obwohl ich das schon gesagt habe.

»Ja«, erwidere ich und gebe mir Mühe, mir meine Ungeduld nicht anmerken zu lassen. »Zumindest glaube ich das.«

»Und du bist dir sicher, dass du dir das nicht einbil–«

»Ich bin mir sicher«, unterbreche ich sie schroff. »Und ich hatte gehofft, dass du vielleicht ebenfalls diese Mails erhältst.«

»Du hast gehofft, dass ich auch bedroht werde?«, hakt sie ungläubig nach, und in dem Moment ist mir klar, wie aussichtslos dieses Gespräch ist. Dana versteht mich absichtlich falsch, um sich mit dem eigentlichen Problem nicht auseinandersetzen zu müssen.

»Das habe ich so nicht gesagt«, weiche ich aus, obwohl

ich mir natürlich gewünscht habe, mit diesem Mist nicht alleine dazustehen.

»Du solltest zur Polizei gehen«, rät sie mir, und dieses Mal kann ich ein Seufzen nicht unterdrücken. Das letzte Zusammentreffen mit den Beamten ist alles andere als erfolgreich verlaufen.

»Ja, das sollte ich vermutlich«, räume ich ein. Sie hat recht, das ist nicht von der Hand zu weisen.

»Du könntest Anzeige gegen unbekannt erstatten«, schlägt Dana vor. »Erzähl von den Mails und den Sorgen, die du dir machst.«

Mit jedem Wort scheint sie sich weiter von mir zu entfernen, und es ist nicht zu überhören, dass sie mich loswerden will. Sie klingt nicht mehr betroffen, sondern zunehmend distanziert.

»Es war wirklich nett, mit dir zu reden, Louisa«, beendet sie schließlich unser Gespräch, »aber ich habe zu tun.«

»Alle Mails sind in dem exakt gleichen Stil von damals geschrieben«, entscheide ich mich zur Flucht nach vorne. »Die Sprache ist fast identisch.«

»Und?« Danas Stimme klingt dünner als zuvor. »Was willst du damit sagen?«

»Dass ich in jedem Wort Nick wiedererkenne«, entgegne ich.

Für einige Momente ist es still in der Leitung.

»Nun, das ist wohl eher unwahrscheinlich«, murmelt Dana, und ihr Unterton macht mich stutzig.

»Wieso das?«

»Hast du das nicht mitbekommen?«, weicht sie aus, als wollte sie Zeit gewinnen. Hat sie vielleicht noch Kontakt zu ihm? Sind sie sogar befreundet, und sie versucht, ihm den Rücken freizuhalten?

»Was?«, frage ich gereizt zurück. »Was habe ich nicht mitbekommen?«

»Nick hat sich umgebracht«, eröffnet sie mir nach einigen Sekunden unangenehmen Schweigens. »Er hat vor zwei Jahren Selbstmord begangen.«

Ohne mich zu verabschieden, lege ich auf und lasse das Handy sinken, unsicher, was diese unerwartete Information in mir auslöst.

Immer wieder höre ich Danas zögerliche Worte.

Nick hat sich umgebracht.

Der optimistische und selbstbewusste Nick? Der Nick, der uns gesagt hat, wir müssten die Vergangenheit hinter uns lassen? Der uns dazu animiert hat, nach vorne zu sehen? Der den Eindruck machte, als käme er von uns allen am besten mit der Sache zurecht? War das alles nur eine Farce? Hatte er ein ebenso schlechtes Gewissen wie wir anderen und es nur erfolgreich versteckt? Direkt nach dem Vorfall hatte ich häufig das Gefühl, Nick würde sich weigern, unsere Schuld an der Eskalation anzuerkennen, und sich stattdessen in die selbst gemachte Wirklichkeit eines tragischen Unfalls flüchten.

Wir wollten nie, dass es derart ausartet, höre ich seine leicht kratzige Stimme in meiner Erinnerung. *Sie ist aus freiem Willen diesen bescheuerten Abhang runtergerannt und auf die*

Gleise gestolpert. Erinnert euch, wir wollten sie sogar aufhalten. Es ist nicht unsere Schuld. Zumindest für ihre Verletzung und das, was danach folgte, sind wir nicht verantwortlich.

Jetzt ist er tot. Ebenso tot wie Astrid.

Mit einem Anflug von Galgenhumor stelle ich fest, dass sich für mich damit immerhin der Kreis an potenziellen Verdächtigen verkleinert hat, kämpfe aber im selben Moment mit den Tränen.

Für eine scheinbare Ewigkeit stehe ich in dem kleinen Raum und umklammere das Handy. Nicks Tod trifft mich härter als erwartet. Weil er meine erste große Liebe war? Aber wir haben Jahre vor seinem Suizid nichts voneinander gehört. Vermutlich setzt es mir ebenfalls zu, dass sich mit seinem Tod eine vielversprechende Spur als Sackgasse entpuppt hat. Nick kann nicht der Verfasser der Mails sein. Außerdem waren die beiden Telefonate mehr als deprimierend. Patrick will mit der Sache nichts mehr zu tun haben, und Dana wirkte völlig verängstigt. Von dieser Seite kann ich keine Hilfe erwarten.

Ich bin allein. Nach wie vor.

Im Verlauf der nächsten Stunden schaffe ich es, mich auf die Arbeit zu konzentrieren, sodass sich das Gedankenkarussell erst auf der Heimfahrt weiterdreht.

Ich wünsche mir jemanden, mit dem ich über die neue Mail reden kann. Ob ich es riskieren soll, Josy erneut ins Vertrauen zu ziehen? Doch möglicherweise überspanne ich damit den Bogen. Ist es Zufall, dass die zuvor in den Mails geschilderten Dinge meist dann geschehen sind, wenn sich niemand in meiner Nähe befand? Sodass ich keine Zeugen dafür habe? Garantiert nicht.

Mir ist klar, dass ich mich mit jedem Hilferuf, jeder scheinbar unbegründeten Angstattacke unglaubwürdiger mache. Unwillkürlich erinnere ich mich an die Fabel vom Hirtenjungen und dem Wolf, und eine Gänsehaut kriecht meinen Rücken empor. In der Geschichte macht sich ein Junge aus Langeweile einen Spaß daraus, wiederholt um Hilfe zu rufen, weil der Wolf angeblich seine Herde bedroht. Jedes Mal eilen ihm die Dorfbewohner zu Hilfe, und jedes Mal schickt er sie mit einem Lachen weg. Als der Wolf schließlich wirklich über die Schafherde herfällt, steht dem Hirtenjungen niemand mehr bei. In diese Situation will ich niemals kommen. Ich muss mir also genau überlegen, wie viel ich von meinen Schwierigkeiten nach außen trage.

Nach dem Besuch der beiden Beamten am vergangenen Sonntag kann ich mir auch bei der Polizei keinen weiteren Fehlalarm leisten.

Mit Ausnahme des Zwischenfalls in der Sauna, den niemand bezeugen kann, ist bisher nichts geschehen, was eine Anzeige gegen unbekannt rechtfertigen würde. Trotzdem sollte ich der Polizei zur Absicherung zumindest die Mails zeigen und unabhängig davon Schutzmaßnahmen ergreifen. Möglicherweise wird der Spuk ja ein Ende haben, wenn der Absender merkt, dass ich mich nicht wehrlos meinem Schicksal ergebe. Kurz entschlossen mache ich einen Umweg über den Drogeriemarkt, um Pfefferspray zu kaufen.

Als ich zwei der kleinen Dosen in meiner Handtasche verstaue, fühle ich mich schon deutlich wohler. Abgesehen davon wirkt diese Sicherheitsvorkehrung nicht so befremdlich wie die Handschaufel, die ich seit gestern mit mir herumschleppe.

Erst als ich in meinem Flur stehe und die Haustür mehrmals hinter mir abgeschlossen habe, gestatte ich mir aufzuatmen. Ich lege meinen Schlüssel in die Schale auf der Kommode und gehe in die Küche, um meine Vorräte zu inspizieren. Ich habe Lust zu kochen, vielleicht bringt mich das auf andere Gedanken. Der Kühlschrank ist nicht allzu gut gefüllt, sodass ich mich für eine Reispfanne entscheide. Dazu werde ich mir ein Glas meines Lieblingsweins gönnen.

Die Vorbereitung der Zutaten hat tatsächlich eine beruhigende Wirkung, und als schließlich alles in der Pfanne schmort, fühle ich mich angenehm entspannt. Kurz darauf zieht ein unwiderstehlicher Geruch durch die Küche, und ich greife spontan zu meinem Handy. Es wäre unverzeihlich, würde ich nicht einmal den Versuch machen.

»Ja?«, meldet sich Carsten.

»Ich bin's«, sage ich. »Ich bin gerade am Kochen und habe festgestellt, dass locker eine zweite Person mitessen könnte. Da dachte ich, vielleicht hast du ja Lust und Zeit …?«

Schon bevor ich Carstens Antwort höre, weiß ich, wie sie ausfallen wird. Scheiße. Ich hätte es einfach lassen sollen.

»Tanja macht sich gerade fertig«, sagt er mit leisem Bedauern. »Wir gehen essen.«

»Ach so«, erwidere ich einsilbig, und meine gute Laune löst sich in Luft auf. Ich bin eine solche Idiotin. Wie konnte ich nur einen Moment annehmen, er würde mich spontan besuchen? Wenn er das tut, dann nur, indem er überraschend vor der Tür steht. Und wenn das geschieht, ist Reispfanne das Letzte, worauf er Lust hat.

»Tanja fliegt ab morgen bis Montag zu ihrer Mutter«, fährt Carsten fort, und obwohl es armselig ist, regt sich in mir ein Fünkchen Hoffnung. Ich werde ihre Abwesenheit nutzen. Ich werde ihn davon überzeugen, dass er mit mir glücklicher sein wird als mit ihr, damit er sie endlich verlässt. Sollte mein Plan nicht in absehbarer Zeit funktionieren, werde ich Carsten aufgeben. Endgültig.

»Willst du –«, beginne ich zögerlich, doch er lässt mich nicht ausreden.

»Ich muss jetzt Schluss machen«, sagt er hastig. »Und ruf mich bitte nicht mehr an. Ich melde mich bei dir.«

Für einige Sekunden stehe ich in meiner Küche, die Finger um das Handy geschlossen, während mir der Geruch von verbranntem Reis in die Nase steigt. Wieder hat er es geschafft, dass ich mich unzulänglich und bedeutungslos fühle. Er macht es nicht mit Absicht, und das ist vielleicht das Schlimmste an der ganzen Sache. Carsten ist einfach so. Ich hätte nicht anrufen sollen. Jedes verdammte Mal läuft unser Gespräch gleich ab, ich lerne wirklich nichts dazu. In unseren gemeinsamen Momenten ist er so zärtlich, sein Blick so liebevoll. Irgendwas stimmt doch mit seiner Ehe nicht, wenn er seine Frau regelmäßig betrügt, oder? Allerdings stimmt mit mir ebenfalls etwas nicht, dass ich so etwas regelmäßig mit mir machen lasse.

Nachdem ich meinen Teller ins Wohnzimmer balanciert habe, zünde ich eine Kerze an, die den Raum in sanftes Licht taucht. Obwohl das Essen nur leicht angebrannt und der Wein wie gewohnt hervorragend ist, kann ich beides nicht genießen. Das Telefonat mit Carsten hat meiner Stimmung einen empfindlichen Dämpfer versetzt. Er und seine Frau sitzen jetzt im Restaurant, Josy macht mit ihrem Mann einen Videoabend, und Sandra ist mit ihrem Verlobten vor zwei Tagen zu einem spontanen Urlaub aufgebrochen. Sogar Fiona hat mir erzählt, dass sie heute mit einem Typen verabredet ist, den sie im Internet kennengelernt hat. Ich scheine der einzige Mensch auf der Welt zu sein, der den Abend alleine verbringen muss. Das Gefühl unglaublicher Einsamkeit überkommt mich.

Um Zeit totzuschlagen, beschließe ich, ein Bad zu nehmen und dann früh ins Bett zu gehen. Mittlerweile ist es Abend geworden, und die Finsternis wabert wie eine schwarze Wand vor den Fenstern. Wie schon so oft in den letzten Wochen wünsche ich mir, näher an der Stadt zu wohnen. Schon ein Nachbar in direkter Umgebung würde mich beruhigen, besonders jetzt, da ich wieder an die Mails denken muss.

Der Tod fand Louisa in der einsamen Dunkelheit.

Obwohl mir klar ist, wie wenig es nützt, wandere ich

durchs Haus und schalte alle Lichter an. Bis mir einfällt, dass ein heimlicher Beobachter im Garten bei der Festbeleuchtung optimale Sicht ins Innere hätte.

Wenig später ist der Großteil der Lichter wieder erloschen. Ich vergewissere mich noch einmal, dass alle Türen und Fenster verschlossen sind, dann lasse ich mir Badewasser ein. Nachdem ich auch Handschaufel und Pfefferspray in Reichweite positioniert habe, fühle ich mich sicher genug, um mich der Wärme des Wassers hinzugeben.

Eine gute Stunde später liege ich in Shorts und Top im Bett und bemühe mich krampfhaft, weder an Nicks Selbstmord noch an die heutige Mail mit der neuen Geschichte zu denken. Vergeblich. Die mir mittlerweile schon so vertraute Beklommenheit überfällt mich mit zunehmender Stärke. Der Moment, in dem ich die Nachttischlampe und mit ihr meinen wichtigsten Sinn ausschalte, ist in der letzten Zeit zu einer Zerreißprobe für meine Nerven geworden. Ich schließe die Augen und konzentriere mich auf eine ruhige und gleichmäßige Atmung. In spätestens acht Stunden geht die Sonne wieder auf. Ich kann es kaum erwarten.

SIEBEN

Mitten in der Nacht wache ich auf. Zögerlich öffne ich die Augen, kann jedoch nichts als undurchdringliche Dunkelheit erkennen. Einige Sekunden lang bleibe ich reglos im Bett liegen und überlege, was mich geweckt haben könnte. Dann ertönt das Geräusch erneut. Ein Klopfen.

Ich setze mich auf und taste gleichzeitig nach dem Schalter meiner Nachttischlampe. Es klickt, aber der Raum bleibt schwarz. Mit einem unterdrückten Ächzen richte ich mich auf. Auch das rote Lämpchen meines antiquierten Radioweckers kann ich nicht sehen. Ganz offensichtlich ein Stromausfall. Als sich das Klopfen zu einem lauteren Hämmern steigert, stellen sich meine Nackenhaare auf. Wer ist das, mitten in der Nacht? Während eines Stromausfalls? Ein wirklich merkwürdiger Zufall.

Langsam lasse ich mich von der Matratze rutschen. Die Sekunden, bevor meine Füße den Boden berühren, sind schrecklich. Ich warte förmlich auf eine eiskalte Hand, die unter dem Bett hervorschnellt und meine Knöchel umfasst. Doch nichts passiert.

Ich taste nach meinem Handy, schiebe es in die Tasche meiner Schlafshorts, greife anschließend nach dem Pfefferspray und nach kurzem Überlegen auch nach der Schaufel.

Das ist nicht der erste Stromausfall, bei dem ich im Stockdunkeln zum Sicherungskasten in den Keller gehen muss, doch es ist das erste Mal, dass mich ein ungewöhnliches Geräusch aus dem Schlaf gerissen hat.

Meine Hand fest um den Schaufelgriff gekrampft schleiche ich durch den Flur im Obergeschoss, der voller sich windender Schatten ist. Mein Haus liegt so abgelegen, dass es keine Straßenlaternen gibt, und natürlich hängt der Nachthimmel voller Wolken. Der Mond spendet nur wenig Licht.

Ein Geräusch in der Finsternis.

Nein. Daran darf ich jetzt nicht denken. Das ist so ziemlich das Dümmste, was ich tun kann.

Das Klopfen verstummt.

Eine plötzliche Berührung am Knöchel lässt mich unterdrückt aufschreien. Ich drehe mich zur Seite und fege mit der Schulter fast einen Bilderrahmen zu Boden. Atemlos starre ich in die Schwärze, bis ein leises Maunzen ertönt.

Mozart. Ich bin eine solche Idiotin. Natürlich leistet mir mein Kater auf dem nächtlichen Streifzug Gesellschaft, so wie immer, wenn ich ins Bad muss.

Weitergehen. Dunkelheit kann Angst machen. Man bildet sich Dinge ein, die nicht existieren. Schlimme Dinge.

Als ich die oberste Treppenstufe betrete, ertönt das Klopfen erneut. So laut, dass ich zusammenzucke und um ein Haar die Schaufel fallen lasse.

Geräusche wirken in der Dunkelheit um ein Vielfaches lauter.

Zögerlich steige ich die Treppe hinunter und nähere mich der Haustür.

»Louisa Peters?« Der Sprecher ist eindeutig männlich. »Machen Sie auf. Polizei.«

Umgehend erfüllt mich Erleichterung gepaart mit Unbehagen. Weshalb steht die Polizei vor meinem Haus? Mitten in der Nacht? Ist etwas geschehen? Und ist es wirklich die Polizei?

Ich öffne die Tür gerade so weit, wie es die Sicherheitskette zulässt.

»Können Sie sich ausweisen?«, frage ich mit bemühter Ruhe.

»Lass den Mist, Lou«, antwortet eine bekannte Stimme, mit der ich in der aktuellen Situation am wenigsten gerechnet hätte.

»Josy?«, vergewissere ich mich.

»Jetzt mach endlich auf, verdammt.«

Meine beste Freundin klingt eher gereizt als verstört, was mich schneller beruhigt, als es jegliche Beschwichtigung der Polizei vermocht hätte.

Ich schließe die Tür, entferne die Kette und öffne sie komplett. Zuerst sehe ich gar nichts, denn der Lichtkegel einer Taschenlampe blendet mich. Ich blinzle.

»Alles in Ordnung bei Ihnen?«

Ich kneife die Augen zusammen und nicke.

Als die Lampe endlich gesenkt wird, erkenne ich zwei

Polizisten in Uniform, die mich aufmerksam mustern. Der kleinere von beiden war bereits am Sonntagabend hier. Na toll. Neben ihnen steht Josy, der man deutlich ansieht, dass sie überstürzt aufgebrochen ist. Nur im absoluten Notfall würde sie in einem solchen Aufzug das Haus verlassen. Es ist offensichtlich, dass sie aus dem Schlaf gerissen wurde – ebenso wie ich. Ihre Haare sind zerzaust, sie trägt eine unförmige Strickjacke und ist ungeschminkt.

»Bei mir ist alles okay«, versichere ich, nachdem sich mein rasender Herzschlag wieder einigermaßen beruhigt hat. »Wieso sollte es anders sein?«

»Wegen Ihres Anrufs?«, gibt der mir unbekannte Polizist zurück.

Ich runzle verständnislos die Stirn.

»Sie haben also nicht um Hilfe gebeten?«, hakt er nach und deutet auf die Schaufel, die ich noch immer fest umklammert halte.

»Nein«, erwidere ich. »Ich habe geschlafen.«

Die beiden Polizisten tauschen einen vielsagenden Blick, während mein Hirn auf Hochtouren arbeitet, um herauszufinden, was vorgefallen ist.

»Lou.« Josy sieht mir in die Augen. »Schluss mit dem Blödsinn. Kannst du dir vorstellen, welche Sorgen ich mir gemacht habe? Allmählich übertreibst du es mit deiner Paranoia. Und dass du es jetzt nicht mal zugibst, macht es nicht besser.«

»Aber ich weiß wirklich nicht –«, beginne ich erneut, doch sie lässt mich nicht zu Wort kommen.

»Okay. Bitte.« Mit einem genervten Seufzen holt sie ihr Handy aus der Tasche.

»Er ist im Haus und hält mich gefangen«, liest sie vor. *»Ruf die Polizei. Er wird mich umbringen.«*

Ich schüttle stumm den Kopf. Diese Nachricht stammt nicht von mir.

»Und anschließend hast du mich angerufen, wodurch ich aufgewacht bin. Ich habe die Nachricht gesehen und sofort die Polizei verständigt.«

Völlig überfordert öffne ich den Mund und schließe ihn wieder, ohne dass ein Ton hervordringt.

»Dürfte ich Ihr Handy sehen?«, schaltet sich der Polizist ein, den ich schon kenne.

Ich nicke. Während ich das Gerät aus meiner Hosentasche ziehe, zittere ich so stark, dass es mir fast aus den Fingern fällt.

Als ich durch meinen Postausgang scrolle, schnürt sich mir die Kehle zusammen.

Da ist sie. Eine Nachricht an Josy. Verschickt um 2:24 Uhr.

»Aber das war ich nicht«, krächze ich, obwohl mir klar ist, wie unglaubwürdig meine Beteuerung wirkt.

»Frau Peters ...«, beginnt der Polizist vorsichtig, als würde er damit rechnen, dass ich vor seinen Augen hysterisch werde.

Sie ist hysterisch. Überreizt.

Fahrig prüfe ich die Anrufliste. Um 2:28 Uhr wurde von meinem Handy »Josephine Beyer« angerufen.

»Aber das ist unmöglich«, murmle ich. »Als ich gerade aufgewacht bin, lag das Handy wie immer auf meinem Nachttisch.«

»Vielleicht haben Sie schlecht geträumt und die Nachricht im Halbschlaf getippt und verschickt?«, bietet mir der größere der beiden Polizisten eine Erklärung an, doch ich schüttle entschlossen den Kopf.

»Ich war das nicht«, beteuere ich erneut, während mir die Tränen in die Augen treten. Der nächste Gedanke, der sich mir aufzwingt, schickt mir einen eiskalten Schauer über den Rücken.

Wenn ich es nicht war, wer dann?

»Dein Handy ist mit einer PIN gesichert, oder?«, vergewissert sich Josy.

»Ja.«

Die Polizisten tauschen einen vielsagenden Blick, und ich kann ihre Gedanken förmlich hören. Alleinstehende Frau. Abgelegenes Haus. Blühende Fantasie.

Was ist mit ihr los?

Unzurechnungsfähig.

Dankenswerterweise sprechen sie nichts davon laut aus.

»Dann besteht also keine akute Gefahr? Oder sollen wir uns doch mal bei Ihnen drinnen umsehen?«

Am liebsten würde ich sie anflehen, mich aufs Revier mitzunehmen, damit ich nicht alleine in dem Haus zurückbleiben muss, aber ihr mitleidiger Gesichtsausdruck lässt mich zögern.

»Ja, bitte«, flüstere ich nach einigen Sekunden und

spüre, wie sich Josy einen spitzen Kommentar verkneifen muss.

Ohne ein weiteres Wort verschwinden die beiden Polizisten im Haus, während meine Freundin und ich in unangenehmer Stille zurückbleiben. Noch nie war die Stimmung zwischen uns so angespannt wie in diesem Moment.

»Ich ...«, setze ich an, aber Josy hebt abwehrend die Hand. »Lass es gut sein, Lou. Wir reden später drüber.«

Nach einer Viertelstunde haben die Polizisten ihren Rundgang durchs Haus beendet und außerdem im Keller die Sicherung wieder eingeschaltet.

»Alles in Ordnung. Wir konnten nichts Ungewöhnliches finden.«

Ich nicke resigniert. Natürlich nicht.

»Es tut mir leid, dass ich Sie umsonst verständigt habe«, entschuldigt sich Josy sichtlich peinlich berührt.

»Muss es nicht, Sie haben richtig gehandelt.«

Deprimiert registriere ich, dass die Beamten meiner Freundin gegenüber einen deutlich freundlicheren Ton anschlagen.

»Moment«, sage ich, bevor sich die beiden verabschieden können, und ignoriere dabei Josys verhaltenes Stöhnen.

»Was ist denn noch?« Mittlerweile gelingt es auch den beiden Beamten nicht mehr, ihre geduldige Fassade aufrechtzuerhalten.

»Ich habe Drohmails bekommen«, sage ich schnell, bevor mich der Mut verlässt.

»Und das fällt Ihnen jetzt ein?«, fragt der kleinere Polizist harsch.

»Ich hatte ...« Vorsichtshalber beende ich meinen Satz nicht.

Ich hatte darauf gehofft, dass Sie etwas finden, was meine angeblichen Hirngespinste beweist.

»Zeigen Sie uns die Mails«, fordert er mich auf, nachdem er mich einige Sekunden forschend angestarrt hat.

»Folgen Sie mir«, sage ich, drehe mich um und gehe unter bleiernem Schweigen, gefolgt von den Polizisten und meiner Freundin, Richtung Wohnzimmer. Ihre Blicke brennen in meinem Nacken.

Ich setze mich auf die Couch, nehme den Laptop, fahre ihn hoch, rufe mein Postfach auf und öffne die Mails in drei separaten Fenstern, woraufhin sich die Beamten ein Stück nach vorne beugen, um besser lesen zu können.

»Das sind Gruselgeschichten«, stellt der Kleine nach wenigen Minuten fest und macht einen Schritt zurück. »Auch wenn Ihr Name darin vorkommt, sind diese Texte doch weit entfernt von ernst zu nehmenden Drohmails.«

»Aber –«, beginne ich, doch er stoppt mich mit einer Handbewegung.

»Einen Fall zu eröffnen ist zum aktuellen Zeitpunkt ohnehin nicht möglich. Am besten nehmen Sie morgen Vormittag erneut Kontakt zu uns auf, dann kümmern wir uns darum.«

»Aber das, was die Mails beschreiben, wird in die Tat umgesetzt«, beharre ich trotz meiner aufsteigenden Frustration. »Vieles, was darin erwähnt wird, passiert wirklich!«

»Louisa!«

Ich verstumme, weil Josy mich mit vollem Namen anspricht.

»Lass es endlich gut sein«, weist sie mich zurecht.

»Ich wollte doch nur –«

»Kannst du dir eigentlich auch nur im Entferntesten vorstellen, wie schrecklich ich mich gefühlt habe?« Meine beste Freundin verschränkt die Arme. »Mitten in der Nacht werde ich von einer solchen Horrornachricht aus dem Schlaf gerissen. Ich hatte Angst um dich! Aber nach dieser Aktion heute, dem Polizeieinsatz am Sonntag und dem vermeintlichen Angriff auf dich in der Sauna frage ich mich, ob die Bedrohung wirklich von außen kommt. Diese Mails sagen doch überhaupt nichts aus. Du steigerst dich da in etwas hinein! Ganz ehrlich, Lou, statt deine Umwelt in Angst und Schrecken zu versetzen, solltest du besser eine Therapie in Erwägung ziehen. Ich erkenne dich nicht wieder. Es tut mir leid, dass du diese Mails erhältst. Ich kann sogar verstehen, dass sie dich beunruhigen. Aber alles, was darüber hinausgeht …« Sie schüttelt den Kopf. »Es wäre für alle das Beste, wenn du dir eingestehen würdest, dass dein Verhalten nicht mehr normal ist. Vielleicht wäre ein Klinikaufenthalt eine Überlegung wert.«

Ich beiße mir auf die Unterlippe. »Aber ich habe nicht –«

»Willst du behaupten, jemand sei in dein Haus eingebrochen, um diese Nachricht an mich zu schreiben?«, fährt sie aufgebracht fort. »Weshalb sollte jemand so etwas tun?«

Ja, weshalb? Um mich als hysterische und unzurechnungsfähige Furie darzustellen? Um meine Freundin, die nach meinen bisherigen Ausrastern wegen der Scherbe, dem Beobachter im Garten, der verschlossenen Sauna und dem Bild mit dem verkehrten Motiv ohnehin schon skeptisch ist, noch weiter zu vergraulen? Um der Polizei zu demonstrieren, wie labil ich bin? Um dem Hirtenjungen jegliche Unterstützung zu entziehen, damit ihm später niemand mehr hilft?

Ich erwidere nichts, weil ich weiß, dass ich Josys Zweifel ohnehin nicht zerstreuen kann. Außerdem hat sie recht. Ich benehme mich wirklich seltsam und bin mittlerweile derart verunsichert, dass ich kaum zwischen Realität und Einbildung unterscheiden kann. Vielleicht habe ich die Nachricht doch selbst geschrieben. Immerhin bin ich in meiner Kindheit schlafgewandelt. Mist, verdammter.

»Es tut mir leid«, bringe ich hervor und registriere erst jetzt, dass die Polizisten noch in der Tür stehen und unseren Streit anscheinend mit Interesse verfolgt haben. Scheiße.

»Wir sind dann weg«, sagt einer der beiden Beamten wie auf Kommando, während der andere grüßend gegen seine Mütze tippt, um dann zum Streifenwagen zu gehen, der neben Josys Wagen in der Einfahrt steht. Dass sie nicht einmal nachfragen, was es mit dem Angriff in der Sauna auf sich hat, beweist nur ihre Gleichgültigkeit.

»Ich werde auch nach Hause fahren«, beschließt Josy, ohne mich anzusehen. »Und morgen früh überlegen wir uns, wo du dir am besten Unterstützung suchen kannst.«

Ich schlucke, als sie mich offen als hilfsbedürftig bezeichnet. Will sie mich allen Ernstes zu einem Seelenklempner schicken?

»Deine Zweifel an meinem Geisteszustand sind ziemlich verletzend«, entscheide ich mich, das zu sagen, was ich gerade fühle. »Du hast mich vor der Polizei wie eine Idiotin dastehen lassen.«

»Lou ...« Josy seufzt. »Versetz dich mal in meine Lage. Du erzählst die wildesten Geschichten, und nie gibt es den geringsten Beweis dafür, dass sie wirklich so passiert sind. Für mich klingt das, als hätte sich dein schlechtes Gewissen wegen der Sache damals verselbstständigt und dich all diese ... Dinge sehen lassen. Du weißt, ich vertraue dir, und ich glaube dir auch. Aber wie du dich aktuell verhältst, das ist besorgniserregend. Das musst du doch selbst merken.« Sie mustert mich forschend. »Oder liegt es an deinem Job? Bist du überarbeitet? Dann frag deinen Chef nach Sonderurlaub.«

Ich zucke mit den Schultern.

»Hast du eigentlich Kontakt zu deiner damaligen Clique aufgenommen?«, erkundigt sie sich. »Im Café hast du gesagt, dass sonst niemand von der Sache wüsste. Warum findest du nicht heraus, wer dir diese Mails schickt, und machst ihn zur Schnecke? Sicher handelt es sich nur um einen ziemlich dämlichen Witz von einem deiner früheren

Freunde, und der Absender ahnt nicht einmal, was er bei dir damit auslöst.«

»Mit zweien von ihnen habe ich heute telefoniert. Der dritte ist tot«, erwidere ich absichtlich grob, weil mich ihre Reaktion trifft. Wie kann sie mir derart in den Rücken fallen? Vor den Beamten?

Sie weicht meinem Blick aus und schaut sich stattdessen ziellos im Zimmer um. Ihre Augen bleiben an dem Weinglas auf dem Tisch sowie an der fast leeren Flasche daneben hängen.

»Hast du die alleine getrunken?«, will sie mit hochgezogenen Augenbrauen wissen.

»Sie war schon angebrochen«, verteidige ich mich und ärgere mich gleichzeitig über den defensiven Ton in meiner Stimme. Josys unausgesprochene Unterstellung, ich hätte ihr im betrunkenen Zustand diese Nachricht geschickt und könnte mich jetzt nicht mehr daran erinnern, nagt an mir.

»Ich hatte nur zwei Gläser«, sage ich, während ich gleichzeitig überlege, ob der Alkohol nicht doch schuld an dem Vorfall sein könnte.

»Du musst dich vor mir nicht rechtfertigen«, wehrt Josy mit einem gezwungenen Lächeln ab. »Aber vielleicht solltest du der Polizei von dem Wein erzählen, wobei die Beamten die Flasche bei ihrem Rundgang durchs Haus sicherlich entdeckt haben. Ist es in Ordnung, wenn ich jetzt heimfahre? Timo ...« Sie beendet ihren Satz nicht, als wüsste sie nicht weiter. Als würde ihr Mann ihr lediglich als Ausrede dienen, um endlich aufzubrechen. »Kommst du alleine zurecht?«

»Natürlich«, sage ich mit deutlich mehr Überzeugung, als ich in Wirklichkeit empfinde.

Sie zieht mich in eine schnelle, distanzierte Umarmung, und kurz darauf bin ich wieder alleine in meinem großen Haus.

Ich nehme Handschaufel und Pfefferspray vom Regal im Flur, wo ich beides zwischenzeitlich deponiert hatte, und gehe damit bewaffnet zurück ins Bett. Allmählich begreife ich das System, das dahintersteckt. Ich soll nicht nur sterben oder zumindest Todesangst fühlen, sondern auch zunehmend isoliert werden. Was geschieht, wenn alle Szenarien durchgespielt sind und der Countdown abgelaufen ist? Was geschieht am Tag Zero? Werde ich vollkommen allein sein?

ACHT

Noch zehn Tage.

Der Tod fand Louisa in der Dämmerung eines wolkenverhangenen Nachmittags.

Seit dem Morgen hatte sie sich auf ihre wohlverdiente Pause gefreut. Ein Buch, eine Tasse Kaffee, ein Stück Karottenkuchen.

Eine willkommene Auszeit vom Arbeitsalltag. Dem Stress und dem Zeitdruck ein wenig entfliehen.

Bis ...

Sie schlug das Buch auf. Setzte die Tasse an die Lippen und trank. Aß die ersten Bissen ihres Kuchens.

Etwas ...

Ein flaues Gefühl in ihrem Magen. Leichter Schwindel.

Ein Murmeln von draußen. So flüchtig und hohl, dass es auch das Wispern des Windes sein könnte. Doch der Wind verursacht kein Unwohlsein.

Louisa.

Etwas stimmt nicht.

Heftige Übelkeit.

Verdorbene Lebensmittel? War die Milch nicht in Ordnung? Die Eier im Kuchen? Ein Infekt, der jetzt zuschlägt?

Er kommt.
Vergiftet. Sich in Krämpfen windend. Schmerzen. Von innen heraus aufgefressen. Zersetzt.
Das Gift muss aus dem Körper. Spucken. Erbrechen.
Die Erkenntnis kommt zu spät.
Zu schwach.
Zu spät.
Sie rutscht von der Couch, ihre Beine versagen den Dienst. Sie bricht zusammen. Kraftlos. Hilflos.
Müdigkeit, erdrückend und schwer. Wenn sie jetzt einschläft, wird sie nicht wieder erwachen.
Das Telefon in greifbarer Nähe und doch zu weit entfernt. Niemand, der ihr helfen kann.
Ganz allein.
Im Tod ist jeder allein.
Er ist da.

Den ganzen Morgen über habe ich es vor mir hergeschoben, online zu gehen und meinen Posteingang zu öffnen. Aus Angst vor dem, was dort auf mich wartet. Aus Angst vor einer neuen Geschichte, die meine mühsam aufrechterhaltene Fassade der Normalität zerstören könnte. Die wenigen Stunden zwischen dem nächtlichen Vorfall und dem Klingeln meines Weckers waren wenig erholsam, denn als ich wieder im Bett lag, wurde mir die gesamte Tragweite der Ereignisse klar.

Möglicherweise haben die Mails bei mir eine handfeste Psychose ausgelöst, sodass ich mir Dinge einbilde und Nachrichten im Schlaf verschicke, an die ich mich beim

Aufwachen nicht mehr erinnern kann. Allerdings liefert dieser Ansatz keine Erklärung für die Spiegelscherbe auf der Rückbank, die weiterhin in einen alten Lappen gewickelt in meiner Garage liegt. Und genauso wenig für das vertauschte Bild im Treppenaufgang.

Es muss also einen Unbekannten geben, der heimlich in mein Haus eindringt, anscheinend alle Schlüssel besitzt und dafür sorgt, dass nach und nach mein gesamtes Umfeld an meiner Zurechnungsfähigkeit zweifelt.

Bereits nach zehn Minuten habe ich die Mail so oft gelesen, dass ich die Geschichte fast auswendig kann. Viel Platz für Interpretationen lässt sie nicht. Die Louisa aus der Geschichte stirbt an einem Gift, das ihr ins Essen gemischt wurde. Allein die Vorstellung genügt, um für neue Albträume zu sorgen, doch am meisten beunruhigt mich ein Detail: Kurz vor ihrem Tod hat sie Karottenkuchen gegessen, meinen Lieblingskuchen, was die Bedrohung noch persönlicher macht. Wer auch immer diese Nachrichten verschickt, er weiß viel über mich. Zu viel.

Die folgenden Stunden gleichen einer Tortur. Natürlich gelingt es mir nicht, ruhig zu bleiben. Stattdessen läuft in meinem Kopf ein Horrorszenario nach dem anderen ab. Ohne Pause liefert mir mein Verstand neue Ideen, wie jemand mir unbemerkt Gift ins Essen mischen könnte. Oder in ein Getränk.

Die Polizei habe ich natürlich nicht kontaktiert. Nach dem Desaster gestern Nacht konnte ich mich nicht dazu überwinden. Nur allzu gut kann ich mich an die halb mitleidigen, halb belustigten Mienen der beiden Beamten erinnern. Und an Josys unerwarteten Versuch, den letzten Rest meiner verbliebenen Glaubwürdigkeit zu untergraben. Die spöttischen Bemerkungen, während die Polizisten noch im Haus waren, und ihre spätere Unterstellung, der Alkohol sei an meiner Unzurechnungsfähigkeit schuld, haben mich enttäuscht. Statt zu mir zu halten und an mich zu glauben, hat sie mich verraten.

Gegen Mittag lässt sich Carsten zum ersten Mal in meinem und Fionas Büro blicken, zwei große Tüten unter den Armen und sichtlich stolz.

»Ich koche heute für euch«, verkündet er und schaut mich anschließend direkt an. »Käsespätzle.«

Käsespätzle. Mein Lieblingsessen. Tut er das extra für mich?

In mir toben widersprüchliche Emotionen. Einerseits Unsicherheit, weil nach dem Karottenkuchen jetzt schon zum zweiten Mal an diesem Tag eines meiner Lieblingsgerichte erwähnt wird. Nur ein grauenvoller Zufall? Andererseits freue ich mich über Carstens versteckte Zuneigungsbekundung – obwohl ich mich gleichzeitig ärgere, denn natürlich wäre es mir deutlich lieber, wenn er sich von seiner Frau trennen würde, statt mich zu bekochen.

Eine knappe Stunde später versammelt sich das gesamte Agenturteam um den großen Tisch in der Personalküche, während Carsten die Portionen auf den Tellern verteilt. Ich unterziehe das Geschirr einer sorgfältigen Musterung, um nicht Richtung Abstellkammer blicken zu müssen, in der wir bei unserem letzten Aufeinandertreffen zugange waren.

Wie wahrscheinlich ist es, dass man mich in einer Runde von Kollegen vergiften wird? Die Louisa in der Geschichte war alleine zu Hause. Vermutlich ist es weniger riskant, in Gesellschaft zu essen. Der Täter wird wohl kaum eine komplette Firmenbelegschaft umbringen.

»Alles klar?«, will Fiona wissen. »Suchst du nach Sprüngen im Porzellan?«

»Quatsch«, wehre ich lachend ab. »Ich hatte gestern nur den Eindruck, unsere Spülmaschine hätte nicht richtig abgewaschen. Aber anscheinend habe ich mich getäuscht.«

Gemeinsam beginnen wir zu essen. Die Spätzle schmecken wie Pappe, was, wie ich fürchte, nicht an Carstens Kochkünsten liegt. Nach jedem Bissen muss ich mich zum Schlucken zwingen, und auch das Mineralwasser brennt wie Säure in meiner Speiseröhre. Während die anderen sich locker unterhalten, bin ich in meiner Gedankenspirale gefangen. Werde ich daheim überhaupt noch etwas essen können? Wenn der Schreiber der Mails wirklich Zugang zu meinem Haus hat, wäre es ein Leichtes für ihn, meine Vorräte zu vergiften. Zum Glück habe ich keine prall gefüllte Speisekammer und neige eher dazu, die nötigen Zutaten für ein Essen kurzfristig zu besorgen.

So nüchtern wie möglich mit dieser Bedrohung umgehen – das ist das Einzige, was mich jetzt vor dem Durchdrehen bewahren kann.

Nach der Arbeit werde ich in den Supermarkt fahren und originalverpackte Lebensmittel einkaufen, die ich anschließend genau im Auge behalten werde.

Ich bin schon etwas erleichterter, weil ich einen Plan habe, da lässt ein neuer Gedanke meine Angst aufwallen. Und wenn der Schreiber der Geschichte diese variiert und zum Beispiel meine Zahnbürste mit Gift präpariert? Auf jeden Fall muss ich schnellstmöglich die Schlösser austauschen lassen. Vielleicht wäre es sogar sicherer, bis zum Ablauf des Countdowns woanders unterzukommen? In einem Hotel? Bei Josy oder Sandra?

»Sie ist heute nicht ansprechbar.«

Ich zucke zusammen, als jemand direkt vor meinen Augen mit den Fingern schnippt.

»Tut mir leid«, entschuldige ich mich verlegen. »Ich glaube, ich bin etwas angeschlagen.«

»Dann solltest du ins Bett gehen und dich erholen«, schlägt Tony, einer der Programmierer, vor. »Nicht, dass du uns ansteckst.«

Ich schüttle den Kopf. Allein ins leere Haus zurück, wo er möglicherweise schon auf mich wartet? Auf keinen Fall.

»Sag mir Bescheid, wenn du doch lieber früher Schluss machen willst«, wirft Carsten sanft ein, und ich nicke ihm dankbar zu. Ob er bereit wäre, bei mir zu übernachten, bis das alles vorüber ist? Garantiert nicht. Tanja hat in seinem Leben Priorität, das hat er schon mehrfach auf äußerst schmerzhafte Weise unter Beweis gestellt. Es bleibt mir nichts anderes übrig, als die Sache alleine durchzustehen. Irgendwie.

Der Rest des Tages verschwimmt in einem dichten Gedankennebel. Es gelingt mir kaum, mich auf die Arbeit zu konzentrieren, und als ich am späten Nachmittag meinen Rechner herunterfahre, bin ich kaum weitergekommen.

Nach dem Einkauf im Supermarkt sitze ich mit einer vollen Tüte im Auto auf dem Parkplatz, kann mich aber nicht dazu überwinden, mich auf den Heimweg zu machen. Stattdessen ziehe ich mein Handy hervor und rufe Sandra an.

Wenige Minuten später lasse ich das Gerät enttäuscht sinken. Ich hatte ihren Kurztrip völlig vergessen. Sie klang geradezu ekelhaft glücklich, was dafür sorgt, dass ich mich noch einsamer fühle.

Obwohl sich alles in mir dagegen sträubt, wähle ich zögerlich Josys Nummer. Allein das Geräusch des Freizeichens zu ertragen kostet mich Überwindung.

Ihre Reaktion gestern Nacht hat deutlich ihre Meinung von mir gezeigt. Sie hat offen meine Fähigkeit zum klaren Denken infrage gestellt, und ich bin mir sicher, sie wird es wieder tun, solange ich ihr keine eindeutigen Beweise für meine Behauptungen liefern kann.

Aus einem Impuls heraus breche ich den Anruf ab, bevor am anderen Ende abgehoben wird. Josy ruft nicht zurück.

Erst nach einer guten halben Stunde schaffe ich es, den Parkplatz zu verlassen. Zu Hause angekommen drücke ich die große Einkaufstüte fest an mich und lasse sie keine Sekunde aus den Augen. Sogar als ich ins Bad gehe und mich anschließend im Schlafzimmer umziehe, nehme ich sie mit. Ich übertreibe, das ist mir bewusst, aber die jüngsten Vorkommnisse haben mir gezeigt, dass meine Vorsicht durchaus berechtigt ist. Es wäre zu riskant, etwas von den Lebensmitteln zu essen, die ich schon länger aufbewahre. Möglicherweise wurden sie präpariert. Allein bei dem Gedanken daran schnürt sich mir die Kehle zu.

Ich gehe nur in den Küchenbereich, um den Inhalt meiner Vorratskammer sowie den des Kühlschranks in Tüten zu stopfen, die ich dann neben die Mülltonne vor das Haus stelle.

Nachdem das erledigt ist, fühle ich mich etwas besser und trage meine neuen Vorräte wieder in mein Schlafzimmer, das nun so aussieht, als würde ich eine Übernachtungsparty planen.

Ich verriegle die Tür, lege den Schlüssel unter mein Kopfkissen und Pfefferspray sowie Handschaufel wie gewohnt neben mich auf den Nachttisch. Dennoch brauche ich bis nach Mitternacht, um in den Schlaf zu finden.

Am nächsten Tag bin ich unverändert nervös und außerdem todmüde. Zum Glück ist Wochenende, sodass ich das Haus nicht verlassen muss und meine Vorräte im Auge behalten kann. Den Großteil des Samstags verbringe ich in Gesellschaft meines Laptops auf meinem Bett und ernähre mich von abgepackten Nahrungsmitteln und Getränken aus Plastikflaschen. Lediglich im absoluten Notfall verlasse ich mein Schlafzimmer, wobei ich dann sorgfältig alle Türen hinter mir verschließe. Natürlich kann das auf Dauer nicht die Lösung sein, aber ich bin mit der Situation überfordert und zusätzlich verängstigt.

Irgendwann reißt mich das Klingeln meines Handys aus den erfolglosen Versuchen, mich auf ein Layout zu konzentrieren, das ich gestern in der Agentur nicht fertigstellen konnte.

Carsten.

Trotz meiner schlechten Verfassung beschleunigt sich mein Puls. Es tut gut, dass jemand den Kontakt zu mir sucht, selbst wenn es nur mein rückgratloser Chef ist. Ich bin unverbesserlich.

»Ja?«, melde ich mich gespielt gelassen.

»Lou«, sagt er und klingt dabei so erfreut, als wäre es eine Riesenüberraschung, dass ich persönlich ans Telefon gehe. »Wie schön, dich zu hören.«

»Hallo, Carsten«, grüße ich neutral. »Was gibt's? Genießt du das Wochenende?«

»Ehrlich gesagt«, er macht eine kurze Pause, »nicht. Ich muss mit dir reden. Können wir uns sehen?«

Eigentlich ist jetzt der Moment gekommen, in dem ich ihm mitteilen sollte, dass ich keine Puppe bin, die er aus der Schublade nehmen und in die Ecke schmeißen kann, wenn er keine Verwendung mehr für sie hat. Immerhin war er nicht da, als ich ihn gebraucht hätte; wieso sollte ich mich anders als er verhalten?

Doch über meine Lippen kommt etwas gänzlich anderes.

»Ich würde mich freuen«, antworte ich, während ich innerlich über meine Schwäche nur den Kopf schütteln kann. Aber es ist einfach zu verlockend, Carsten in Kürze zu sehen und nicht mehr alleine meinen düsteren Grübeleien ausgeliefert zu sein. »Kommst du her?«

»Gerne«, erwidert Carsten sofort. »Soll ich etwas zu essen mitbringen?«

Ich bejahe umgehend. So muss ich ihm wenigstens nicht erklären, weshalb sich meine Lebensmittel aktuell auf ein Minimum belaufen.

Nachdem ich aufgelegt habe, verfalle ich in hektische Betriebsamkeit. Das Bett machen. Duschen. Ein paar Einkäufe in der Küche verteilen, damit zumindest nicht auf den ersten Blick auffällt, dass ich meine kompletten Vorräte entsorgt habe. Das Pfefferspray und die Handschaufel in der Nachttischschublade verstecken. Den Kondomvorrat überprüfen. Wenn ich Glück habe, bleibt Carsten sogar über Nacht – zum ersten Mal –, schließlich ist Tanja bis Montag bei ihrer Mutter.

Gerade als ich den Fön ausschalte, klingelt es an der Tür. Punktlandung.

Ich werfe die Bürste ins Regal, tupfe mir ein wenig Parfum auf meinen Hals und renne die Treppe nach unten. Kurz vor der Eingangstür verlangsame ich meine Schritte, um Carsten nicht außer Atem zu öffnen.

»Wow«, sagt er statt einer Begrüßung. »Du siehst toll aus.«

»Danke«, erwidere ich schlicht und führe ihn direkt ins Wohnzimmer. Noch im Flur legt er eine Hand auf meinen unteren Rücken.

»Bei dieser Hose habe ich auf etwas ganz anderes Lust als auf ein Abendessen«, sagt er.

»Dann wäre es wohl besser, ich würde sie ausziehen«, entgegne ich provozierend. »Es wäre doch zu schade, wenn wir uns nicht den Köstlichkeiten widmen könnten, die du mitgebracht hast.«

Im Wohnzimmer lässt Carsten die Tüte mit dem Aufdruck eines Asia-Imbisses sowie seinen Rucksack achtlos neben die Couch fallen, umfasst meinen Hintern mit beiden Händen und drückt mich so fest an sich, dass mehr als deutlich wird, worauf er als Alternative zum Abendessen Lust hat. Als er mich auch noch mit überraschender Intensität küsst, spüre ich etwas wie Verzweiflung in seinen Berührungen, habe aber nicht die Kraft, ihn aufzuhalten und nachzufragen. Stattdessen gebe ich mich vollkommen der Hitze hin, die sein Kuss in mir entfacht. Zum ersten Mal, seit mich die Polizei in der vorletzten Nacht aus dem Bett geholt hat, schalte ich zumindest ein wenig ab, und das genieße ich in vollen Zügen. Wenig später sind unsere Kleider im ganzen Wohnzimmer verstreut, und Carsten schiebt mich zur Couch. Er lässt sich daraufsinken, zieht mich auf seinen Schoß und küsst mich heftig. Erst als ich zurückweiche, um zu Atem zu kommen, bemerke ich das Kondom in seiner Hand. Wie hat er das Ding in der Kürze der Zeit aus seiner Tasche gefischt? Kurz blitzt in mir der Gedanke auf, dass er nicht wie erhofft von seinen Gefühlen überwältigt wurde, sondern das, was gerade passiert, schon auf der Herfahrt geplant hat, doch dann werden alle meine Überlegungen in einem Strudel der Leidenschaft fortgerissen.

Ich rutsche ein wenig nach hinten und beobachte ihn dabei, wie er sich das Kondom überstreift und anschließend die Hände an meine Taille legt. Bereitwillig folge ich seiner unausgesprochenen Aufforderung, bringe mich in Position und senke mich Stück für Stück auf ihn hinab. Als er komplett in mir ist, atmen wir synchron aus.

»Lou.« Seine Stimme klingt rau vor Erregung. »Mach schon.«

Mehr Ermunterung ist nicht nötig. Ich stemme mich hoch, sodass er fast aus mir herausgleitet, und nehme ihn wieder vollständig in mich auf. Meine Bewegungen sind so quälend langsam, dass er sich nach kürzester Zeit unter mir vor Verlangen windet.

»Genug der Folter«, stößt er plötzlich hervor, packt mich an den Hüften, und wenige Sekunden später finde ich mich über die Lehne meiner Couch gebeugt wieder, während er alles dafür tut, dass jetzt ich es bin, die um Erlösung bettelt.

Erst eine Ewigkeit später schaffen wir es, uns voneinander zu lösen.

»Unser Abendessen ist garantiert längst kalt«, stellt Carsten ohne das geringste Bedauern fest.

Ich zucke grinsend mit den Schultern. »Es hat sich gelohnt.«

Während er sich seine Boxershorts überstreift, ziehe ich mein Shirt und den Slip an, sodass wir uns kurz darauf spärlich bekleidet vor dem Fernseher unserem verspäteten Abendessen widmen.

Nachdem nichts mehr von seinen gebratenen Nudeln übrig ist, legt Carsten einen Arm um mich, und ich kuschle mich vertrauensvoll an ihn. Obwohl der Film nichts Besonderes ist, sind die folgenden Stunden perfekt. So könnte jeder Abend sein. So könnte es sich anfühlen, wenn er allein mir gehören würde.

Als hätte er meinen Gedanken gehört, drückt Carsten mich noch enger an sich. In diesem Moment erfüllt mich solche Hoffnung, dass ich ernsthaft in Erwägung ziehe, eine mögliche gemeinsame Zukunft anzusprechen. Er muss doch ebenfalls spüren, was da zwischen uns wächst und immer stärker wird.

Doch als ich den Mund öffnen will, beugt Carsten sich zu mir herab, um mich zu küssen.

»Ich habe dich noch nie in einem Bett gevögelt«, flüstert er und zieht eine Spur aus Küssen über meinen Hals. Und obwohl ich weiß, dass ich die Gelegenheit für eine ernste Unterhaltung nutzen könnte, schaffe ich es nicht, ihm zu widerstehen. Ich bin Wachs in seinen Händen, und er ist sich dessen bewusst.

Mit sanfter Bestimmtheit zieht er mich an den Handgelenken mit sich empor und hebt mich hoch, woraufhin ich meine Beine um seine Hüften schlinge. Scheinbar mühelos trägt er mich die Treppe hinauf, dann dirigiere ich ihn zwischen zwei atemlosen Küssen ins Schlafzimmer.

Dort angekommen lässt er mich auf die Matratze sinken und kniet sich zwischen meine Beine, wo er den letzten klaren Gedanken mit seinen Berührungen vertreibt.

Anschließend liegen wir in enger Umarmung auf meinem Bett und warten, dass sich unser Puls beruhigt. Carsten hat die Augen geschlossen und spielt träge mit einer Haarsträhne, während ich mein Gesicht an seine Brust schmiege und dem schnellen Schlagen seines Herzens lausche. Er ist einfach ein verdammt guter Liebhaber, und das macht es nicht einfacher, mich von ihm loszusagen. Aber vielleicht ist das gar nicht mehr notwendig. Vielleicht erkennt er jetzt endlich, wie gut wir miteinander harmonieren. Dieser Abend ist einfach wundervoll, und dass Carsten nicht den Eindruck macht, demnächst aufbrechen zu wollen, macht ihn noch schöner.

»Bleibst du ...« Ich räuspere mich. »Bleibst du über Nacht?«

Als Antwort verschließt er meine Lippen mit einem innigen Kuss. Bevor dieser zur nächsten Runde führen kann, fasse ich einen Entschluss.

»Kann ich dir etwas erzählen?«, frage ich ihn und stütze mich auf einem Ellbogen ab. »Ich brauche dringend jemanden, der mir zuhört und mich nicht für verrückt erklärt.« Ohne auf seine Reaktion zu warten, beginne ich mit einer Zusammenfassung der Ereignisse der letzten Wochen. Es ist befreiend, sich alles von der Seele zu reden.

»Ich bin total fertig, obwohl ich versuche, die Mails und alles andere auszublenden, so gut es geht. Zeitweise habe ich das Gefühl, wahnsinnig vor Angst zu werden«, ende ich, nachdem ich fast eine Viertelstunde lang geredet und dabei auch die mögliche Verbindung zu den Geschehnissen in meiner Vergangenheit nicht ausgelassen habe.

Ich erhalte keine Antwort.

»Carsten?« Erst jetzt bemerke ich, dass er tief und regelmäßig atmet. Während ich mich ihm anvertraut habe, ist er eingeschlafen.

Als ich am nächsten Morgen erwache, dränge ich das deprimierende einseitige Gespräch in die hinterste Ecke meines Bewusstseins. Im Verlauf der Nacht ist die Bettdecke ein Stück hinabgerutscht, sodass ich jetzt Carstens nackten Oberkörper sehen kann. Was gäbe ich dafür, jeden Tag auf diese Art zu beginnen. Liebevoll streiche ich über seine Wange und spüre Bartstoppeln. Normalerweise rasiert er sich täglich, bevor er ins Büro kommt. Dass er so neben mir liegt, ist unglaublich vertraut und intim. Es fühlt sich an, als wären wir ein Paar. Es fühlt sich *richtig* an.

»Morgen«, sagt Carsten, öffnet die Augen, lächelt und legt seine Hand auf meine. »Gut geschlafen?«

»So gut wie lange nicht mehr«, gebe ich zurück und würde am liebsten vorschlagen, den restlichen Tag im Bett zu verbringen und die Welt draußen auszublenden – insbesondere unangenehme Aspekte wie bedrohliche Mails oder Ehefrauen.

»Du wolltest mir gestern etwas erzählen«, erinnert er sich kleinlaut. »Ich bin eingeschlafen, oder? Tut mir echt leid, aber ich war so fertig von unserem Sex-Marathon.«

»Kein Problem«, winke ich betont lässig ab, obwohl ich gestern deshalb nur knapp an einem Heulkrampf vorbeigeschrammt bin. »War nicht so wichtig.«

Carsten wirkt sichtlich erleichtert. »Hast du heute etwas vor?«, fragt er, woraufhin ich ihn ungläubig mustere. Denkt er darüber nach, auch noch den Sonntag mit mir zu verbringen?

»Nichts«, erwidere ich und unterdrücke nach Kräften das hoffnungsvolle Zittern in meiner Stimme.

Die Aussicht, das restliche Wochenende nicht alleine sein zu müssen und der Angst für einige weitere Stunden entfliehen zu können, ist verlockend.

In Carstens Nähe fühle ich mich sicher; ganz abgesehen davon war die Louisa in der Geschichte alleine, als sie vergiftet wurde.

»Ich könnte bis morgen früh bleiben«, sagt er zögerlich, woraufhin ich begeistert nicke.

Wir verbringen einen perfekten Tag, denn wir setzen meinen unausgesprochenen Vorschlag in die Tat um und verlassen das Bett nur, um dem Lieferdienst die Tür zu öffnen. Carsten ist zwar irritiert, dass ich darauf bestehe, unser Essen zu bestellen, statt selbst zu kochen, lässt sich aber schnell ablenken, als ich ihm demonstriere, wie wir die so gewonnene Zeit sinnvoll nutzen können.

Gegen Abend entschließen wir uns dazu, erneut einen Film anzusehen, was meine Hoffnungen wachsen lässt. Das muss einfach ein Schritt in die richtige Richtung sein. Schon der zweite Fernsehabend in Folge, ein geradezu typisches Paarding. Ich kann für ihn nicht bloß eine Bettgeschichte sein.

Gemeinsam sitzen wir auf der Couch, und ich genieße die vertraute Stimmung zwischen uns. Carsten hat seinen Arm auf die Rückenlehne gelegt, sodass ich mich an seine Brust kuscheln kann. Ich trage mein Wochenend-Outfit, ein langärmliges Shirt und Leggins, und Carsten eine bequeme Jogginghose und einen dünnen Pullover. Zu meiner Verwunderung hatte er neben seiner Zahnbürste auch Wechselkleidung dabei, aber ich denke wohlweislich nicht genauer darüber nach. Denn dann müsste ich mir eingestehen, seinem Charme erneut ins Netz gegangen zu sein.

Während der Vorspann über den Fernseher flackert, tippt Carsten auf seinem Handy herum.

»Sag mal, kann ich eine Mail auf deinem Laptop schreiben?«, fragt er unvermittelt. »Auf dem Ding hier dauert es eine Ewigkeit.«

»Klar.« Mit Bedauern löse ich mich aus seiner Umarmung, gehe ins Schlafzimmer, stelle Minuten später meinen Laptop auf den Couchtisch, fahre ihn hoch und tippe im Stehen mein Passwort ein. Dabei ruht meine Aufmerksamkeit weniger auf dem Bildschirm als auf Carsten, der eine Hand von unten in meine Shorts schiebt und meine rechte Pobacke umfasst. Seine Berührung jagt mir einen

Schauer über den Rücken, und obwohl wir uns für einen meiner Lieblingsfilme entschieden haben, wirkt dieser plötzlich nicht mehr ganz so attraktiv wie zuvor.

»Das ist ja süß«, sagt Carsten plötzlich, was mich abrupt wieder ins Hier und Jetzt katapultiert. Keine Ahnung, was er auf meinem Laptop entdeckt hat. Ein Bild von Mozart?

Ich setze mich wieder neben ihn und schaue zum Fernseher, während Carsten den Browser startet.

»Was meinst du?«, hake ich nach.

»Deinen Desktophintergrund«, erwidert er.

Ich runzle die Stirn und frage mich, was genau an dem Sonnenuntergang in den Bergen süß sein soll. Aber Geschmäcker sind ja bekanntlich verschieden.

»Von wem ist das Foto?«, will er wissen. »Oder hast du es mit Selbstauslöser gemacht und nur so getan, als würdest du schlafen?«

»Ich habe keine Ahnung, wovon du sprichst«, erwidere ich und sehe ihn an. Carsten wirft mir einen irritierten Blick zu und minimiert auf dem Laptop-Bildschirm das Fenster mit seinem Mail-Account, wodurch der Desktop sichtbar wird. Mit einem Foto von mir. In meinem Bett. Schlafend.

Innerhalb von Sekunden verfliegt die sichere Wärme von Carstens Gegenwart. Ich wusste, dass dieser Moment früher oder später kommen würde. Das Ende meiner kurzen Schonfrist. Die Realität hat mich wieder.

Wie erstarrt fixiere ich den Bildschirm, nicht fähig, auch nur einen Ton herauszubringen.

»Lou?« Carsten klingt verwirrt, und ich kann ihm die Irritation nicht übelnehmen.

Ich betrachte das Bild genauer. Obwohl ich eigentlich im Dunkeln schlafe, taucht darauf der Schein meiner Nachttischlampe das Zimmer in warmes Licht. Ich liege auf der Seite, die Arme um meine Decke geschlungen, die unter statt auf mir liegt. Meine Haare sind zerzaust und wild über das Kissen verteilt. Ein Bein habe ich ausgestreckt, eines angewinkelt, sodass ich dem Betrachter meinen Hintern entgegenstrecke, der nur von knappen Shorts bedeckt ist. Zusätzlich ist das Top mit den Spaghettiträgern etwas hochgerutscht, sodass ein Teil meines Rückens zu sehen ist. Auf dem Bild wirke ich verletzlich und schutzlos. Keine Ahnung, was Carsten daran süß findet; ich finde es entwürdigend.

»Das muss ein Witz von Josy sein«, liefere ich die erste Erklärung, die mir in den Sinn kommt. »Sie hat kürzlich bei mir übernachtet.« Auf keinen Fall will ich vor Carsten zugeben, dass ich keine Ahnung habe, wie dieses Foto auf meinen Desktop gekommen ist. Bis eben wusste ich ja nicht einmal etwas von seiner Existenz, verdammt.

Carsten lacht und widmet sich wieder seiner Mail, während ich vorgebe, der Handlung des Films zu folgen.

In Wirklichkeit rufe ich mir das Bild wieder ins Gedächtnis. Welche Farbe hatte mein Top? Hellblau? Dann ist das Foto mindestens drei Tage alt, denn besagtes Oberteil habe ich am Donnerstag in die Wäsche geworfen. Stammt das Foto tatsächlich von Josy? Immerhin hat sie am Mittwoch wirklich hier übernachtet. Steckt sie womöglich auch hinter den Mails? Spielt sie nur die Freundin, die sich Sorgen um meinen psychischen Zustand macht, während sie sich heimlich über meine zunehmende Paranoia ins Fäustchen lacht? Nein. Ich kann mir nicht vorstellen, dass sie zu so etwas in der Lage wäre, schließlich kennen wir uns schon ewig.

Also doch der unbekannte Schatten aus der Vergangenheit? Aber weshalb betreibt jemand einen solchen Aufwand? Und wie oft ist der Unbekannte schon in meinem Haus ein und aus gegangen, ohne dass ich es bemerkt habe? Wie oft hat er mir beim Schlafen zugesehen? Er muss im Besitz meines Auto- als auch meines Haustürschlüssels sein, um über meinen Tagesablauf Bescheid zu wissen und meine Zugangsdaten zu Handy und Laptop zu kennen. Dem Mail-Terror muss eine unfassbare Vorbereitung vorangegangen sein, die mit Sicherheit Monate, wenn nicht gar Jahre in Anspruch genommen hat.

Fröstelnd ziehe ich die Schultern hoch und grüble, wann sich die Gelegenheit geboten hätte, unbemerkt meinen Laptop zu benutzen, der sich gestern Nachmittag auf meinem Nachttisch befand. Da mir das veränderte Bild auf dem Desktop beim Hochfahren sofort aufgefallen wäre, kommt nur ein Schluss infrage: Der Unbekannte muss irgendwann innerhalb der vergangenen vierundzwanzig Stunden im Haus gewesen sein. Genauer gesagt in meinem Schlafzimmer, wo sich auch ein Teil meiner Vorräte befindet.

Als ich darüber nachdenke, was das heißt, breitet sich die eisige Kälte in meinem Inneren noch weiter aus. Was ist, wenn Carsten …?

»Fertig«, verkündet er in diesem Moment, klappt den Laptop zu und zieht mich an sich. Ich ergebe mich seiner Umarmung und bemühe mich nach Kräften, alle unguten Gedanken auszublenden.

NEUN

Am kommenden Morgen reißt uns das Klingeln des Weckers erbarmungslos aus dem Schlaf.

»Um wie viel Uhr willst du heute ins Büro?«, fragt mich Carsten und unterdrückt ein Gähnen.

»Ich fange immer gegen halb neun an.« Ich stupse ihn leicht in die Seite. »Das wüsstest du, wenn du mal vor zehn in deiner Firma auftauchen würdest, du wichtiger Chef.«

Carsten ignoriert meine Stichelei. »Dann haben wir noch genug Zeit, um in Ruhe einen Kaffee zu trinken«, sagt er ernst. »Ich muss etwas mit dir besprechen.«

Beklommen erinnere ich mich daran, dass dies der ursprüngliche Grund war, aus dem er vorgestern vor meiner Tür stand, und in mir macht sich eine Mischung aus Aufregung und Hoffnung breit.

Wenig später sitzen wir zusammen an meinem Küchentisch, ich in meinem Schlafshirt samt kurzer Hose, er in Boxershorts.

»Warum stand deine Kaffeemaschine samt Pulver eigentlich im Schlafzimmer?«, will Carsten wissen, nachdem er einen Schluck aus seiner Tasse genommen hat. »Und die H-Milch? Und das Obst?«

»Ich hatte in der Küche Probleme mit Motten«, improvisiere ich verlegen.

»Aha«, konstatiert er lediglich. Seit dem Aufwachen wirkt er abgelenkt, ist regelrecht fahrig, kein Vergleich zu dem liebevollen, aufmerksamen Mann der letzten beiden Tage.

»Du wolltest mit mir reden«, beschließe ich, den Stier bei den Hörnern zu packen.

»Ich habe mit Tanja über uns gesprochen.«

Ich erstarre, die Kaffeetasse auf halbem Weg zu meinem Mund. Ist das jetzt eine positive oder eine negative Information? Keine Panik. Wäre Letzteres der Fall, hätte er wohl kaum das Wochenende mit mir verbracht.

»Es war nicht geplant«, fährt er fort. »Sie hat deinen roten BH in meinem Auto gefunden. Schon vor knapp zwei Wochen. Aber erst am Mittwoch hat sie mich damit konfrontiert.«

Meine Wangen beginnen zu brennen, und ich ahne, dass sich auf ihnen ein leichter rosa Schimmer ausbreitet. Immerhin weiß ich jetzt, wo das Teil abgeblieben ist.

»Oh«, sage ich und umfasse meine Tasse fester mit beiden Händen.

Erneut herrscht Schweigen.

»Wie hat sie es aufgenommen?«, erkundige ich mich locker, bemüht, mir meine Nervosität nicht anmerken zu lassen. Endlich. Endlich hat er reinen Tisch gemacht, selbst wenn er durch den BH dazu gezwungen wurde.

»Zuerst hat sie getobt und diverse Sachen nach mir geworfen.« Carsten zuckt mit den Schultern. »Sie hat gedroht, es würde mir noch leidtun. Es würde *uns beiden* leidtun. Danach kam eine Phase der Verzweiflung und des Selbsthasses, gefolgt von einer Art resignierter Akzeptanz.«

Bei seiner Aufzählung wird ein ungutes Gefühl in mir immer stärker. Diese gnadenlose Offenheit, was Tanjas Reaktion betrifft, gleicht einem Verrat an ihr. Ist es ein gutes Zeichen, dass er ihr auf diese Art in den Rücken fällt? Mich überläuft ein Schauder bei der Vorstellung, er könnte ihr ebenso ungefiltert von meinem Verhalten erzählt haben.

»Und jetzt?«, wage ich zu fragen, während mein Pulsschlag sämtliche Rekorde bricht und meine Handflächen feucht werden. »Seid ihr zu einem Ergebnis gekommen?«

»Das mit uns beiden hat keinen Sinn«, sagt Carsten, ohne mich anzusehen, und ich schwöre, dass ich in diesem Moment hören kann, wie mein Herz bricht.

»Was?«, flüstere ich tonlos.

»Du hast dich am letzten Montag doch selbst so ausgedrückt. Das mit uns muss aufhören.« Er klingt wehmütig, als würde er sich von einer alten Erinnerung verabschieden. Kein Vergleich zu dem Schmerz, der in mir wütet. »Es war toll mit dir. Wir hatten eine schöne Zeit ...«

Er verstummt, als hätte er selbst bemerkt, wie hohl und verletzend seine Floskeln sind. Eine schöne Zeit? Während ich jede Sekunde darauf gehofft habe, dass er seine zahlreichen Versprechungen endlich wahrmacht und sie verlässt, hat er eine *schöne Zeit gehabt*? Er fand es *schön*, mich regelmäßig zu versetzen, um zu ihr zu rennen?

»Und dann kommst du her, um mich fast zwei Tage lang durchzuvögeln? Was war das bitte? Eine Sexorgie zum Abschied?«

»Ich bin hergekommen, um es zu beenden«, verbessert er mich. »Doch als du die Tür geöffnet hast ... Der Ausdruck in deinen Augen ... Ich konnte es nicht.«

Aber jetzt kann er es? Schiebt er mir gerade die Schuld dafür zu, dass er zu feige war? Das ist nicht sein Ernst. Mal ganz abgesehen davon, dass er seinen gepackten Rucksack und Kondome dabeihatte – griffbereit. Verdammt, was für ein Arschloch.

»Lou«, startet er einen erneuten Rechtfertigungsversuch. »Du bedeutest mir viel. Aber ich liebe Tanja und –«

In dieser Sekunde brennen meine Sicherungen durch.

»Raus«, sage ich kalt.

»Okay, okay.« Er hebt besänftigend die Hände. »Bin sofort weg. Ich ziehe mich nur –«

»Jetzt«, sage ich gefährlich leise, stehe auf und funkle ihn wütend an. Es reicht.

»Aber meine Kleider ...«, protestiert er.

»Raus«, wiederhole ich und fasse in die Tasche meiner Schlafshorts. Wer hätte gedacht, dass ich ausgerechnet ihm damit drohen würde?

»Kann ich nicht wenigstens meine Hose –« Carsten verstummt, und seine Augen weiten sich, als er das Pfefferspray sieht, das seit vier Tagen mein ständiger Begleiter ist und das ich direkt nach dem Aufstehen automatisch eingesteckt habe.

»Noch ein falsches Wort, und ich schwöre bei Gott, dass ich dir das Zeug ins Gesicht sprühe«, erkläre ich ungerührt.

»Schon gut.« Er springt auf, schnappt sich seinen Schlüssel samt Handy und weicht zurück, bis er gegen die Tür zum Flur stößt. Keine Sekunde wendet er den Blick von der kleinen Spraydose ab, die ich so fest umklammere, dass meine Finger taub werden.

Ich folge ihm in den Gang, dankbar dafür, in erster Linie Wut und nicht Verzweiflung zu spüren. Die Genugtuung, vor ihm in Tränen auszubrechen, werde ich ihm nicht gönnen.

Seine Finger zittern leicht, er braucht mehrere Anläufe, um die Haustür aufzuschließen. Aber statt endlich zu gehen, erstarrt er.

»Morgen«, grüßt Phil locker und hält uns ein Paket entgegen. Der Anblick eines lediglich mit Boxershorts bekleideten Mannes scheint ihn nicht aus der Fassung zu bringen. Vermutlich ist er in seinem Beruf deutlich Schlimmeres gewohnt.

Carsten öffnet den Mund, als wollte er etwas sagen.

»Das ändert nichts«, komme ich ihm zuvor. »Hau ab oder ich sorge dafür, dass du nicht mehr siehst, wohin du läufst.«

Er presst die Lippen zusammen, nickt und lässt wenig später mein Gartentor hinter sich ins Schloss fallen.

»Er scheint dich verärgert zu haben«, bemerkt Phil neutral, der gemeinsam mit mir Carstens Abgang verfolgt hat.

»Er ist ein Arschloch«, knurre ich und lehne mich erschöpft gegen den Türrahmen.

»Das dachte ich mir schon, weil du ihn mit Pfefferspray bedroht hast«, erwidert Phil mit einem schiefen Grinsen und reicht mir das Päckchen. In seinen blauen Augen lese ich eine Mischung aus Anteilnahme und leiser Belustigung.

»Ich muss jetzt wieder los«, sagt er bedauernd, während ich mit meiner Unterschrift den Empfang bestätige. »Und allmählich solltest du dir eingestehen, dass du ein Problem hast.«

Ich mustere ihn mit plötzlichem Misstrauen. »Was meinst du?«

»Du bist süchtig.« Er seufzt. »Das sind schon wieder Duftkerzen, oder? Mein ganzer Wagen stinkt nach Zimt, und dieses Päckchen ist die Geruchsquelle.«

»Wenn du nicht aufhörst, dich zu beschweren, überlege ich mir ernsthaft, die Unmengen an Katzenfutter, die Mozart verspeist, per Post liefern zu lassen«, kontere ich mit einem schwachen Lächeln, woraufhin Phil gespielt entsetzt die Arme hebt.

»Sei nicht traurig wegen dem Idioten, Lou«, sagt er plötzlich ernst. »Er hat eine Frau wie dich gar nicht verdient.«

Bevor ich etwas entgegnen kann, wendet er sich ab und geht zu seinem Lieferwagen. Ich blicke ihm für einige Sekunden nachdenklich hinterher, dann kehre ich ins Haus zurück.

Sobald sich die Tür hinter mir geschlossen hat, fällt meine beherrschte Fassade in sich zusammen. Mit einem Schlag verlässt mich sämtliche Kraft, und ich sacke wie eine Puppe zusammen. Ich bin so müde und ausgelaugt. Immer wieder habe ich meine Hoffnungen in Carsten gesetzt, und immer wieder hat er sie enttäuscht. Ich habe endgültig genug von dem Spiel.

Unter diesen Umständen ist es unmöglich, länger für ihn zu arbeiten. Ich habe ihm mein Herz geschenkt, und er hat es mit Füßen getreten. Er hat mich ausgenutzt. Warum habe ich bis jetzt gebraucht, um mich von ihm loszusagen? Wie konnte ich nur so naiv sein und annehmen, er würde mich ihr vorziehen? Die Erkenntnis tut weh: Tanja wird die Frau an seiner Seite bleiben. Ich war für ihn bloß ein Betthäschen. Bedeutungslos. Von Anfang an. Es wird Zeit, dass ich der Wahrheit ins Auge blicke und die nötigen Konsequenzen ergreife.

Als Erstes ziehe ich mich an, dann sammle ich Carstens Kleider ein und stopfe sie in eine große Mülltüte, die ich im Kofferraum meines Autos verstaue. Anschließend melde ich mich bei unserer Sekretärin für die ganze Woche krank und fange an, alle Bilder von Carsten auf meinem Handy zu löschen. Danach sind unser Nachrichtenverlauf und die Anrufliste an der Reihe. Nichts soll mich mehr an ihn erinnern.

Den restlichen Vormittag nutze ich für einen Abstecher in die Stadt, wo ich Carstens Sachen im Altkleidercontainer entsorge und mir wegen angeblicher Übelkeit samt Magenschmerzen ein Attest bei meinem Hausarzt hole.

Auf dem Rückweg mache ich einen Zwischenstopp bei einem Bankautomaten. Das häufige Bestellen beim Lieferdienst hat meinen Geldvorrat in kürzester Zeit schwinden lassen. Ich schiebe die Karte in den Schlitz, tippe zuerst meine PIN, dann die gewünschte Summe ein.

Irritiert betrachte ich die Anzeige, der zufolge die Auszahlung des gewünschten Betrags nicht möglich ist. Auch der nächste Versuch scheitert, sodass ich mich letztendlich mit einem Bruchteil der geplanten Summe zufriedengeben muss. Als ich meinen Kontostand prüfe, kann ich kaum glauben, was ich sehe. Ich bin weit im Dispo und habe keine Ahnung, warum.

Zu Hause angekommen ziehe ich mich wieder in mein Schlafzimmer zurück und logge mich in mein Onlinebanking ein. Sicher hat es sich nur um eine Fehlfunktion im System gehandelt, die vielleicht schon behoben ist. Aber mit der genauen Auflistung der Umsätze verfliegt sämtlicher Optimismus. Anscheinend hat sich am Freitag jemand mit meinen Daten angemeldet und Überweisungen auf verschiedene Spendenkonten im Ausland getätigt. Mein Konto ist völlig leer.

Das anschließende Telefonat mit der Bank ist ernüchternd. Eine Stornierung der Überweisungen ist unmöglich, weil die Buchungen allem Anschein nach von mir selbst durchgeführt wurden. Man rät mir, Anzeige gegen unbekannt zu erstatten.

Als ich nach kurzer Überprüfung auch noch feststelle, dass meine Kreditkarte gesperrt wurde und ich somit keine

Chance habe, an Bargeld zu kommen, stehen mir Tränen der Hilflosigkeit in den Augen.

Was soll ich jetzt tun? Damit sind meine Handlungsmöglichkeiten enorm eingeschränkt. Einfach meine Taschen zu packen und mich mit einem Last-Minute-Angebot ins Ausland zu verabschieden kommt nicht mehr infrage. Alles, was mir bleibt, ist die überschaubare Summe aus dem Bankautomaten. Früher oder später werde ich einen meiner Freunde um Geld bitten müssen. Ich kann mir Josys Gesichtsausdruck schon vorstellen.

Nachdem ich mich aus meinem Bankkonto ausgeloggt habe, prüfe ich meinen Mail-Account. Dabei streift mein Blick den Betreff, der mich schon am Freitag in Panik versetzt hat. *Noch zehn Tage.* Heute ist Montag, also sind es mittlerweile nur noch sieben Tage, bis der Countdown abgelaufen ist. Und dann? Die Ungewissheit ist schlimmer als alles andere. Ich klicke das Fenster weg und schließe meinen Laptop.

In diesem Moment brechen sämtliche Gefühle über mich herein, die ich seit vorgestern Abend verdrängt hatte. Die Anspannung. Die Scham wegen der doppelten Blamage im Beisein der Polizei. Die Enttäuschung über Josys Misstrauen. Die Angst vor der drohenden Vergiftung. Die Verunsicherung, weil jemand unbemerkt in meinem Haus ein und aus zu gehen scheint.

Meine Augen brennen, meine Kehle schnürt sich zu, und ich beginne zu zittern. Das alles ist zu viel. Viel zu viel. Ich schlinge die Arme um meine Knie und lasse den Kopf darauf sinken, während die Tränen ungehindert über meine Wangen laufen.

Als ich mich nach Minuten, die mir wie eine Ewigkeit vorkommen, wieder einigermaßen gefangen habe, reibe ich mir fröstelnd über die Oberarme. Seit dem Gewitter im Wald war mir nicht mehr richtig warm – mit Ausnahme der grauenvollen Minuten in der Sauna. In mir hat sich eine Kälte eingenistet, die sogar in Carstens Nähe unterschwellig präsent war. Wahrscheinlich wäre es am besten, wenn ich für zwei Wochen wegfahren und erst zurückkehren würde, wenn der verdammte Tag Zero vorbei ist. Aber wohin ohne Geld?

Ich falte einige leere Essensverpackungen zusammen und staple sie in einer Zimmerecke, während ich mich frage, wie lange es dauern wird, bis mich die ständige Bedrohung in den Wahnsinn treibt. Das ist doch kein Leben. Wie eine Einsiedlerin sitze ich mit meinen Notfallvorräten in meinem Schlafzimmer, das ich nur verlasse, um ins Bad zu gehen; und schon das kostet mich Überwindung. Wie lange soll das noch so weiterlaufen? Hätte ich nicht längst etwas unternehmen müssen, um dem ein Ende zu setzen? Oder habe ich es dem Unbekannten durch meine Vorsicht vielleicht doch so schwer gemacht, dass er aufgegeben hat?

Ich schüttle den Kopf. Es ist müßig, darüber zu spekulieren. Ich bin nicht mehr bereit, mich von irgendwelchen blöden Mails terrorisieren zu lassen, bloß weil jemand beschlossen hat, unsere kindischen Ideen von damals wiederzubeleben und an mir auszuprobieren. Schluss mit dem furchtsamen Warten. Von nun an werde ich handeln, statt nur zu reagieren. Ich werde der Angst keine Macht über mich zugestehen. Ich werde kämpfen.

Als Erstes beschließe ich, einen weiteren Vorstoß in Richtung Vergangenheit zu unternehmen. Patrick und Dana haben sich als Sackgassen erwiesen, Nick ist nicht mehr am Leben. Trotzdem muss es eine Verbindung geben. Irgendwie hängen die aktuellen Ereignisse mit damals zusammen. Wenn ich nur wüsste, wie. Was übersehe ich?

Seufzend stecke ich den Großteil meiner Einkäufe in eine Tüte und trage sie samt dem Geschirr, das ich ebenso im Schlafzimmer deponiert hatte, nach unten in die Küche. Dort nehme ich am Esstisch Platz, staple meine Vorräte um mich herum und stütze nachdenklich das Kinn in die Handflächen.

Welche Möglichkeiten bleiben mir? Länger auf meinem Bett herumzusitzen und mich zu fürchten kommt nicht infrage. Ich muss etwas tun. Vermutlich wäre es am besten, Abstand zwischen mich und mein gewohntes Umfeld zu bringen und mich damit *ihm* zu entziehen. Ich sollte mein Zuhause verlassen, zumindest für einige Tage. Und wieder ist es mein leeres Konto, das mich zögern lässt.

Ich stehe auf, lasse Wasser in den Wasserkocher laufen, schalte ihn ein und nehme einen Teebeutel aus meiner Vorratsbox, den ich in eine der Tassen hänge, die ich ins Schlafzimmer mitgenommen hatte.

Anschließend klappe ich meinen Laptop wieder auf, um nach einer günstigen Pension zu suchen, bei der keine Vorauszahlung nötig ist. Ich muss raus aus diesem Haus. Bevor ich den Browser öffne, fällt mein Blick auf das Bild von mir im Schlaf. Mit wenigen Klicks ersetze ich es durch den ursprünglichen Sonnenuntergang und lösche das Foto von der Festplatte.

Zumindest geringfügig erleichtert gieße ich den Tee auf und stille meinen Hunger mit einer unangebrochenen Tüte Wokgemüse, das auch roh genießbar ist.

Beim ersten Schluck meines Salbeitees verbrenne ich mir prompt die Zunge. Verdammt. Aktuell geht wirklich alles schief. Nachdem ich ein paar Karottenstücke aus der Plastiktüte gefischt habe, werfe ich einen Blick auf die Uhr. Es ist erst früher Nachmittag, trotzdem fühle ich mich, als wäre ich seit Ewigkeiten wach.

Mit der Teetasse in der Hand beginne ich, ziellos durchs Haus zu schlendern. Als ich auf der Treppe an dem Druck mit dem blauschwarzen Fuchs vorbeikomme, überläuft mich ein unangenehmer Schauer. Noch immer blickt er nach links, und obwohl mir Josy als Beweis das Original geschickt hat, fühlt es sich grauenvoll falsch an.

Im Schlafzimmer überprüfe ich, dass das Pfefferspray noch in meiner Tasche steckt. Nach kurzem Zögern nehme ich auch die Handschaufel, bevor ich mich wieder auf den Weg nach unten mache. Wenn mich Josy in diesem Moment sehen könnte, sie würde sich in sämtlichen Befürchtungen bestätigt fühlen. Bewaffnet mit einer Teetasse, Pfefferspray und einer Schippe schleiche ich die Stufen hinab und muss dabei alles andere als zurechnungsfähig wirken.

Als ich bemerke, wie mich das Nachmittagstief mit voller Kraft erwischt, beschließe ich, mir im Wohnzimmer auf der Couch ein paar Folgen einer Serie anzuschauen. Immerhin bin ich offiziell krank, es ist also völlig legitim, dass ich mich ausruhe. Das vergangene Wochenende und die Auseinandersetzung mit Carsten heute Morgen waren äußerst anstrengend.

Ich stelle die leere Tasse auf dem Tisch ab, lasse mich in die weichen Polster sinken und strecke die Hand nach der Fernbedienung auf der Armlehne aus. Weil ich mehrere Zentimeter danebengreife, stoße ich fast die Stehlampe um. Irritiert runzle ich die Stirn. Habe ich den Abstand wirklich so falsch eingeschätzt? Mein Kopf fühlt sich an, als wäre er in Watte gepackt. Habe ich heute Nacht so wenig geschlafen, dass mich die Erschöpfung derart heftig überfällt? Oder war das dritte Glas Wein gestern Abend zu viel? Aber dann hätte ich die Nachwirkung doch schon beim Aufwachen spüren müssen, oder nicht?

Ich kneife die Augen zu Schlitzen zusammen und konzentriere mich auf die Fernbedienung, die ich nur noch als verschwommenen schwarzen Fleck erkennen kann. Verwirrt blinzle ich mehrfach, zwinge mich, scharf zu sehen, doch es ändert nichts. Was ist los mit mir?

Etwas ...

Etwas stimmt nicht.

Plötzlich wird mir noch kälter. Diese betäubende Schwere hat nichts mit der vergangenen Nacht zu tun und ist ebenso wenig ein natürliches Anzeichen von Müdigkeit.

Auf einmal scheint es, als würde ich rasend schnell an Kraft verlieren.

Wo ist mein Handy?

Ich starre auf den kleinen Tisch direkt vor mir, auf dem lediglich die leere Tasse steht. Mein Telefon muss noch in der Küche liegen. Ich rutsche schon von der Couch, versuche aber, mich in den Stand hochzukämpfen, um zumindest noch an mein Festnetztelefon zu gelangen, aber meine Beine versagen den Dienst.

Sie bricht zusammen. Kraftlos. Hilflos.

Mit einem dumpfen Knall lande ich auf dem Boden, zu benommen, um dem stechenden Schmerz Beachtung zu schenken, der mein Knie dabei durchzuckt.

Jemand hat mich vergiftet. Wie? Wann? Ich war doch so vorsichtig. Mein Essen war originalverpackt. Meine Teetasse stand seit Freitagnachmittag bei mir im Schlafzimmer. Ich habe sie keine Sekunde aus den Augen gelassen, sie vorhin sogar noch im Bad ausgespült –

Der Tee.

Die Erkenntnis kommt zu spät.

Die Box mit den Teebeuteln stand die ganze Zeit über in der Küche. Mir wird übel.

Was befindet sich jetzt in meinem Organismus?

Mit allen Kräften wehre ich mich gegen die zunehmende Gleichgültigkeit, komme aber nicht gegen sie an. Mein Widerstand erlischt.

Ich bin so müde. Will nur noch schlafen, der Verlockung nachgeben und mich in die Leere sinken lassen.

Hilfe. Ich brauche Hilfe. Das Telefon …

Zu weit. Unerreichbar.

Wie groß wohl die Chance ist, dass mich jemand rechtzeitig findet? Im Büro habe ich mich krankgemeldet, Josy wird so schnell kaum wieder den Kontakt zu mir suchen, und sogar der Paketbote war heute schon da.

Niemand, der ihr helfen kann.

Ich bin allein.

Ganz allein.

Im Tod ist jeder allein.

Ich kann meine Gedanken immer schwieriger fokussieren. Alles verschmilzt zu einer wabernden Masse, meine Lider sind so schwer, dass ich sie nicht mehr offen halten kann.

Ich horche in mich hinein. Und spüre nichts.

Nicht einmal Angst.

Müdigkeit, erdrückend und schwer. Wenn sie jetzt schläft, wird sie nicht wieder aufwachen.

Ich muss es schaffen, jemandem Bescheid zu geben.

Ich muss irgendwie das Telefon erreichen.

Ich muss um jeden Preis wach bleiben.

Ich darf nicht einschlafen.

Ich darf nicht.

Ich darf.

ZEHN

Wie aus weiter Ferne höre ich ein Geräusch. Der Fernseher? Die Tür? Nein. Es ist gleichförmig, aber irgendwie melodisch. Mein Handy, das klingelt. Wo ist es? Und was noch wichtiger ist: Wo bin ich?

Ich versuche, meine Augen zu öffnen, aber meine Lider sind bleischwer. Es ist, als würde eine Decke auf mir liegen, die meine Sinne dämpft, sie erstickt. Meine Hände sind kühl und kribbeln, mir ist unterschwellig schlecht, und mein rechtes Knie pocht dumpf.

Ich taste meine Umgebung ab. Ein Kissen unter meiner Wange. Meine Fingerspitzen berühren weichen Stoff, glattes Holz, das harte Plastik meines Radioweckers.

Ich bin in meinem Schlafzimmer.

Was ist geschehen?

Ich erinnere mich nicht.

In meinem Mund hat sich ein seltsamer Geschmack ausgebreitet, meine Zunge fühlt sich pelzig an, und ich habe Kopfschmerzen. Endlich gelingt es mir, meine Lider einen Spalt zu öffnen.

Durch das Fenster fallen Sonnenstrahlen herein. Es muss also später Vormittag sein.

Mit unsicheren Bewegungen richte ich mich auf, wobei ich mehrfach fast das Gleichgewicht verliere und mich an meinem Bett festhalten muss. Erst nach einigen Minuten bin ich in der Lage, ins Bad zu gehen, um dort Wasser in meinen Zahnputzbecher laufen zu lassen, den ich mit tiefen Zügen leere, um ihn direkt wieder zu füllen. Weil ich mir die Treppen noch nicht zutraue, setze ich mich auf den Rand der Badewanne und versuche, mich daran zu erinnern, was passiert ist.

Das Wochenende mit Carsten. Seine Entscheidung für Tanja und gegen mich.

Toll, *das* habe ich natürlich nicht vergessen.

Dann mein Auftritt mit dem Pfefferspray. Das leer geräumte Konto. Und der gescheiterte Plan, ein paar Tage zu verschwinden.

Kurz darauf setzt meine Erinnerung aus.

Ich stehe auf und taste mich vorsichtig Schritt für Schritt die Treppe hinunter. Noch immer bin ich benommen, hoffe aber, dass mir eine Tasse Kaffee dabei helfen wird, wieder klarer zu sehen.

In der Küche werfe ich einen Blick auf mein Handy, das einen verpassten Anruf von Josy anzeigt, der mich vorhin aus dem Schlaf gerissen hat.

Es ist halb elf. Halb elf am Dienstag. Mir fehlen rund achtzehn Stunden. Fast ein ganzer Tag.

Was ist in dieser Zeit geschehen?

Was ist überhaupt geschehen?

Auf der Suche nach Anhaltspunkten laufe ich ziellos

durchs Erdgeschoss. Als ich am Spiegel im Flur vorbeikomme, stoppe ich abrupt. Ich trage das übergroße Abi-Shirt, auf dem mein gesamter Jahrgang unterschrieben hat und das in der hintersten Ecke meines Schranks lag. Bis eben hatte ich seine Existenz komplett vergessen. Weshalb habe ich mich ausgerechnet dafür entschieden, als ich mich bettfertig gemacht habe? Ich runzle die Stirn und gehe ins Wohnzimmer, wo ich auf dem Couchtisch meine leere Tasse entdecke. Für einen Moment starre ich sie verwirrt an. Ich spüre, wie mir mein Unterbewusstsein mit aller Macht etwas mitzuteilen versucht, dann verknüpfen sich die Synapsen in meinem Gehirn, und alles ist wieder da.

O mein Gott.

Die Geschichte aus der Mail wurde umgesetzt. Ich hatte mir einen Tee zubereitet und dafür einen Beutel aus der Teebox benutzt. Weil einige Tage lang nichts passiert war – was vermutlich an Carstens Anwesenheit lag –, bin ich nachlässig geworden und habe prompt dafür bezahlt. Allerdings muss ich zugeben, dass ich das Schicksal herausgefordert habe. Ja, ich wollte aus diesem grässlichen Schwebezustand ausbrechen; aber nicht auf diese Art.

Ich atme mehrfach tief durch, versuche mich an einer neutralen Beurteilung der Situation. Vermutlich hat der Täter Teile meines Teevorrats mit einem Schlaf- oder Betäubungsmittel versetzt. Das herbe Aroma des Salbeis kann zumindest einen schwachen Eigengeschmack überdecken, und durch die Portionierung in Teebeuteln konnte die perfekte Menge dosiert werden. Die Box stand die ganze Zeit über in der Küche. Er hätte also sogar alles vorbereiten können, während ich im Haus war. Schließlich habe ich in den letzten Tagen das Obergeschoss fast nur abends verlassen.

Ich nehme die Tasse vom Couchtisch, gehe in die Küche und spüle sie mit heißem Wasser aus. Als ich nach dem Handtuch greife, zucke ich zusammen. Hätte man Rückstände des Schlafmittels noch an der Innenwand der Tasse finden können? Habe ich gerade Beweismaterial vernichtet?

Ich überlege, mit der gesamten Teebox zur Polizei zu gehen. Der Versender der Mails hat sicher nicht nur einen Teebeutel präpariert, damit sein Plan auch wirklich gelingt. Und hätten die Beamten erst mal die entsprechende Substanz gefunden, würden sie mir endlich Glauben schenken.

Für einige glückliche Sekunden gebe ich mich der Vorstellung hin, dass ich ein Indiz und damit die Polizei auf meiner Seite habe. Dass sie den Mails nachgehen werden. Dass Josy sich für ihr Misstrauen entschuldigen und mir bis zum Tag Zero nicht mehr von der Seite weichen wird.

Mit einem fast schmerzhaften Aufprall lande ich wieder in der Realität. Bis auf die Spiegelscherbe hat der Täter noch nie Spuren hinterlassen – es ist also denkbar unwahrscheinlich, dass er es ausgerechnet dieses Mal getan hat. Vermutlich hat er, während ich ausgeknockt war, in aller Seelenruhe den Inhalt der Box ausgetauscht, wodurch rein gar nichts auf Fremdeinwirkung schließen lässt. Und die Tasse habe ich Vollidiotin gerade selbst von möglichen Beweisen reingewaschen, sofern er das nicht auch schon vorher erledigt hatte.

Ich kann mir genau vorstellen, wie ein Gespräch bei der Polizei ablaufen wird. Die Beamten werden mir unterstellen, einfach lebhafter geträumt zu haben als sonst. Sie werden behaupten, ich sei vom Wohnzimmer in mein Bett schlafgewandelt. Sie werden meine rege Fantasie belächeln und sich über meinen Hang zur Hysterie amüsieren. Schon wieder.

Meine Hände ballen sich automatisch zu Fäusten. Es ist schrecklich genug, Mails mit Geschichten zu bekommen, die mit mir in der Hauptrolle umgesetzt werden, aber diese Hilflosigkeit ist die absolute Hölle.

Als mich eine weitere Erkenntnis trifft, verwandelt sich auch das letzte bisschen Wärme in meinem Körper in Kälte.

Ich weiß, dass ich auf der Couch eingeschlafen bin. Ich erinnere mich daran, wie ich verzweifelt die Fernbedienung angestarrt habe, weil ich nicht mehr in der Lage war, scharf zu sehen. Aufgewacht bin ich in meinem Bett. Er muss mich also in mein Schlafzimmer getragen haben, während ich betäubt war. Anschließend hat er mir Shorts und Oberteil ausgezogen und mir stattdessen das Abi-Shirt übergestreift. Und wer weiß, was er ansonsten noch getan hat.

Ich nehme meine Tasse, stelle sie mit einem Knall auf die Spüle, verlasse im Laufschritt die Küche und renne die Treppen nach oben ins Bad, zwei Stufen auf einmal nehmend. Mit zitternden Fingern reiße ich mir die Kleider vom Leib, atme einmal tief durch und betrachte mich in dem Ganzkörperspiegel.

Bis auf einen Bluterguss am Knie und einer bläulichen Verfärbung an meiner Schläfe kann ich nichts Auffälliges sehen. Ich beiße mir auf die Lippen, bevor ich mich ein wenig nach vorn beuge und einen Blick zwischen meine Schenkel riskiere.

Nichts. Keine Rötung, keine blauen Flecken, keine sonstigen Spuren. Wenn er mich vergewaltigt hätte, müsste ich mich wund anfühlen oder zumindest ein Brennen spüren. Es sei denn, er hat Gleitcreme …

Die Vorstellung ist so schrecklich, dass mir fast schwarz vor Augen wird. Ich taumle ein paar Schritte durch den Raum und lasse mich neben der Toilette zu Boden sinken. Gerade noch rechtzeitig schaffe ich es, den Deckel aufzuklappen, bevor bittere Galle meine Speiseröhre emporsteigt.

Ich weiß nicht, wie lange ich nackt und schluchzend auf den kühlen Fliesen knie, während sich mein Inneres nach außen kehrt. Als sich mein Magen beruhigt, sacke ich völlig entkräftet zusammen. Erst jetzt bemerke ich, dass ich am ganzen Körper zittere. Ich bin an meinem absoluten Tiefpunkt angelangt. Der Gedanke, jemand könnte mit mir im bewusstlosen Zustand weiß Gott was angestellt haben, ist unerträglich. Ich fühle mich beschmutzt und ohnmächtig. Erneut steigen mir die Tränen in die Augen. Wie soll ich mich auch nur eine Sekunde länger sicher in diesem Haus fühlen? Wie soll ich mit diesem Blackout weiterleben? Mit dem Wissen, dass ein Unbekannter hier war?

Mich ausgezogen hat? Alles von mir gesehen hat? Vielleicht sogar alles von mir genommen hat, ohne dass ich es jemals erfahren werde?

Kurz kommt mir der Gedanke, zum Arzt zu gehen, um mich durchchecken zu lassen, sobald ich irgendwie die Kraft zum Weitermachen gefunden habe, aber er entgleitet mir so schnell, wie er gekommen ist.

Erst nach einer Ewigkeit schaffe ich es aufzustehen. Das Shirt lasse ich auf dem Boden liegen, ich kann mich nicht überwinden, es anzufassen. Nachdem ich mir mit einer Zahnbürste aus meinem Notvorrat die Zähne geputzt und eine Dusche genommen habe, schlüpfe ich im Schlafzimmer in frische Kleidung und betrete kurz darauf mit nassen Haaren die Küche.

Während der letzten Minuten ist mir klar geworden, dass ich das nicht mehr alleine schaffe. Ich brauche die Unterstützung von Menschen, die zu mir stehen. Ich brauche die Hilfe meiner Freunde.

Genau das sage ich auch Josy, als sie ans Handy geht, und liefere ihr anschließend eine Zusammenfassung der letzten Tage. Dann herrscht für einige Sekunden Stille.

»Scheiße«, sagt sie, und trotz ihrer Bemühung, ihre Zweifel nicht zu zeigen, ist ihr der Zwiespalt, in dem sie sich befindet, deutlich anzuhören. »Das ist ... heftig.«

»Du glaubst mir wieder nicht?«, vergewissere ich mich und merke selbst, wie hysterisch ich klinge.

»Ich glaube dir, dass du von der Echtheit dieser Vorfälle überzeugt bist.«

»Aber –«

»Lou«, unterbricht sie mich. »Du hast mir diese Mails gezeigt und mir auch von der Geschichte erzählt, die deiner Meinung nach dahintersteckt. Ich kann verstehen, dass dir das nahegeht. Aber in keiner einzigen Situation, die du mir als gefährlich geschildert hast, gab es Hinweise auf Fremdeinwirkung – und vor allem keine Zeugen, obwohl andere Leute involviert waren. Die Gestalt im Garten, die du angeblich gesehen hast. Ich habe sie nicht bemerkt. Der Angriff in der Sauna, den der Trainer vom Fitnessstudio nicht bezeugen kann. Dann die Nachricht mit der Bitte um Hilfe, an die du dich nicht mehr erinnern kannst. Und jetzt der geänderte Hintergrund deines Desktops, Überweisungen und ein Giftanschlag, nur, weil du auf der Couch eingeschlafen bist. Hast du dir vorher mal wieder ein Glas Rotwein genehmigt und betrunken ein paar zu großzügige Spenden verteilt?«

»Ich –«, will ich mich verteidigen, doch Josy lässt mich nicht zu Wort kommen.

»Versetz dich mal in meine Lage. Seit dem Gewitterabend erkenne ich dich nicht wieder. Wer weiß, wie lange die blöde Spiegelscherbe schon in deinem Auto lag. Vielleicht ist sie ja aus dem Müllsack gefallen, den du weggebracht hast, nachdem wir vor drei Wochen dein Gartenhaus entrümpelt haben. Ja, okay, irgendjemand erlaubt sich einen Spaß mit dir und schickt dir diese Mails, aber den Rest übernimmt deine Fantasie. Die Erinnerung an die Sache damals macht dir mehr zu schaffen, als du dir eingestehen willst. Es wäre wirklich das Beste, zu einem Psychologen zu gehen, um die Vergangenheit aufzuarbeiten.«

Ich denke schweigend über ihre Worte nach. Meine Augen brennen, aber ich versuche, es zu ignorieren. Was ist, wenn Josy recht hat? Wenn es tatsächlich mein schlechtes Gewissen ist, das mich all diese Dinge sehen lässt? Wenn die Mails zwar der Auslöser, jedoch im Grunde genommen harmlos sind?

Aber das schlechte Gewissen räumt wohl kaum mein Konto leer, und so betrunken kann ich nicht gewesen sein. Jemand ist dabei, in meiner Vergangenheit herumzustochern – und dass Josy diesen Umstand als Nebensächlichkeit abtut, frustriert mich mehr, als ich sagen kann.

»Okay«, erwidere ich nach einer scheinbaren Ewigkeit schwach. »Ich werde das in Erwägung ziehen.«

»Sei bitte nicht sauer, Lou«, versucht Josy, mich zu besänftigen. »Ich will doch bloß, dass du den Bezug zur Realität nicht verlierst.«

»Den Bezug zur Realität?«, wiederhole ich aufgebracht, während ich plötzlich nur noch Wut spüre. »Ich rufe dich an, bin völlig aufgelöst und erzähle dir von einem stundenlangen Blackout, während dem wer weiß was mit mir gemacht wurde. Ich wurde durchs Haus getragen und umgezogen. Vielleicht wurde ich sogar vergewaltigt, kann mich aber nicht daran erinnern! Und du willst mir allen Ernstes sagen, ich solle den Bezug zur Realität nicht verlieren?«

»Lou«, beginnt Josy von Neuem, doch diesmal lasse ich sie nicht ausreden.

»Du bist meine beste Freundin! Du müsstest mir glauben, und zwar ohne zu zögern! Du müsstest jetzt sofort ins Auto springen und zu mir fahren! Weshalb hältst du nicht zu mir? Weshalb fällst du mir sogar vor der Polizei in den Rücken?«

»Weil du völlig durchdrehst«, schlägt Josy nicht minder aggressiv zurück. »Ich stand vor deinem Haus und hatte eine Höllenangst um dich. Du terrorisierst mich regelrecht mit deiner Paranoia. Deine Geschichten werden immer seltsamer, und nie gibt es einen Beweis dafür, dass sie nicht nur deiner Psyche entspringen. Ich ertrage das nicht mehr. Ich brauche Ruhe, weil ...« Sie verstummt abrupt.

»Weil?«, hake ich nach.

»Weil ich schwanger bin«, sagt sie nach einer Pause. »Ich wollte dir das eigentlich anders mitteilen. Aber in Anbetracht der Umstände ...«

»Herzlichen Glückwunsch«, bringe ich hervor, während ich mich fühle, als würde etwas in mir auseinanderbrechen. »Ich freue mich für dich. Wirklich. Und ich werde über einen Termin beim Psychologen nachdenken.«

»Danke.« Josys Stimme klingt genauso unbeholfen, wie ich mich fühle.

Wir wechseln noch ein paar hohle Phrasen, um das Gespräch nicht sofort beenden zu müssen.

»Ich schaffe es heute übrigens nicht mehr, bei dir vorbeizukommen«, sagt Josy noch, kurz bevor sie auflegt.

»Kein Problem«, erwidere ich und stelle insgeheim erleichtert fest, dass sie meine Notlage anscheinend doch anerkennt, selbst wenn sie keine Zeit für einen Besuch hat.

Trotzdem hat mich das Telefonat deprimiert. Meine beste Freundin erwartet ein Kind, und ich bin zumindest im Moment nicht in der Lage, mich für sie zu freuen. Stattdessen fühle ich mich unglaublich einsam. In den letzten Tagen haben wir uns spürbar voneinander entfernt. Jetzt ist mir klar, weshalb Josy diese Distanz gesucht und so abwehrend reagiert hat. Sie wollte sich schützen, und dafür habe ich absolutes Verständnis. Sie soll sich ganz auf die Schwangerschaft konzentrieren, und deshalb werde ich meine Probleme von nun an von ihr fernhalten.

Die nächsten Stunden tigere ich ruhelos durch das Haus und suche nach Dingen, die *er* verändert hat. Ein hoffnungsloses Unterfangen, das mich lediglich noch verrückter macht. Mit jedem Schritt wird mir klarer, dass ich nicht hierbleiben kann. In diesem Haus werde ich keine Sekunde lang zur Ruhe kommen, die Vorstellung, hier zu schlafen, ist unerträglich. Nicht einmal Mozart lässt sich blicken. Vermutlich spielt er mal wieder die beleidigte Diva, weil ich mich so lange nicht um ihn gekümmert habe. Ich fülle seinen Fressnapf und stelle ihm frisches Wasser hin, bevor ich erneut meinen Laptop öffne.

Nach einer schnellen Recherche finde ich einen Schlüsseldienst, der mir während eines Telefonats zusichert, am kommenden Montag sämtliche Schlösser des Hauses auszutauschen, und eine Pension, in der ich bis dahin unterkommen kann und in der Haustiere erlaubt sind. Um die entstehenden Kosten werde ich mich kümmern, wenn es so weit ist.

Mit fahrigen Bewegungen packe ich zuerst meine Reisetasche, dann Laptop, Geldbeutel, Handy samt Ladekabel und nach kurzem Zögern auch das Pfefferspray in meinen Rucksack. Die Gartenschaufel lege ich griffbereit auf die Kommode im Flur – für alle Fälle.

Gerade als ich den Verschluss der Tasche einrasten lasse, klingelt es Sturm an der Haustür. Obwohl mir klar ist, dass der anonyme Versender der Mails nie läuten würde, wird mir sofort schlecht.

Ich vergewissere mich, dass die Sicherheitskette vorgelegt ist, und ziehe erst dann die Tür wenige Zentimeter auf. Vor mir steht eine hochgewachsene Frau mit dunkelbraunem Haar und auffälligen blauen Augen.

»Wir haben etwas zu klären«, sagt sie. »Es geht um meinen Ehemann. Carsten.«

Scheiße. Auch das noch.

»Moment.« Ich schließe die Tür, entferne die Kette und öffne komplett. »Wollen Sie reinkommen?«

Sie schnaubt. »Ganz bestimmt nicht. Ich wollte nur wissen, wie die Schlampe aussieht, die sich meinem Mann auf so armselige Weise an den Hals wirft.« Gelassen lässt sie ihren Blick über mich wandern.

»Nichts Besonderes«, stellt sie abfällig fest und lächelt kalt. »Bestenfalls Durchschnitt. Aber gut genug, dass Sie in einem Club einen Typen finden, der Sie flachlegt, wenn Sie es nötig –«

»Stopp«, unterbreche ich sie scharf und straffe die Schultern. »Wenn Sie gekommen sind, um mir Beleidigungen an den Kopf zu werfen, können Sie ebenso gut wieder verschwinden. Oder gibt es noch etwas Relevantes, das Sie mir mitteilen wollen?«

»Ich will Ihnen mitteilen, was ich von Ihnen halte. Sie sind das absolut Letzte«, gibt Tanja ruhig zurück. »Haben Sie es wirklich so nötig, dass Sie nicht einmal vor einem verheirateten Mann zurückschrecken? Das ist erbärmlich. *Sie* sind erbärmlich. Und dass Sie noch dazu die Nerven haben, ihn heute zu sich einzuladen!«

Ich stutze. Soll das ein Witz sein? Muss ich sie allen Ernstes darauf hinweisen, dass zu einer Affäre zwei gehören? Carsten war ganz sicher nicht mein armes Opfer, das sich nicht wehren konnte.

»Carsten –«, beginne ich.

»Er hat mir alles erzählt«, fällt sie mir ins Wort. »Sie haben sich ihm immer wieder aufgedrängt, ihn verführt. Wahrscheinlich haben Sie diesen geschmacklosen BH absichtlich in seinem Wagen vergessen, damit ich ihn finde und meinem Mann eine Szene mache.«

Gut, das war nicht geplant, aber die Taktik wäre nicht die schlechteste gewesen.

»Es hat nicht funktioniert«, fährt sie fort. »Wir sind glücklicher als je zuvor. Ihre Intrigen haben uns nur noch enger zusammengeschweißt.«

»Das freut mich für Sie«, erwidere ich und lehne mich mit verschränkten Armen gegen den Türrahmen, während ich mich insgeheim frage, was Carsten an einer solchen Furie findet. Er hat ihr also alles erzählt? Irgendetwas sagt mir, dass mein Pfefferspray in seiner Geschichte nicht vorkam. Und sein ruhmreicher Abgang in Boxershorts garantiert ebenso wenig.

»Sie können sich die Ironie sparen«, geht sie erneut auf mich los. »Lassen Sie die Finger von meinem Mann, sonst sorge ich dafür, dass Sie es *richtig* bereuen.«

Sie wirft mir einen eisigen Blick zu, dreht sich um und verlässt mein Grundstück. Widerwillig bewundere ich ihren Gang, der trotz High Heels und holprigem Gartenweg überraschend elegant ist. In ihrem schmal geschnittenen Blazer und dem Bleistiftrock macht selbst ihre Rückseite eine ausgesprochen gute Figur. Ich hasse sie.

Nachdem ich die Tür geschlossen habe, lasse ich mich erschöpft gegen die Wand im Flur fallen. Dieser Auftritt war geradezu bühnenreif.

Lassen Sie die Finger von meinem Mann, sonst sorge ich dafür, dass Sie es richtig *bereuen.*

Was meint sie damit? Spricht sie von meinem Stolz oder meinem Gefühlsleben, die beide bereits in Scherben liegen? Oder hat Carsten doch nicht so tief geschlafen, als ich ihm mein Herz ausgeschüttet habe? Hat er ihr etwas erzählt? Weiß sie, wie katastrophal mein Leben momentan ist? Oder war das ein versteckter Hinweis darauf, dass sie selbst die Finger im Spiel hat?

Hat Carsten gestern Morgen nicht davon gesprochen, dass Tanja schon vor knapp zwei Wochen hinter unsere Affäre gekommen ist? Ebenso lange erhalte ich die mysteriösen Mails. Zufall? Hat sie vielleicht in meiner Vergangenheit herumgestochert, um sich gegen mich zur Wehr zu setzen? Versucht sie auf diese Weise, mich von ihrem Mann fernzuhalten? Ist es vielleicht gar kein *Er*, der mich bedroht, sondern eine *Sie*?

Ich werde aus meinen Überlegungen gerissen, als es erneut an der Tür klingelt. Noch mal Carstens Ehefrau, weil sie bei ihrem ersten Auftritt nicht alle sich so sorgsam zurechtgelegten Schmähungen losgeworden ist? Eher unwahrscheinlich, denn es ist bereits zehn Minuten her, dass sie hier war.

Zögerlich öffne ich die Tür und spähe durch den Spalt nach draußen.

»Lou«, sagt Fiona erfreut. »Ich dachte schon, es sei niemand zu Hause, weil es so lange gedauert hat.«

»Hey«, grüße ich lahm, während ich fieberhaft darüber nachdenke, wie ich nachfragen kann, was zum Teufel sie hier will, ohne dabei unhöflich zu wirken. Ich bin schließlich im Begriff, aus meinem Haus zu flüchten, wobei Besuch äußerst unpraktisch ist.

»Ich —«, setze ich an, sie möglichst schnell loszuwerden, und öffne dabei unvorsichtigerweise die Tür.

»Geht's dir wieder besser?«, unterbricht sie mich und schiebt sich an mir vorbei in den Flur. Toll. »Wen hast du noch alles eingeladen? Ich war ziemlich überrascht, dass du eine Feier machst, obwohl du krankgemeldet bist. Was hast du denn?« Sie schlägt sich die Hand vor den Mund. »Entschuldige. Das war indiskret. Jedenfalls habe ich dir etwas mitgebracht.«

Mit diesen Worten drückt sie mir eine Flasche Wein in die Hand und schaut mich erwartungsvoll an. Ich bin von ihren Worten derart überrumpelt, dass ich ihr den Weg ins Wohnzimmer zeige. Sie betrachtet die Handschaufel, die auf der Kommode völlig fehl am Platz wirkt, dann fällt ihr Blick auf die gepackte Reisetasche.

»Fährst du weg?«, erkundigt sie sich verwundert.

Bevor ich antworten kann, klingelt es wieder. Kurz runzle ich die Stirn, setze aber für Fiona schnell ein verbindliches Lächeln auf. Was wird hier gespielt?

Ich öffne die Tür und starre die Person davor vollkommen überfordert an. Es ist Carsten. Was macht er hier?

»Hey, Lou«, sagt er verlegen und reicht mir einen kleinen Strauß Gerberas. Ich spähe über seine Schulter. Zum Glück ist seine brünette Furie nicht zu sehen.

»Danke, dass du mir die Chance gibst, noch mal mit dir zu reden«, fährt er fort. Ich öffne den Mund, um ihn zu fragen, wie zum Geier er auf die Idee kommt, ich würde ihm nach seinem schäbigen Verhalten eine *Chance geben*, doch er hebt besänftigend die Hände.

»Ich mache dir keine Vorwürfe wegen der Sache mit dem Pfefferspray. Es war zwar nicht gerade angenehm, lediglich in Boxershorts nach Hause zu fahren, nichtsdestotrotz kann ich dich verstehen.«

»Okay«, erwidere ich neutral und beschließe, ihn mit der Wahrheit zu konfrontieren.

»Ich hatte gerade die Freude, deine Frau kennenzulernen. Ihr grandioser Auftritt ist keine Stunde her.«

»Tanja war hier?«, vergewissert sich Carsten mit schlecht verborgenem Entsetzen und wischt sich übers Gesicht. »Sie muss deine Nachricht wegen der Aussprache gefunden haben.«

Und dass Sie noch dazu die Nerven haben, ihn heute zu sich einzuladen!

Ach du Scheiße. Was ist passiert, während ich unfreiwillig geschlafen habe? Ich ignoriere Carstens besorgte Miene und ziehe mit zittrigen Fingern mein Handy aus der Hosentasche. Ein Blick in meine Nachrichten bestätigt meine böse Vorahnung: Ich lese die Bitte um ein Gespräch mit ihm heute um achtzehn Uhr. Aber nicht nur das; offenbar habe ich meinen halben Freundeskreis zu einer spontanen Wohnzimmer-Party eingeladen, indem ich jedem von ihnen eine individuelle Nachricht geschickt habe.

»Carsten? Bist du das?«, erklingt Fionas Stimme, während ich höre, wie die Gartentür geöffnet wird und mir schon von Weitem mehrere Leute etwas zurufen.

»Interessant«, sagt Carsten, dem seine Irritation anzuhören ist. »Ich hatte eigentlich gedacht, wir würden uns unter vier Augen aussprechen. Wenn ich geahnt hätte, dass du eine Party schmeißt, wäre ich nicht gekommen.«

»Ich ...«, fange ich an und stecke mein Handy weg. In diesem Moment drängeln sich die Neuankömmlinge in bester Stimmung an mir vorbei in den Flur. Da weitere Arbeitskollegen darunter sind, bleibt Carsten nichts anderes übrig, als sich ihnen anzuschließen.

Etwa eine Viertelstunde später stehen und sitzen rund fünfzehn Personen in meinem Wohnzimmer, und ich habe alle Hände voll damit zu tun, Wein einzuschenken – aus unangebrochenen Flaschen, um kein Risiko einzugehen – und etwas aus meinem spärlichen Vorrat originalverpackter Knabbereien anzubieten. Während ich mir größte Mühe gebe, so zu tun, als hätte ich dieses Zusammensein geplant, und Ausreden für mein Fehlen im Büro erfinde, suche ich nach einer Erklärung für das, was gerade vor meinen Augen passiert. Weshalb hat der unbekannte Mail-Schreiber meinen halben Freundeskreis eingeladen?

Inmitten der fröhlichen Runde trifft mich schließlich die Erkenntnis – oder zumindest habe ich eine Eingebung, wie ich zu ihr kommen könnte. Ich nehme den Rucksack mit meinem Laptop und schleiche mich nach oben ins Schlafzimmer. Nachdem ich die Tür geschlossen habe, lasse ich mich auf mein Bett sinken und atme einige Male tief durch. Dann hole ich den Laptop hervor, klappe ihn auf, fahre ihn hoch und prüfe meinen Posteingang, zum ersten Mal heute. Obwohl ich eigentlich schon weiß, was mich erwartet, stolpert mein Herz beim Anblick des verstörend vertrauten Betreffs.

Noch sechs Tage

Ich blinzle mehrmals, doch leider verschwindet er nicht. Da ist sie, die gefürchtete Mail, abgeschickt um kurz vor sieben heute Morgen, als mich das Schlafmittel noch ausgeschaltet hatte.

Vergeblich schlucke ich gegen den Kloß in meiner Kehle an, beuge mich ein wenig vor und beginne zu lesen.

Der Tod fand Louisa bei Einbruch der Nacht.

Der Abend sollte perfekt sein.

Sie hatte die Party von langer Hand geplant, aufwändig Einladungskarten gestaltet und an ihre Freunde verschickt. Schon in der Nacht davor hatte sie vor Aufregung kaum geschlafen.

Jetzt waren die Getränke kalt gestellt, und die Snacks standen bereit.

Wer hätte geahnt, dass der Sturm von innen kommt?

Pünktlich klingelten die Freunde an der Haustür. Einer nach dem anderen, bis schließlich eine vergnügte Runde im Wohnzimmer saß.

Gelöste Atmosphäre in vertrauter Gesellschaft.

Bis ...

Zu viel Vertrauen verringert die Aufmerksamkeit.

Nicht jeder ist das, was er zu sein vorgibt.

Viele Freunde, aber ein Feind.

Sie wollte den Getränkevorrat im Kühlschrank aufstocken.

Ich bin gleich wieder da.

Sie verließ das Wohnzimmer.

Zum letzten Mal ...

Ein Geräusch lässt sie aufhorchen. So flüchtig und hohl, dass es auch das Wispern des Windes sein könnte. Doch der Wind weht nicht durchs Haus.

Louisa.

Ein Schauer läuft ihr über den Rücken. Entschlossen greift sie nach den Flaschen. Zurück zu den anderen.

Er kommt.
Sie ist nicht allein. Wer ist ihr gefolgt?
Die Angst ist unbegründet. Sie ist nicht in Gefahr. Ihre Freunde sind im Haus. Nur ihre Freunde.
Warmer Atem auf ihrer Haut. Wenn sie sich umdreht, wird sie ihn sehen. Will sie das?
Zu spät.
Ein Messer im Rücken. Schmerz. Weißglühend. Tödlich.
Sie sieht sein Gesicht nicht. Sie sieht sein Gesicht nicht.
Eine unbeschwerte Feier.
Lautes Gelächter übertönt laute Schreie.
Er ist da.

Die ersten Zeilen genügen, um mir einen Schauer über den Rücken laufen zu lassen. Obwohl ich mir das Zustandekommen der unfreiwilligen Party in meinem Haus bereits zusammengereimt habe, ist es etwas anderes, jetzt die Bestätigung meiner Theorie zu haben. Der Unbekannte hat meinen wehrlosen Zustand in der vergangenen Nacht ausgenutzt, um sowohl über mein Handy als auch über meine Mail-Adresse einen Haufen Freunde zu mobilisieren. Fahrig scrolle ich durch die Einladungen und spüre, wie das beklemmende Gefühl in meiner Brust mit jeder Sekunde zunimmt. Was soll mir die Mail sagen? Ist sie ein Beweis dafür, dass einer meiner Gäste der Absender ist? Wird sich heute die Geschichte genau so abspielen? Ermordet inmitten meiner Freunde oder sogar *von* einem scheinbaren Freund? Das wäre ein würdiger Abschluss dieses Grauens.

Ich klappe meinen Laptop zu, verlasse mein Schlafzimmer und gehe zögerlich die Treppe nach unten. Langsam setze ich meine Füße auf eine Stufe nach der anderen, als müsste ich jederzeit mit einem Angriff rechnen. Obwohl mein Haus voller Menschen ist, fühle ich mich allein und schutzlos. Natürlich ist aus dem Wohnzimmer prompt unbeschwertes Lachen zu hören, und sofort muss ich an den vorletzten Satz der Geschichte denken.

Lautes Gelächter übertönt laute Schreie.

Es ist komplett lächerlich, mich davon verrückt machen zu lassen, aber gegen das Grauen habe ich keine Chance.

Als ich unten im Flur stehe, höre ich ein Geräusch schräg hinter mir. Wer hat das Wohnzimmer verlassen und weshalb? Die Toilette ist woanders, auf der anderen Seite neben der Haustür. Hinter mir liegt nur meine Abstellkammer.

Ich beiße mir angespannt auf die Lippen, während sich meine Atmung beschleunigt. Wie erstarrt stehe ich da, eine Hand auf dem Geländer, die andere um den Riemen meines Rucksacks gekrampft.

Sie ist nicht allein. Wer ist ihr gefolgt?

Der Puls dröhnt so laut in meinen Ohren, dass er sogar das durch die Tür gedämpfte Stimmengewirr übertönt.

Ich nehme meinen Mut zusammen, um mich umzudrehen. Doch bevor ich mein Vorhaben in die Tat umsetzen kann, spüre ich etwas zwischen den Schulterblättern.

Ein Messer im Rücken. Schmerz. Weißglühend. Tödlich.
Ein markerschütternder Schrei entringt sich meiner Kehle, während ich herumfahre und blindlings zuschlage.

Mit einem dumpfen Laut kollidiert meine Faust mit dem Kinn von Stefan, einem meiner Arbeitskollegen. Wollte er mich angreifen? Bin ich ihm zuvorgekommen?

Ich schnappe mir die Gartenschaufel von der Kommode und halte sie ihm drohend entgegen, doch schon im nächsten Moment schließen sich Stefans Finger um mein Handgelenk.

»Lou!«, schreit er mich an und hält mich mühelos fest. »Bist du bescheuert?«

Erst jetzt realisiere ich, dass er weder ein Messer in der Hand hat noch den Eindruck macht, mir etwas antun zu wollen. Im Gegenteil. Er mustert mich mit einer Mischung aus Irritation und Beunruhigung. Von uns beiden bin eindeutig ich diejenige, von der Gefahr ausgeht.

»Sorry«, murmle ich verlegen.

Er senkt den Kopf, um mir ins Gesicht zu blicken. Offensichtlich versucht er einzuschätzen, ob ich erneut auf ihn losgehen werde. Schließlich löst er seine Hand, wirkt aber nach wie vor äußerst misstrauisch.

»Was sollte das?«, fragt er, während er vorsichtig sein Kinn abtastet. »Bist du unter die Profiboxer gegangen, oder weshalb hast du so einen Schlag drauf?«

Ich schaue ihn schweigend an und bemühe mich, das Adrenalin, das durch meine Adern rast, zu ignorieren. Ich habe überreagiert. Ich habe völlig überreagiert.

»Das Bier im Kühlschrank war leer, und du warst verschwunden. Ich dachte, du hättest vielleicht eine Art Vorratsraum«, erklärt er, aber keins von seinen Worten kommt in meinem Gehirn an.

»Die Party ist vorbei«, sage ich tonlos. »Ihr solltet gehen.«

»Aber wir sind doch gerade erst –«, wendet er ein, doch ich unterbreche ihn direkt.

»Die Party ist vorbei«, wiederhole ich, gehe durch den Flur und reiße die Tür zum Wohnzimmer auf. Ich ertrage diese Menschen keine Sekunde länger in meinem Haus.

»Die Party ist vorbei!«, brülle ich, so laut ich kann.

Das Ergebnis ist beeindruckend. Schlagartig herrscht absolute Stille, sämtliche Augenpaare sind auf mich gerichtet. Ich lasse meinen Blick über alle Anwesenden schweifen. Wer von ihnen schickt mir diese verdammten Mails? Wer von ihnen will mich hinterrücks abstechen?

»Raus hier«, bringe ich hervor, und meine Stimme zittert. »Jetzt. Alle.«

»Lou«, sagt Carsten in seinem üblichen warmen Tonfall, mit dem er mich bisher regelmäßig um den Finger gewickelt hat. »Lass uns –«

»Raus!« Ich drohe hysterisch zu werden und hebe die Schaufel wenige Zentimeter. »Verschwindet aus meinem Haus. Haut ab! Alle!«

Plötzlich kommt Leben in die Gäste. Obwohl sie mir verständnislose Blicke zuwerfen, wagt niemand mehr, mich anzusprechen, und auch untereinander sind die Gespräche verstummt. Unter bleiernem Schweigen verlassen sie mein

Haus, sichtbar befremdet von meiner überzogenen Reaktion.

Ich beobachte angespannt ihren Aufbruch und kann erst aufatmen, als der Letzte die Gartentür hinter sich zugezogen hat. Für einige Sekunden stehe ich mit geschlossenen Augen im Flur und spüre nur Erleichterung.

Dann wird mir klar, was ich gerade getan habe.

Ich habe zugelassen, dass mein Instinkt mein Handeln bestimmt, und sämtliche Vernunft in den Wind geschossen. Vollkommen unzurechnungsfähig. Schon wieder. Mit einem Mal fühle ich mich so schwach wie noch nie. Langsam rutsche ich an der Wand hinab, bis ich zusammengekauert auf dem Boden sitze. Unter Garantie halten mich meine Freunde jetzt für total gestört, und ich kann es ihnen nicht verdenken. Zuerst lade ich sie mit persönlichen Nachrichten zu einer spontanen Party ein, für die ich nichts vorbereitet habe, verpasse dann einem guten Bekannten einen Fausthieb und werfe anschließend alle unter lautem Gekreische wieder hinaus. Besser wäre es gewesen, Kopfschmerzen zu simulieren und die anderen zum Gehen aufzufordern. Das hätte meine Reaktion zumindest ein wenig nachvollziehbarer gemacht.

Trotzdem ist ein Teil von mir froh, alleine zu sein – obwohl ich mich genau davor gefürchtet habe. Immerhin besteht die Chance, dass der Absender der Mails unter den uneingeladenen Gästen war.

Erst nach einigen Minuten habe ich mich so weit gefangen, dass ich mir zutraue, die Lage halbwegs objektiv einzuschätzen. Als Carstens Frau Tanja aufgetaucht ist, war ich im Begriff zu verschwinden. Das Zimmer in der Pension ist nach wie vor gebucht, und ich brauche den Abstand von zu Hause mehr denn je.

Mit neuer Entschlossenheit stehe ich auf, um im Wohnzimmer Gläser und Flaschen wegzuräumen. Dabei bin ich so angespannt, dass mein Rücken nach kurzer Zeit heftig schmerzt. Der Gedanke, dass einer der Gäste unbemerkt zurückgeblieben ist, sich versteckt und nur darauf wartet, mich alleine anzutreffen, um sich auf mich zu stürzen, ist kaum zu ertragen.

Als ich endlich das gröbste Chaos beseitigt habe, mache ich mich erneut auf die Suche nach Mozart. Vergeblich. War er zuvor wohl beleidigt wegen meiner fehlenden Fürsorge, ist er jetzt wahrscheinlich vor den vielen Menschen geflüchtet.

Ich vergewissere mich, dass das Katzenklo sauber ist und er genug Fressen und Wasser für die kommenden Tage hat, packe die Handschaufel in meine Reisetasche und breche auf.

Als ich die Tür hinter mir schließe, fällt zumindest ein Stück der Angst von mir ab, die seit der ersten Mail zu meinem ständigen Begleiter geworden ist. Es ist die richtige Entscheidung, meinem Haus vorerst den Rücken zu kehren.

Obwohl es zur Garage nur wenige Meter sind, schrecke ich bei jedem Rascheln, jedem Knacken, jedem Knistern zusammen und taste nach dem Pfefferspray in meiner Hosentasche.

Nachdem ich im Auto die Zentralverriegelung betätigt habe, lehne ich meinen Kopf gegen die Stütze und schließe die Augen. Alles ist in Ordnung. Ich werde Abstand zwischen mich und diesen Verrückten bringen.

Mit einem Brummen erwacht der Motor zum Leben, und wenig später bin ich auf dem Weg zur Pension.

Mit jedem gefahrenen Meter geht es mir besser, und als ich meinen Wagen nach zwanzig Minuten auf dem kleinen Parkplatz vor dem gemütlich aussehenden Gästehaus abstelle, fühlt es sich an wie ein persönlicher Triumph. Als hätte ich *ihn* überlistet. Als wäre ich aus seinem teuflischen Plan ausgestiegen. Trotz der Bedrohung war ich stark genug, mich aus meiner Starre zu lösen.

Ich checke ein, kläre ab, dass ich die Rechnung erst bei Abreise bezahlen muss, nehme den altmodischen großen Zimmerschlüssel entgegen und folge der Besitzerin zwei Stockwerke nach oben, wo sie zuerst auf eine Tür deutet und sich dann mit einem Lächeln verabschiedet.

Meine Energie reicht gerade noch aus, um nach dem Auspacken im Restaurant für Pensionsgäste eine Kleinigkeit zu Abend zu essen und eine Dusche zu nehmen, dann sinke ich vollkommen erschöpft auf das Bett und bin innerhalb von Sekunden eingeschlafen.

ELF

In dieser Nacht schlafe ich erstaunlich gut, und als ich aufwache, bin ich sicher, dass die Distanz zu meinem gewohnten Umfeld keinen geringen Anteil daran hat. In dem Pensionszimmer habe ich zum ersten Mal seit langer Zeit das Gefühl, in Ruhe nachdenken zu können, ohne mich dabei bedroht oder verfolgt zu fühlen.

Der Unbekannte kann sich frei in meinem Haus bewegen. Er weiß, wo mein Sicherungskasten ist, kennt das Passwort meines Laptops und meines Mail-Accounts, die Zugangsdaten für mein Onlinebanking und sogar die PIN meines Handys. Er hatte unzählige Gelegenheiten, mich zu ermorden, aber er hat es nicht getan. Was mich zu der Annahme kommen lässt, dass ich nicht in Gefahr schwebe – vorerst.

Vielleicht wäre es die beste Lösung, irgendwie durchzuhalten und die Anschläge über mich ergehen zu lassen? *Ihn* in Sicherheit zu wiegen, so zu tun, als hätte ich aufgegeben, und kurz vor dem Tag Zero von der Bildfläche zu verschwinden, weil sich erst dann die Schlinge zuzieht?

Nur ... was ist, wenn ich mich täusche?

Mir bleibt noch eine knappe Woche, um herauszufinden, wer hinter diesem Horror steckt. Diese Zeit werde ich nutzen.

Ich bediene mich an dem reichhaltigen Frühstücksbüfett der Pension, lese sogar ein wenig in einer der Zeitschriften, die auf einem Tisch liegen, und ziehe mich erst nach einer Stunde wieder auf mein Zimmer zurück.

Meine gute Laune hält exakt bis zu dem Moment, in dem ich die WLAN-Zugangsdaten auf dem Tisch entdecke, die ich am Abend zuvor übersehen haben muss. Schlagartig gerät meine Zuversicht ins Wanken. Die letzte Geschichte wurde gestern umgesetzt, ich weiß also genau, was in meinem Posteingang auf mich wartet. Der Anflug von Leichtigkeit, den ich seit dem Aufwachen empfunden habe, weicht drückender und dunkler Resignation. In der Theorie klingt es wie eine ausgezeichnete Strategie, endlich nicht mehr das Opfer zu sein, sondern aktiv zu werden. In der Praxis muss ich jedoch realisieren, dass sich nicht das Geringste verändert hat. Die Mails rufen die gleiche Angst in mir hervor. Ich hasse dieses Gefühl der Ohnmacht.

Ich nehme mir eine Flasche Wasser vom Tisch, ziehe meinen Laptop aus dem Rucksack und setze mich im Schneidersitz auf mein Bett.

Für einige Sekunden schweben meine Finger über den Tasten. Ich will nicht. Ich will nicht lesen, welche neue Grausamkeit auf mich wartet. Trotzdem bleibt mir nichts anderes übrig, wenn ich nicht völlig unvorbereitet mit meinem Schicksal konfrontiert werden will. Ich verbinde den Laptop mit dem WLAN und öffne mein Mail-Programm.

Noch fünf Tage

Ich muss mich zwingen, die folgenden Zeilen zu lesen.

Der Tod fand Louisa im nebligen Dunst des Morgens.

Sie hatte eine Tasse ihres Lieblingstees getrunken, und noch immer konnte sie die herbe Note des Salbeis auf ihrer Zunge schmecken. Auf ein Frühstück hatte sie verzichtet, das würde ihr nur schwer im Magen liegen.

Sie schnürte ihre Sportschuhe, trat in das dämmrige Grau.

Sie begann zu laufen.

Schritt für Schritt. Gleichmäßig. Kontrolliert.

Ein ruhiger Atemzug nach dem anderen. Eher Meditation als Sport.

Sie genoss die kalte Luft auf ihrer Haut. Genoss die Stille des anbrechenden Tages. Genoss die Einsamkeit.

Bis ...

Raschelnde Blätter. Brechende Zweige hinter ihr.

Ein Knacken. So flüchtig und hohl, dass es auch das Wispern des Windes sein könnte. Doch der Wind ist kein Jäger.

Ein Tier?

Sie beschleunigt ihr Tempo.

Ist noch jemand hier?

Der Herzschlag dröhnt in ihren Ohren. So laut, dass er alle anderen Geräusche überlagert.

Louisa.

So oft ist sie diese Runde schon gelaufen. Ihre Lieblingsstrecke. Sie kennt sie in- und auswendig. Niemals hätte sie damit gerechnet, hier in Gefahr zu geraten. Niemals hätte sie damit gerechnet, hier bedroht zu werden.

Dieses Mal ist es anders.
Ein Verfolger?
Nur ein anderer Jogger. Sicher hat er nichts Böses im Sinn. Nicht übertreiben. Nicht überreagieren. Fokussiert bleiben.
Schneller. Versuchen, ihn abzuhängen.
Er kommt.
Die eisige Luft sticht in ihrer Lunge.
Gelassenheit wird zu Beklommenheit. Entsetzen. Panik.
Noch mal das Tempo erhöhen. Er hält Schritt.
Die Beine schwer wie Blei. Sie kann schnell laufen, aber nicht schnell genug.
Zu langsam. Sie ist zu langsam.
Dem Tod kann man nicht davonlaufen.
Zu spät.
Hände in ihrem Haar reißen sie zurück.
Sie taumelt. Strauchelt. Stürzt.
Ein Ziehen. Zerren. Bersten.
Dann nichts mehr.
Er ist da.

Die aufsteigenden Tränen lassen die Worte vor meinen Augen verschwimmen. Jedes Mal, wenn ich denke, es könne nicht mehr schlimmer kommen, beweist mir der Unbekannte – oder *die* Unbekannte? – das Gegenteil. Als Nächstes werde ich also in Todesangst vor einem Verfolger flüchten? Und natürlich trinkt das Opfer in der Geschichte Salbeitee – genau wie ich vorgestern.

Und wenn *er* mich erwischt? Was passiert dann? Welcher Plan steckt hinter diesem ganzen Terror?

Man will mich in den Wahnsinn treiben und zugrunde richten, das habe ich mittlerweile verstanden. Aber haben diese Geschichten wirklich meinen Tod angekündigt? Lebe ich nur noch, weil ich mich in den entscheidenden Momenten richtig verhalten habe? Hatte ich lediglich Glück? Oder hatte *er* gar nicht vor, mich umzubringen? Will *er* damit bis zum Tag Zero warten, oder handelt es sich bloß um einen groß angelegten bösartigen Bluff? Wird am Ende des Countdowns eine Auflösung stehen, wie wir sie auch für Astrid geplant hatten? Oder wird alles wie damals in einem Albtraum enden? Immer wieder kehren meine Gedanken zu der Frage zurück, ob ich mich im Verlauf der letzten beiden Wochen überhaupt zu irgendeinem Zeitpunkt in Lebensgefahr befunden habe.

Plötzlich verfalle ich in hektische Betriebsamkeit. Es ist unmöglich, still vor dem Laptop zu sitzen. Ich muss mich bewegen.

Während ich sämtliche Kleider erneut aus dem Schrank ziehe, sauber falte und wieder verstaue, rufe ich mir die verschiedenen Situationen ins Gedächtnis, in denen ich mich bedroht gefühlt habe.

Der Ast auf der Straße. Die Spiegelscherbe auf dem Rücksitz meines Wagens. Der anonyme Anruf und die unbekannte Gestalt im Garten. Bis dahin waren die Ereignisse einigermaßen harmlos, doch dann folgte der Angriff in der Sauna. Habe ich den tatsächlich nur überlebt, weil mich Ben rechtzeitig gefunden hat? Oder hat sich der Unbekannte in der Nähe aufgehalten und mich beobachtet, um einzugreifen, sollte ich ohnmächtig werden und keine Rettung in Sicht sein? Anschließend folgte der nächtliche Besuch der Polizei, das Schlafmittel im Tee und die unverhoffte Party, begleitet von den mal fast unmerklichen, mal extrem auffälligen Veränderungen in meinem Haus. Alles diente dem Zweck, mir zu demonstrieren, wie präsent *er* ist und wie viel Einfluss *er* auf mein Leben nehmen kann. Die Szenarien samt ihrer Umsetzung werden schlimmer, vielleicht ein Hinweis darauf, dass alles auf den Höhepunkt am Tag Zero zusteuert? Jeder Schritt bis dahin, so scheint es, wurde von langer Hand und im Detail geplant.

Ob es die sorgfältig ausgearbeitete Inszenierung zerstören würde, wenn ich zu früh abträte? Würde *er* zulassen, dass ich vor Ablauf des Countdowns sterbe?

Ich setze mich wieder auf die kleine Couch, während ich im Kopf eine Liste mit potenziellen Verdächtigen anlege und dabei versuche, möglichst neutral vorzugehen und mich nicht von Sympathie leiten zu lassen.

Sandra und Josy. Beide waren gestern nicht auf der fragwürdigen Party. Macht sie das mehr oder weniger verdächtig? Egal, wie ich es drehe und wende, ich finde keinen Grund, aus dem meine besten Freundinnen mit mir Psychospielchen spielen sollten. Zumal Josy sicherlich mit ihrer Schwangerschaft beschäftigt und Sandra nach wie vor im Urlaub ist.

Carsten. Hat er mich vielleicht absichtlich in Panik versetzt, damit ich dankbar für seine Anwesenheit bin? Immerhin war ich am Wochenende mehr als glücklich über sein Erscheinen. Aber weshalb sollte er dafür einen solchen Aufwand betreiben? Bisher hat er mich auch ohne Angstszenarien problemlos ins Bett bekommen. Andererseits hat er mir den Rauswurf samt Pfefferspray und die Krankmeldung in Kombination mit einer missglückten Party überraschend schnell verziehen. Zu schnell? Wobei, wer weiß, wie er jetzt auf mich zu sprechen ist.

Seine Frau Tanja. Sie steht ohne Frage ganz oben auf meiner imaginären Liste. Ihr dramatischer Auftritt gestern … Vielleicht musste sie gar nicht meine angebliche Nachricht an Carsten lesen, weil sie selbst diejenige ist, die sie verschickt hat? Kurz bevor der Mail-Terror losging, hat sie, wenn ich Carsten glaube, von unserer Affäre erfahren und sowohl ihm als auch mir damit gedroht, dass es uns noch leidtun würde, sollten wir sie nicht beenden. Allerdings wäre das sehr offensichtlich, was wiederum nicht zu dem sonstigen Vorgehen des Mail-Schreibers passt. Nicht zu wissen, wann und von wem mit dem nächsten Angriff zu rechnen ist, trägt einen großen Teil zu meiner Angst bei. Weil die Bedrohung nicht lokalisierbar ist, steigt meine Furcht ins Unermessliche.

Patrick und Dana. Beide wirkten extrem überrascht von meinem Anruf, aber das muss nichts heißen. Hat vielleicht einer von ihnen die Ereignisse von damals nicht verkraftet und verarbeitet sie auf diese Art? Aber weshalb jetzt? Und weshalb mit mir in der Hauptrolle?

Fest steht lediglich, dass die ganze Sache etwas mit der Tragödie von damals zu tun hat, denn die Parallelen zu der

Art und Weise, wie wir Astrid das Leben zur Hölle gemacht haben, sind mehr als offensichtlich. Am besten, ich knüpfe an diesem Punkt an und suche dabei auch in Nicks Umfeld nach Spuren. Möglicherweise kann ich die Hinterbliebenen ausfindig machen und von ihnen etwas erfahren, was mir weiterhilft.

Erneut nehme ich meinen Laptop und gebe Nicks gesamten Namen in die Suchmaschine ein. Als Erstes springt mir eine Todesanzeige ins Auge, offensichtlich verfasst von engen Freunden. Während ich sie lese, werde ich traurig. In der Schulzeit war Nick einer der wichtigsten Menschen in meinem Leben, in den letzten Jahren habe ich kaum noch an ihn gedacht, und jetzt ist es zu spät, den Kontakt wiederaufzunehmen. Er ist keine dreißig geworden.

Die nächsten Treffer sind Nachrufe von seiner Schwimmmannschaft und seinem Arbeitgeber. Allem Anschein nach war er ziemlich beliebt. Das überrascht mich nicht. Schon damals hat er uns mit dieser für ihn typischen Mischung aus Charisma und Selbstbewusstsein in seinen Bann gezogen. Besonders mich.

Innerhalb der folgenden zwanzig Minuten vertiefe ich meine Recherche, obwohl ich selbst nicht genau weiß, wonach ich suche. Dabei stoße ich immer wieder auf den Namen einer Frau, die ihn auffallend häufig in den sozialen Netzwerken markiert und sogar Videos online gestellt hat, auf denen sie gemeinsam kochen oder Wände einer Wohnung verschönern. Zuerst nehme ich an, dass es sich dabei um seine damalige Freundin handelt, doch je mehr

Postings ich lese und mir anschaue, desto klarer wird, dass Rebecca Stahler seine Mitbewohnerin war. Bis zu seinem Tod haben sich die beiden eine Wohnung in unserer Heimatstadt geteilt, die Nick im Gegensatz zu mir nie verlassen hat. Entweder muss er sich von den damaligen Geschehnissen extrem gut oder überhaupt nicht distanziert haben; etwas dazwischen hätte die räumliche Nähe nicht zugelassen.

Es stellt sich als ein Leichtes heraus, Rebeccas Handynummer im Netz zu finden, sodass ich kurz darauf ein paar Ziffern auf einen Zettel kritzle, meinen Laptop zuklappe und beschließe, mir im Speiseraum einen weiteren Kaffee zu holen.

Mit der dampfenden Tasse in einer Hand sitze ich wenig später wieder auf der kleinen Couch, während ich mit der anderen unschlüssig das Handy vor mir auf der Tischplatte hin und her schiebe.

Es hat keinen Zweck, den Anruf weiter hinauszuzögern, wenn ich diese Vorgänge vor dem Tag Zero stoppen möchte. Ich muss nach jedem Strohhalm greifen, und gerade ist Nicks Mitbewohnerin mein einziger Anknüpfungspunkt. Der Selbstmord liegt schon zwei Jahre zurück, und wenn die beiden wider Erwarten keine besonders enge Beziehung hatten, ist es durchaus möglich, dass das bevorstehende Gespräch weniger unangenehm wird als erwartet.

Entschlossen nehme ich das Handy, tippe die Nummer ein und versuche gleichzeitig, meine Nervosität im Zaum zu halten.

»Stahler«, meldet sich eine weibliche Stimme nach dem zweiten Klingeln, und ich schließe für einen Moment die Augen.

»Rebecca?«, frage ich. »Rebecca Stahler?«

»Ja. Und mit wem spreche ich?«

»Mein Name ist Louisa Peters«, beginne ich den Text, den ich mir im Vorfeld zurechtgelegt habe, aufzusagen, »ich bin eine alte Schulfreundin von Nick. Wir standen nicht mehr in Kontakt miteinander, deshalb habe ich erst vor ein paar Tagen von seinem Tod erfahren.«

»Okay«, sagt Rebecca knapp, und für einige Sekunden herrscht unangenehme Stille. Doch damit habe ich gerechnet.

»Er hat also eine finale Entscheidung getroffen«, bemerke ich neutral und bin mir bewusst, dass diese versteckte Andeutung auf seinen Selbstmord geschmacklos ist.

Rebecca seufzt. »Hören Sie, Frau Peters. Ich weiß, dass ein Suizid auf manche Leute faszinierend wirkt, und Sie sind nicht der erste Geier, der um mich kreist. Seit zwei Jahren melden sich regelmäßig Anrufer, die ein paar blutige Details abgreifen wollen. Aber ich muss Sie enttäuschen. Erstens haben wir lediglich zusammengewohnt, waren also kein Paar, auch wenn das den Dramafaktor natürlich erhöhen würde. Und zweitens war Nicks Selbstmord weder blutig noch spektakulär, sondern nur traurig. Ich habe einen Freund verloren, und das hat verdammt wehgetan. Und Ihr Interesse …« Sie hält inne, als wäre ihr plötzlich etwas eingefallen. »Ihr Name ist Louisa?«, fragt sie dann unvermittelt.

»Ja«, erwidere ich, während ich das schlechte Gewissen zu ignorieren versuche, das ich bei Rebeccas Worten bekommen habe.

»Nick hat von Ihnen gesprochen.« Sie zögert. »In den Tagen vor seinem Selbstmord.«

»Was hat er gesagt?« Meine Stimme ist dünn. Ich presse mir mein Handy ans Ohr und wage kaum noch zu atmen.

»Er hat überlegt, ob er Sie anrufen soll, um herauszufinden, ob Sie etwas über diese verfluchten Mails wissen.«

Die Adrenalinwelle, die durch meinen Körper rollt, ist so riesig, dass ich unmöglich sitzen bleiben kann. Ich springe auf und beginne, in dem kleinen Zimmer auf und ab zu gehen.

»Er hat Mails erhalten?«, vergewissere ich mich heiser. »Kennen Sie den Inhalt?«

»Ich bezweifle, dass es sinnvoll ist, das alles wieder aufzurollen«, erwidert sie ausweichend, woraufhin ich mir ein resigniertes Stöhnen verkneifen muss. Ich spüre, dass das fehlende Puzzleteil zum Greifen nah ist. Hat Nick Mails mit denselben Geschichten erhalten wie ich? Wurde er ebenfalls bedroht?

»Der Tod fand Nick in einer kalten Nacht«, murmle ich testweise vor mich hin. Es fühlt sich seltsam an, einen anderen Namen an die Stelle meines eigenen zu setzen.

Rebecca zieht scharf die Luft ein. »*Sie* haben diese Mails geschrieben?«

»O Gott, nein!«, beteure ich. »Aber ich bekomme sie jetzt zugeschickt. Natürlich mit dem Unterschied, dass darin ich es bin, der kreative Todesarten prophezeit werden.«

Erneut herrscht Schweigen.

»Wir sollten uns auf einen Kaffee treffen«, stellt Rebecca schließlich fest, und mir fällt ein Stein vom Herzen.

»Gern«, stimme ich zu und beschließe spontan, ehrlich zu ihr zu sein. »Sie ahnen gar nicht, wie sehr mich Ihr Vorschlag erleichtert. Könnten Sie schon heute …?«

Ich verstumme, weil ich befürchte, zu aufdringlich zu sein. Aber ich habe keine Zeit. Keine Zeit.

»Heute nicht, aber morgen Nachmittag«, entgegnet Rebecca schlicht, und in mir macht sich Enttäuschung breit, weil ich damit einen weiteren Tag bis zum feststehenden Tag Zero verliere.

Dennoch schöpfe ich neue Hoffnung, nachdem wir alles Nötige geklärt und das Gespräch beendet haben.

Den Rest des Tages verbringe ich damit, mir verschiedene Talkshows anzusehen und halbherzig in meinem Roman zu blättern. Die Pension verlasse ich nicht. Ich will auf meine Schutzblase nicht verzichten.

ZWÖLF

Am nächsten Morgen erwache ich gegen sieben Uhr, und es gelingt mir nicht, wieder einzuschlafen. Die Zeit bis zum Nachmittag zieht sich ewig, mehrfach bin ich kurz davor, einfach loszufahren und ein paar Stunden früher vor Rebecca Stahlers Haustür aufzutauchen. Die Hoffnung, endlich etwas Licht ins Dunkel zu bringen, erfüllt mich mit fieberhafter Energie, für die ich kein Ventil finde.

Als ich mich endlich auf den Weg in meine Heimatstadt mache, bin ich so erleichtert über das Ende meiner Untätigkeit, dass ich das Radio aufdrehe und laut zu den Charts mitsinge. Selbst der Stopp an der Tankstelle, der ein empfindliches Loch in meine Barschaften reißt, und der stetig fallende Nieselregen tun meiner Laune keinen Abbruch.

Gegen fünfzehn Uhr klingle ich an einem blassgelben Mehrfamilienhaus. Der Summer ertönt, und kaum stehe ich im Treppenhaus, wird eine der beiden Türen im Erdgeschoss geöffnet.

»Hey«, sagt die zierliche Frau mit braunen Locken und streckt mir die Hand entgegen. Sie trägt Jeans und einen beerenfarbenen Wollpullover, den sie mit einem leichten Schal kombiniert hat. »Louisa? Schön, dich kennenzulernen. Ich bin Becca.«

Erfreut registriere ich das Du und erwidere fest ihren Händedruck.

»Lou«, biete ich ihr ebenfalls an, mich bei meinem Spitznamen zu nennen, und folge ihr in die Wohnung, wo ich mich wenig später auf eine gemütliche Couch aus hellem Leder setze. Während Becca Kaffee zubereitet, schaue ich mich um. Vielleicht entdecke ich ja etwas, das mir den Einstieg in die Unterhaltung erleichtern wird.

Die Wände sind in gedecktem Weiß gestrichen, die Möbel größtenteils aus hellem Holz mit ein paar Metallelementen. Überall stehen Vasen mit Blumen, die angenehmen Duft verströmen. Die gesamte Einrichtung ist unglaublich stilvoll und trotzdem gemütlich. Nichts deutet darauf hin, dass hier noch eine weitere Person lebt. Anscheinend hat sich Becca entschlossen, die Wohnung nach Nicks Tod alleine zu halten.

Als mein Blick auf eine rote Arbeitsjacke mit grünem Schriftzug fällt, die an einem Haken neben der Tür hängt, atme ich unwillkürlich auf. Ein geeigneter Einstieg für unser Gespräch, zum Glück.

»Du arbeitest im Baumarkt?«, erkundige ich mich, als Becca das Wohnzimmer mit zwei dampfenden Tassen auf einem Tablett betritt.

»Genau. Dort sind wir uns auch zum ersten Mal begegnet, Nick und ich. Er wollte sein Mitbewohnergesuch am

Schwarzen Brett aushängen«, bestätigt sie mit traurigem Lächeln.

»Hast du Urlaub?«, frage ich, bevor es unangenehm still werden kann.

»Ich habe diese Woche frei«, sagt sie zur gleichen Zeit.

Wir verstummen kurz und mustern einander irritiert, dann löst sich die Spannung in einem verhaltenen Lachen.

Becca stellt das Tablett auf den niedrigen Couchtisch und reicht mir eine Tasse, die ich dankbar entgegennehme. Ich trinke einen Schluck und entscheide mich für die Flucht nach vorn, bevor mich der Mut verlässt.

»Nick hat vor seinem Tod also von mir gesprochen und ebenfalls Drohmails erhalten«, beginne ich, woraufhin Becca nickt.

»Die Sache hat etwa zwei Wochen vor seinem Selbstmord begonnen«, erzählt sie bereitwillig, als hätte sie nur auf meinen Schubs gewartet. »Sie haben ihn vollkommen verrückt gemacht, diese Mails. Anfangs hat er sich noch geweigert, mir etwas Genaueres zu verraten. Mehrmals habe ich gesehen, wie er regelrecht paralysiert auf den Bildschirm seines Laptops gestarrt hat. Zuerst dachte ich, dass ich ihn beim Schauen eines –« Sie unterbricht sich und nippt verlegen an ihrem Kaffee. »Du weißt schon. Weil er gleichzeitig aufgewühlt und erstarrt wirkte. Aber dann murmelte er etwas von einer Spiegelscherbe, die er am Vortag irgendwo gefunden habe, lächelte auf meine Nachfrage hin nur schwach und klappte den Laptop zu.«

Ich nicke. Vermutlich habe ich Fiona gegenüber ein

ähnliches Bild abgegeben, als am Montag vor zweieinhalb Wochen die erste Mail eintraf. Ich erinnere mich genau an ihren besorgten Blick.

»Noch am selben Tag äußerte sich seine Paranoia zum ersten Mal. Im Nachhinein habe ich keinen Zweifel daran, dass sie von dieser verfluchten Mail ausgelöst wurde«, spricht sie weiter. »Wir saßen auf der Couch und schauten uns einen Film an. Irgendeine blöde Komödie, die Nick wie meistens lustiger fand als ich. Plötzlich sprang er auf, rannte zur Terrassentür, riss sie auf und brüllte etwas in die Dunkelheit. Dann knallte er die Tür zu, als wäre der Teufel hinter ihm her, verschloss sie und setzte sich wieder zu mir auf die Couch. Er gab sich wirklich Mühe, so zu tun, als wäre nichts passiert, aber an diesem Abend hat er kein einziges Mal mehr gelacht.«

Ich umfasse meine Kaffeetasse fester, während ich krampfhaft darüber nachdenke, was ich darauf erwidern soll. Abgesehen von dem anonymen Anruf hat Becca genau das geschildert, was mir an dem Filmabend mit Josy und Sandra passiert ist. Das gleiche Szenario.

»Hat er dir die Mails gezeigt?« Meine Stimme klingt rau. »Und weißt du über ... früher Bescheid?«

»Bevor wir darüber sprechen, wüsste ich gerne, welche Rolle du in diesem ganzen Drama gespielt hast. Nick hat mir erzählt, dass ihr in der Schulzeit befreundet wart und du ebenfalls zu der Clique gehört hast, die mit einer Mitschülerin diesen Horror veranstaltet hat.«

»Einer der größten Fehler meines Lebens«, murmle ich

und erwähne vorerst nicht, dass Nick und ich für immerhin ein knappes Jahr ein Paar waren. Auch wenn es Becca gestern am Telefon so dargestellt hat, dass sie lediglich Freunde waren, bin ich nicht sicher, ob sie nicht doch mehr für ihn empfunden hat. Sie müssen sich ziemlich nahegestanden haben, wenn er ihr von den Mails und der Sache mit Astrid erzählt hat. »Leider war mir damals nicht einmal ansatzweise bewusst, was wir Astrid mit dem Mist antun. Die Erkenntnis kommt erst jetzt, fast fünfzehn Jahre zu spät.«

»Nick hat diese Schuld sehr zu schaffen gemacht«, stimmt Becca zu. »So sehr, dass die Mails ihn dazu gebracht haben, dass er mit seinem schlechten Gewissen nicht mehr leben konnte. Zuerst hatte ich keine Ahnung, weshalb er sich so merkwürdig verhält. Zwei Tage vor seinem Tod hat er mir alles erzählt. Er hat mir die Geschichten gezeigt, die er per Mail erhalten hatte, und von seiner Panik gesprochen, verfolgt und ermordet zu werden.« Sie hält inne und schließt die Augen. »Nick hat nur noch davon geredet, wie sehr er diese Angst verdient habe, dass Astrid ebenso gelitten habe und die Bedrohung ständig zunehme. Als wäre er schon sicher gewesen, nicht zu überleben. Ich habe das alles erst abgetan und den Ernst der Lage nur allmählich realisiert. Er war psychisch krank. Schon länger. Hätte er mir früher von den Mails und der Vergangenheit erzählt, ich weiß nicht, ob alles so gekommen wäre. Jedenfalls hätte Nick Hilfe gebraucht, die ich ihm nicht gegeben habe. Die Mails haben ihn völlig paranoid gemacht. Ständig und überall hat er irgendwelche Geister gesehen und regelrecht darauf gewartet, dass etwas geschieht. Irgendwer hat für diese Tragödie damals an ihm Rache genommen und äußerst wirkungsvoll sein Leben zerstört. Und jetzt hast du mich angerufen, und alles sieht so aus, als würde sich das Drama wiederholen. Das ist wirklich beunruhigend.«

Erschöpft fahre ich mir über das Gesicht. Nick hat also das Gleiche durchgemacht wie ich, aber im Gegensatz zu mir hat er es bis kurz vor seinem Ende für sich behalten.

»Hast du die Mails aufbewahrt?«, frage ich Becca.

»Nick hatte sie sich alle ausgedruckt«, erwidert sie und greift nach einem Ordner, der neben uns in einem Regal steht. »Nach dem Telefonat gestern habe ich sie wieder herausgesucht. Keine Ahnung, warum ich sie aufgehoben habe. Vermutlich, weil er sich in seinen letzten Tagen fast ausschließlich damit beschäftigt hat. Immer wieder hat er sie gelesen, und ein Teil von mir hat sich insgeheim gefragt, ob er mit seinem Gefühl, bedroht zu werden, nicht doch richtigliegt.«

Gott sei Dank.

Ich ziehe meinen Laptop aus der Tasche, und kurz darauf beugen wir uns über den Couchtisch und vergleichen die Geschichten, Becca mit einer eher skeptischen Miene.

»Die Mails sind ähnlich. Sehr ähnlich«, sage ich nach einigen Minuten. »Der Absender hat lediglich die Namen ersetzt. Und die Reihenfolge, in der sie verschickt wurden, unterscheidet sich geringfügig. Auf die erste Mail mit der Spiegelscherbe folgten bei Nick die mit der Höhlenwanderung, dem Feuer in der Hütte, dann die mit dem Filmabend und schließlich die Verfolgung.«

Mit der nächsten Frage zögere ich kurz, da ich Beccas Reaktion nicht einschätzen kann.

»Würdest du mir erzählen, wie sie in Nicks Fall umgesetzt wurden?«, bitte ich. »Oder bist du noch immer der Meinung …?« Ich beiße mir auf die Unterlippe.

Becca schüttelt den Kopf. »Bei Nick war ich anfangs davon überzeugt, dass er etwas überreizt war. Sich die Dimension, die das Ganze annahm, nur einbildete.«

Überreizt. Ich zucke fast unmerklich zusammen, als wieder dieses verdammte Wort fällt.

»Es war für mich einfach nicht nachvollziehbar, weshalb sich jemand die Mühe machen sollte, sich nicht nur die entsprechenden Geschichten auszudenken und aufzuschreiben, sondern sie auch noch wahr zu machen. Aber wie schon gesagt, seit seinem Tod zweifle ich daran, dass ich die damalige Situation richtig eingeschätzt habe. Und nach deinem Anruf gestern Vormittag … Wer immer Nick bedroht hat, der hat sich jetzt dich als Opfer ausgesucht.«

Ich nicke nachdenklich. Wenn es sich tatsächlich um dieselbe Person handelt, wäre es unwahrscheinlich, dass Tanja oder jemand anders aus meinem Umfeld hinter der Sache steckt.

»Sagt dir der Name Tanja Gehring etwas?«, vergewissere ich mich dennoch.

»Nie gehört«, erwidert Becca und beantwortet dann meine vorige Frage. »Wie die Situation während unseres Filmabends war auch die Verfolgung eher harmlos. Zumindest meiner damaligen Meinung nach. Nick kam schweißgebadet vom Joggen zurück und schwor, von jemandem gejagt worden und ihm nur knapp entkommen zu sein. Schlimmer war da schon die Nacht, in der er mehrfach die Polizei gerufen hat, weil er von der Anwesenheit eines Einbrechers in unserer Wohnung überzeugt war. Er drehte völlig durch, es war gleichzeitig besorgniserregend und ziemlich peinlich, ihn so zu sehen. Und die Blicke der Polizisten ...« Sie schließt für einen Moment die Augen. »Doch am furchtbarsten war, wie sich die Geschichte der brennenden Hütte in der Realität abgespielt hat. Nick hatte sich in sein Zimmer zurückgezogen, um an seinen Modellfliegern zu basteln, vorher aber vergessen, die Herdplatten in der Küche auszuschalten. Ein Handtuch, das in der Nähe lag, fing Feuer. Zum Glück bin ich an dem Tag früher als geplant nach Hause gekommen, weil ich mich nicht gut fühlte, sonst hätte das ein böses Ende nehmen können. Hätte sich das Feuer ausgebreitet, hätte es Nick irgendwann den Fluchtweg abgeschnitten, denn sein Zimmer ging von der Küche ab, und sein Fenster war zum Schutz gegen Einbrecher vergittert. Später hat Nick behauptet, gar nicht gekocht zu haben.« Becca fährt sich durch die Haare und seufzt. »Was er erzählte, wirkte so unrealistisch. Ich war sicher, dass es sich nur um seine Fantasien handelte oder dass er nicht zugeben wollte, den Herd angelassen zu haben. Aber letztendlich haben ihn meine Skepsis und sein schlechtes Gewissen in Kombination mit den Mails in den Selbstmord getrieben.«

Ich blättere erneut durch die ausgedruckten Mails. »Es fehlen noch die unfreiwillige Party und die Vergiftung«, murmle ich.

»Die Vergiftung?«, wiederholt Becca alarmiert.

Ich nicke und öffne auf meinem Laptop das entsprechende Dokument.

Für mehrere Minuten herrscht Schweigen, viel länger, als Becca zum Lesen benötigen dürfte.

Als sie sich schließlich zurücklehnt, ist sie den Tränen nahe.

»Wie wurde ... Wie hat sich das bei dir abgespielt?«, erkundigt sie sich fast flüsternd.

»Schlafmittel im Teebeutel«, erwidere ich knapp. »Es war ein Albtraum. Ich konnte regelrecht beobachten, wie ich schwächer und immer müder wurde. Kurz bevor ich eingeschlafen bin, war ich sicher, dass ich nicht mehr aufwachen würde.«

Becca gibt einen erstickten Laut von sich, vergräbt das Gesicht in den Händen und beginnt, haltlos zu schluchzen. Und obwohl ich nicht weiß, was genau diesen Zusammenbruch ausgelöst hat, lege ich einen Arm um ihre Schultern und streichle ihr sacht über den Rücken.

»Schon gut«, sage ich leise und ziehe sie in eine Umarmung. Insbesondere nach den letzten Tagen weiß ich, wie wichtig menschliche Wärme sein kann, wenn man den Eindruck hat, alles um einen herum würde zerbrechen.

Es dauert lange, bis sie sich beruhigt hat, und ich muss mich zusammenreißen, damit sie meine Ungeduld nicht bemerkt. Was genau an meinen Worten war es, das eine so heftige Reaktion ausgelöst hat?

»Nick ist an einer Überdosis Schlaftabletten gestorben«, liefert sie mir prompt die Antwort.

»Was?«, frage ich tonlos, obwohl ich sie sehr gut verstanden habe. Eisige Kälte kriecht in mir empor.

Sie rutscht ein Stück von mir weg und dreht den Kopf, damit sie mir direkt ins Gesicht sehen kann.

»Nick ist an einer Überdosis Schlaftabletten gestorben«, wiederholt sie, während sich ihre Finger in ihren Schal krampfen, als wollten sie sich an ihm festhalten. »Nach allem, was ich in der letzten Stunde von dir erfahren habe, bezweifle ich, dass er sie bewusst selbst geschluckt hat.«

Ihren Worten folgt eine betäubende Stille.

»An seinem letzten Abend hat mich Nick spontan in eine Pizzeria eingeladen«, fährt Becca schließlich fort. »Er wirkte nervös und abgelenkt. Wahrscheinlich hatte er die schreckliche Mail schon erhalten. Weshalb nur hat er mir nichts davon gesagt?«

Ich mustere sie mitfühlend und unterlasse es, sie darauf hinzuweisen, dass sie ihm ohnehin nicht geglaubt hätte. Wahrscheinlich hatte Nick sich für ein Restaurant entschieden, weil er sich nicht mehr traute, zu Hause etwas zu essen. Trotzdem hätte er Becca davon erzählen müssen. Immerhin teilten sich die beiden eine Wohnung, womit sie sich ebenfalls in Gefahr befand. Er hat verantwortungslos, aber in seiner Situation nachvollziehbar gehandelt. Ich habe ja auch zugelassen, dass Carsten das Wochenende bei mir verbringt, ohne ihn zu warnen. Meinen einzigen Versuch, ihm reinen Wein einzuschenken, hat er durch sein spontanes Einschlafen erfolgreich zunichte gemacht.

»Im Verlauf des Abendessens war er äußerst einsilbig«, holt mich Beccas raue Stimme in die Wirklichkeit zurück. »Hat jeden Bissen, den er sich in den Mund gesteckt hat, vorher genauestens untersucht. Bis heute dachte ich, das sei seine Art des Abschieds gewesen. Zeit mit mir verbringen. Die letzte Mahlzeit genießen. Ich konnte ja nicht ahnen...« Erneut treten ihr Tränen in die Augen. »Wenn ich nicht so skeptisch gewesen wäre, könnte Nick noch am Leben sein.«

Ich lege ihr eine Hand auf den Oberarm.

»Tu das nicht«, sage ich eindringlich. »Zerfleische dich nicht mit Selbstvorwürfen. Wer auch immer diese verdammten Geschichten zum Leben erweckt, er tut alles dafür, dass Freunde und Bekannte des ... Adressaten seine Zurechnungsfähigkeit infrage stellen.«

Fast wäre mir die Bezeichnung *Opfer* herausgerutscht. Eine denkbar schlechte Wahl in der aktuellen Situation.

Doch Becca lässt mit keiner Reaktion erkennen, dass sie mich gehört hat. Sie scheint völlig in ihrer Erinnerung gefangen zu sein.

»Als wir später daheim waren, hat Nick sich auf die Couch gesetzt. Da habe ich ihn zum letzten Mal lebend gesehen. Ich habe ihm eine gute Nacht gewünscht, bin in mein Zimmer gegangen, und am nächsten Morgen habe ich ihn auf der Couch gefunden. Er lag auf der Seite, als würde er schlafen. Es hat lange gedauert, bis ich realisiert habe, dass er nicht mehr aufwachen wird. Die Beamten konnten an der Tasse, in der er am Abend immer seinen Tee trank, Rückstände von Schlaftabletten nachweisen, und die Obduktion bestätigte die vermutete Überdosierung. Jetzt zu erfahren, dass er nicht freiwillig ...«

Sie springt auf und verlässt den Raum, bevor ich etwas sagen kann. Aber ich hätte auch keine Ahnung, wie ich ihren Schmerz lindern könnte. Wie eine Naturkatastrophe bin ich mit meinem Auftauchen in ihr Leben geplatzt und habe ihre Trauerarbeit der letzten zwei Jahre komplett über den Haufen geworfen. Plötzlich ist aus dem tragischen Suizid ein angekündigter Mord geworden. Ich kann mir nicht einmal ansatzweise vorstellen, wie sich Becca gerade fühlen muss, zumal sie es war, die Nick entdeckt hat. Wahrscheinlich hat ihr die Information den Boden unter den Füßen weggezogen.

Nach etwa zehn Minuten kehrt sie zurück. Ihre Augen glänzen feucht, ihre Wangen sind rot gefleckt.

»Für ihn ist es zu spät«, sagt sie ohne Einleitung und strafft entschlossen die Schultern. »Aber nicht für dich. Und du wirkst, als könntest du jemanden gebrauchen, der dir glaubt.«

O ja. Das kann ich.

In der folgenden Stunde unterhalten wir uns ausführlich über die Umsetzung der Mails und die Vorfälle damals, und ich präsentiere ihr meine Liste der Verdächtigen. Dabei wird immer klarer, dass es sich bei dem Unbekannten um eine Person handeln muss, die ich bisher nicht auf dem Schirm hatte.

Ich fühle mich unendlich erleichtert, endlich mit einem Menschen sprechen zu können, der weder meine Worte noch meine Zurechnungsfähigkeit anzweifelt.

Gleichzeitig erreicht meine Angst ein neues Level, denn Nicks Schicksal beweist eindeutig, dass auch vor dem eigentlichen Tag Zero alles zu Ende sein kann.

»Wir haben« nicht den geringsten Anhaltspunkt«, stellt Becca schließlich bedauernd fest, und dass sie »*wir*« sagt, statt nur von mir zu sprechen, macht mich auf eine geradezu absurde Art glücklich.

»Ich hatte schon in Erwägung gezogen, einfach abzuwarten«, gebe ich zu, woraufhin mich Becca irritiert mustert.

Ich zucke mit den Schultern. »Was bleibt mir anderes übrig? Die Umsetzungen der Geschichten in den Mails sind nicht vorhersehbar. Egal, was ich tue, immer scheint es so, als hätte es der Täter schon im Vorfeld geahnt. Alles verläuft genau so, wie von ihm geplant – zumindest sieht es für mich danach aus. Vielleicht wäre es am besten, die nächsten Tage durchzustehen und kurz vor Ablauf des Countdowns für eine Woche komplett von der Bildfläche zu verschwinden.«

»Wieso nicht sofort?«, hakt Becca nach.

»Weil ich nicht glaube, dass es etwas nutzt«, entgegne ich. »Meinst du, der Gedanke wäre mir nicht auch schon gekommen? Aber wenn ich weiter in meinem gewohnten Umfeld bleibe, ist die Chance größer herauszufinden, wer hinter dem Ganzen steckt. Außerdem fühle ich mich dann nicht ganz so hilflos und alleine.«

»Hast du eine Vorstellung davon, was am Tag Zero geschehen wird?«, fragt sie unvermittelt.

»Ganz ehrlich? Ich denke, *er* wird als Höhepunkt eine letzte Geschichte in die Tat umsetzen. Und wenn mir bis dahin nicht etwas Gutes eingefallen ist, werde ich dabei sterben.«

Mittlerweile bin ich mir relativ sicher, dass der Unbekannte Nicks Tod nicht geplant hatte. Es gehört zu seinem kranken Psychospiel, die Angst des Opfers durch den Countdown auf ein Maximum zu steigern. Das alles vorher zu beenden wäre nach allem, was ich bisher erlebt habe, nicht sein Stil. Meine Vermutung ist, dass es zu einer unbeabsichtigten Überdosierung gekommen ist, wodurch der Horror ein vorzeitiges, jedoch nicht weniger schreckliches Ende gefunden hat. Garantiert wollte *er* seinen Plan bis zum letzten Tag durchziehen, an dem ein dramatischer Showdown hätte stattfinden sollen. Vermutlich an derselben Stelle, wo auch vor mehr als fünfzehn Jahren unser Countdown zu Ende gegangen ist. Dort werden sich unsere Geschichten treffen.

»Die Brücke«, murmle ich, und Becca nickt beklommen, als wäre ihr vollkommen klar, worüber ich gerade nachgedacht habe.

»Nick hat sie erwähnt«, erklärt sie. »Er wollte mich sogar dazu bringen, mit ihm gemeinsam dorthin zu gehen. Keine Ahnung, was er sich davon versprochen hat.«

Wahrscheinlich wollte er das Terrain sichten, weil er ebenso wie ich davon ausgegangen ist, früher oder später dort zu landen.

»Wie lange bräuchten wir? Wie weit ist es bis zur Brücke?«, will ich wissen. »Ich kann mich nicht mehr erinnern, mein letzter Besuch hier ist lange her. Ich bin fürs Studium weggezogen und nicht mehr zurückgekehrt. Zu viele schlechte Erinnerungen.«

Dann fällt mir wieder ein, dass Nick unserer Heimatstadt nie den Rücken gekehrt hat. Im Gegensatz zu mir war es ihm anscheinend gelungen, ein paar gute Erinnerungen an die Vergangenheit zu bewahren. Zumindest bis jemand beschloss, die schlechtesten wieder zum Leben zu erwecken.

»Ich würde mich dort gerne umsehen«, schiebe ich hinterher, und Becca nickt bestätigend.

»Eine knappe halbe Stunde, schätze ich. Es ist die Fußgängerbrücke, die zu den Aussiedlerhöfen führt, oder? Sie liegt ein gutes Stück außerhalb.«

»Genau. Wir hatten sie damals wegen ihrer Lage als Schauplatz ausgewählt. Astrid wohnte in einem der Höfe.«

Becca presst die Lippen zusammen, und ich kann ihr ansehen, dass sie sich zusammenreißen muss, um unsere hirnrissige Aktion von damals nicht zu kommentieren.

»Wenn ich könnte, würde ich es ungeschehen machen«, sage ich leise. Dann wären weder Astrid noch Nick tot, und ich würde nicht in Lebensgefahr schweben.

»Schon gut«, wehrt Becca ab. »Ich werde mir Mühe geben, dich nicht zu verurteilen.«

»Ich habe es längst bereut«, versichere ich ihr. »Bevor dieser ganze Mist hier angefangen hat.«

»Schon gut«, wiederholt Becca und steht auf. »Wir sollten bald aufbrechen, wenn wir zur Brücke wollen. In zwei Stunden wird es dunkel.«

»Du hilfst mir wirklich?« Ich starre sie ungläubig an.

»Ich habe Urlaub«, erwidert Becca mit einem halben Lächeln. »Und einen guten Freund verloren, weil ich ihn nicht ernst genommen habe. Wenigstens jetzt will ich das Richtige tun. Aber vorher stärken wir uns noch.«

DREIZEHN

Etwa eine halbe Stunde und zwei schnelle Stücke Kuchen später verlassen wir Beccas Wohnung und machen uns in meinem Fiat auf den Weg. Das Wetter hat sich seit der Hinfahrt leider nicht gebessert; noch immer ist alles grau in grau, und leichter Nieselregen lässt die Welt außerhalb des Autos verschwimmen. Die leise Popmusik aus dem Radio legt sich über das gleichmäßige Motorbrummen. Die Stimmung ist ruhig, fast friedlich, doch das ändert sich, als rechts von uns die Senke auftaucht, in der die Bahngleise parallel zur Straße verlaufen. Kurz darauf gerät die Fußgängerbrücke in unser Blickfeld, und die Straße macht einen scharfen Knick.

Ich setze den Blinker, um verbotenerweise auf einen Feldweg abzubiegen und dort auf einem Grasstreifen zu parken. Als Motor und Radio ersterben, ist die Ruhe kaum zu ertragen. Ich schlucke verkrampft, atme einmal tief durch, dann straffe ich die Schultern, schnalle mich ab und steige aus. Becca folgt meinem Beispiel und zieht ihren Schal zurecht.

»Echt kalt«, murmelt sie.

»Richtiges Herbstwetter«, pflichte ich ihr bei, nicke und betrachte den wolkenverhangenen Himmel. Glücklicherweise scheint wenigstens der Nieselregen nachzulassen.

Schweigend überqueren wir eine matschige Wiese und gelangen auf einen befestigten Weg, an dessen Rand vereinzelte Bäume stehen. Nach wenigen Minuten erreichen wir drei Stufen aus rauem Zement, die auf die etwa fünfzehn Meter lange Brücke führen. Die zu den Schienen abfallende Böschung ist steiler als in meiner Erinnerung, und ich wundere mich, wie Astrid auf den Gedanken kommen konnte, dort hinunterzufliehen. Sie muss Todesangst gehabt haben.

Ich lasse meine Schultern kreisen, um die Nervosität zu vertreiben, die mich bei dem Gedanken überkommt, und gehe die Stufen hinauf, während ich mit den Fingerspitzen über den etwa hüfthohen Betonsims fahre, der anstelle eines Geländers die Brücke an den Rändern sichert. Sie ist lediglich für Fußgänger gedacht und so schmal, dass ich mit ausgestreckten Armen fast beide Simse berühren kann. Offensichtlich wurde sie seit ihrem Bau nicht saniert, denn der Boden ist mit Rissen übersät. Ohne den Schutz der Bäume zerrt der auffrischende Wind an unseren Kleidern.

»Ein trostloser Ort«, stellt Becca fest und verschränkt die Arme vor der Brust. »Aber überraschend sauber. Ich hätte zumindest mit ein paar Kippen gerechnet.«

»Liegt vermutlich daran, dass sämtlicher Müll auf die Gleise geworfen wird«, erwidere ich. »Außerdem nimmt kaum jemand diese Abkürzung – zumindest war es damals so. Nur die Jugendlichen von den Höfen. Und vielleicht mal der ein oder andere Spaziergänger mit seinem Hund. Alle anderen nutzen die breitere Brücke zwei Kilometer weiter.«

Als wir wieder festen Boden unter den Füßen haben, atme ich unwillkürlich auf. Vor uns verschwindet der Feldweg zu den Aussiedlerhöfen in der dunstigen Dämmerung, und erneut kriecht ein Frösteln meine Wirbelsäule empor. Ich drehe mich um und betrachte die Betonbrüstung, die rechts und links von den Stufen in einer leichten Schräge ausläuft. Im Gegensatz zur anderen Seite deuten hier verschiedene Kritzeleien und Graffiti darauf hin, dass die Brücke wenigstens ab und an in Gebrauch ist.

Ich erkenne ein großes rotes Herz, das in der Mitte durch eine gezackte schwarze Linie geteilt wird.

Ich hasse dich, Samantha.

Einen großen gelben Smiley.

Seven was here.

Weitere mehr oder minder sinnige Botschaften, die hier draußen in der Einsamkeit vermutlich schon in Vergessenheit ihrer Schreiber geraten sind.

no future
Toxxxic
SprayNoPray

Dazu Gekrakel und natürlich die obligatorischen Signaturen von Liebespaaren.

Mila + Simon
Alex + Nora
Christian + Joshua

Ein Schriftzug erregt meine Aufmerksamkeit, weil er frischer als die anderen wirkt. Er wurde mit tiefroter Farbe gesprayt und verdeckt halb ein schmutzig weißes Kaninchen mit Reißzähnen.

Der Tod fand Louisa um Mitternacht.

Für einige Sekunden atme ich nicht, bewege mich nicht. Ich bleibe völlig reglos, als könnte ich damit verhindern, dass die Bedeutung der Worte und die damit verbundene Erkenntnis in mein Gehirn sickern. Dann hole ich wieder Luft, und alles bricht mit einem Schlag über mich herein.

»O Gott«, stoße ich hervor und weiche einige Schritte zurück, bis ich unsanft mit Becca zusammenstoße.

»Was ist los?«, erkundigt sie sich besorgt.

Über meine Lippen dringt lediglich ein ersticktes Stöhnen, während ich vage in die Richtung des Schriftzugs deute.

»*Er* wusste es«, murmle ich und atme bemüht gegen die Panik an, die mich in diesem Moment erfasst. »*Er* wusste, dass ich früher oder später herkommen würde.«

Becca holt Luft, als wollte sie etwas erwidern, bleibt jedoch stumm. Sie scheint von der Berechenbarkeit unseres Verhaltens ebenso erschüttert zu sein wie ich.

»Lass uns abhauen«, bitte ich sie, als ich mich wieder einigermaßen gefangen habe. Geistesgegenwärtig ziehe ich mein Handy aus der Hosentasche und fotografiere die Buchstaben, die im Licht des aufzuckenden Blitzes blutrot leuchten.

Bevor wir die Brücke wieder betreten, tauschen Becca und ich einen Blick. In ihrer Miene lese ich das gleiche Unbehagen, das ich empfinde. Der Gedanke daran, die Brücke erneut zu überqueren, schmeckt mir überhaupt nicht. Es ist keine zehn Minuten her, dass ich sie zum ersten Mal seit langer Zeit betreten habe, aber da fühlte ich mich noch nicht so beobachtet. Seit ich die an mich gerichtete Botschaft entdeckt habe, ist es, als würden sich unsichtbare Augen auf mich richten. Klar, es ist bloß die Reaktion meiner Psyche auf die plötzlich gestiegene Anspannung, dennoch ist das Prickeln zwischen meinen Schulterblättern so real, als würde mich jemand wirklich berühren.

»Mir wäre wohler, wenn wir schon im Auto säßen«, bemerke ich, und erst im Nachhinein fällt mir auf, dass ich geflüstert habe.

Becca seufzt zustimmend, und wir steigen zögerlich die Stufen hinauf. Ich widerstehe dem Drang, mich in alle Richtungen umzuschauen, ziehe unwillkürlich den Kopf ein. Der kühle Wind scheint an Stärke zugenommen zu haben.

In der Mitte der Brücke bleibe ich ruckartig stehen. Der Nieselregen fällt jetzt wieder ohne Unterlass, doch das leichte Rauschen ist nicht das einzige Geräusch, das ich höre. Zuerst muss ich an ein Gewitter denken, aber das aggressive Grollen ist gleichmäßig und wird kontinuierlich lauter. Die Luft um uns herum scheint zu vibrieren. Ich reiße die Augen auf und starre in den Nebel, aus dem drei grelle Lichtkegel auf uns zukommen.

»Ein Zug!«, schreit Becca gegen das Dröhnen an und holt mich damit in die Realität zurück, aus der ich wegzudriften drohte. Verdammt. Natürlich ist es nur ein Zug.

Während der Lärm immer weiter zunimmt, bilde ich mir ein, der komplette Boden würde beben. Plötzlich will ich um keinen Preis mehr auf der Brücke stehen, wenn der Zug darunter hindurchrast.

Ich laufe los, deutlich schneller als vorher, und Becca folgt mir, sodass wir Sekunden später rennend das Ende der Brücke erreichen.

Erst als die Stufen einige Meter hinter uns liegen, halten wir inne und blicken uns heftig atmend an.

»Sorry«, sage ich peinlich berührt. »Das war wohl der beste Beweis dafür, dass ich angespannter bin, als ich mir eingestehen will.«

Becca streicht mir über den Oberarm. Ihr Gesicht ist leichenblass. »Mach dir keine Gedanken«, erwidert sie. »Ich fand die Situation auch gruselig. Lass uns zum Auto gehen und zu mir zurückfahren.«

Ich nicke, und gemeinsam überqueren wir die Wiese. Mittlerweile ist es fast dunkel, und die klamme Kälte kriecht mir in die Glieder. Ich ziehe meine Jacke fester um mich und unterdrücke ein Schaudern.

»Das perfekte Wetter für eine solche Unternehmung«, bemerkt Becca mit einem ironischen Lächeln. »Es wäre mir bedeutend wohler, wenn die Sonne scheinen würde.«

Sie hat recht. Die gesamte Atmosphäre ist beklemmend. Während ich den Schlüssel umdrehe und der Motor anspringt, kommt mir eine Erkenntnis, die mich erneut schlucken lässt. Nachdem ich Becca abgesetzt habe, steht mir noch eine stundenlange Autofahrt zu meiner Pension bevor, denn es ist denkbar unwahrscheinlich, dass Becca eine Übernachtungseinladung aussprechen wird. Zumindest haben ihre Informationen einen Lichtschimmer ins Dunkel der Geschehnisse gebracht, und für ihre Begleitung zum Schauplatz von Astrids Unfall damals stehe ich tief in ihrer Schuld. Sie hat genug für mich getan. Die vergangenen Stunden mit ihr waren tröstlich, aber in Kürze werde ich wieder auf mich allein gestellt sein. Immerhin ist ein verrückter Killer hinter mir her, der allem Anschein nach ihren Mitbewohner auf dem Gewissen hat. Wäre ich sie, würde ich so viel Abstand wie möglich zu mir halten.

»Willst du dich nicht anschnallen?«, fragt Becca plötzlich in das Schweigen hinein, und ich greife wie automatisch nach meinem Gurt.

»Natürlich«, murmle ich. »Danke für die Erinnerung. Und danke für deine Unterstützung. In den letzten Tagen war ich so paranoid, dass sich sämtliche meiner Freunde vorerst von mir zurückgezogen haben.«

»Deine Reaktionen waren mehr als verständlich«, entgegnet Becca. »Genauso wie Nicks damals. Wenn ich ...«, beginnt sie wieder, schüttelt dann aber den Kopf. »Egal. Es ist sinnlos, darüber nachzudenken.«

»Wir waren in der Schulzeit zusammen«, sage ich plötzlich und bin vermutlich selbst am überraschtesten von meinem unverhofften Geständnis.

Becca dreht die Musik leiser, sodass sie kaum noch zu hören ist. »Etwas Derartiges dachte ich mir schon.«

Ich kann nicht beurteilen, ob ihr Unterton verwundert oder missbilligend ist.

»Nick war mein erster Freund«, fahre ich fort, während ich meinen Blick fest auf die feucht glänzende Straße gerichtet halte, die das Scheinwerferlicht zu absorbieren scheint. »Wir waren ein knappes Jahr ein Paar. Nach der Sache mit Astrid haben wir uns getrennt.«

Für eine Weile herrscht Stille.

»Warum erzählst du mir das jetzt?«, will Becca wissen.

»Keine Ahnung«, erwidere ich ehrlich und zucke mit den Schultern. »Vermutlich, weil ich offen zu dir sein möchte. Du bist der erste Mensch seit mehr als zwei Wochen, der mir zugehört und geglaubt hat.«

»Seine erste Liebe ...« Beccas Stimme klingt neutral, trotzdem nehme ich ihr die Gelassenheit nicht ab. Ich bin fast sicher, dass sie mehr für Nick empfunden hat als bloße Freundschaft, selbst wenn sie es nicht zugibt. »Mir war nicht klar, dass du das bist – und dass letztendlich die Tragödie zu eurer Trennung geführt hat. Aber ich schätze mal, danach war nichts mehr wie zuvor.«

»Das stimmt«, murmle ich. »Nick war –«

»War es seine Idee?«, unterbricht mich Becca unvermittelt, und ich brauche einige Sekunden, bis ich verstehe, was sie meint.

»Die Geschichte des Countdown-Mörders?«, vergewissere ich mich.

Sie nickt.

»Ehrlich gesagt weiß ich es nicht mehr genau«, weiche ich aus, obwohl ich mich sehr gut daran erinnere, dass Nick der Drahtzieher war. Aber es wäre unnötig grausam, das Becca jetzt so deutlich zu sagen. Außerdem erscheint es mir feige, die Schuld auf einen Toten zu schieben. »Wir haben alle unseren Teil dazu beigetragen. Nick war der talentierteste Schreiber, deshalb hat er unsere Ideen in Worte gefasst.«

Becca seufzt, legt den Kopf an die Scheibe und schaut nach draußen in die Dunkelheit. Bis wir in ihre Straße einbiegen, herrscht unangenehmes Schweigen zwischen uns.

»Danke, dass du mich begleitet hast«, sage ich, als wir vor ihrem Haus parken.

Sie macht eine wegwerfende Handbewegung und schnallt sich ab. »Kein Problem«, entgegnet sie. »Willst du noch mit reinkommen?«

Ich mustere sie unschlüssig. Alles in mir schreit danach, ihrer Einladung zu folgen, denn der Ausflug in die Vergangenheit und die Entdeckung des Schriftzugs an der Brücke sitzen mir noch in den Knochen.

»Danke, aber ich fahre direkt zurück. Ich habe ja mein Zimmer in der Pension«, lehne ich trotzdem ab. »Außerdem habe ich schon genug von deiner Zeit in Anspruch genommen.«

»Bist du sicher?«, hakt Becca nach, allerdings mit einem Unterton, der verrät, dass sie nur aus Höflichkeit fragt. Wahrscheinlich belastet die Situation sie ähnlich wie mich, aber im Gegensatz zu mir trägt sie keine Schuld. »Du könntest hier übernachten und morgen früh fahren. Wenn es hell ist.«

Ich zögere für einige Sekunden, bis ich ihr Angebot erneut ausschlage. Seit dem Gespräch über Nick auf der Rückfahrt ist die Stimmung zwischen uns merkwürdig, und abgesehen davon will ich sie nicht noch weiter in mein persönliches Drama hineinziehen. Das ist mein Kampf. Nicht ihrer.

Ich nicke entschlossen. »Ganz sicher.«

»Wie du meinst«, antwortet sie, und ich kann die Erleichterung in ihrer Stimme hören. »Aber halte mich auf dem Laufenden«, bittet sie, während sie die Wagentür öffnet und aussteigt. »Und wenn du jemanden zum Reden brauchst – ich bin für dich da.«

Ich schenke ihr ein schwaches Lächeln. Es ist ein gutes Gefühl, nicht mehr völlig alleine dazustehen.

»Vielen Dank für alles«, verabschiede ich mich, drehe die Musik hoch und mache mich auf den Weg zurück in die Pension.

VIERZEHN

Nach etwa zehn Minuten habe ich den Rand des Wohngebiets erreicht, in dem Beccas Wohnung liegt. Ich fahre nicht sonderlich schnell, denn der Regen erschwert die Sicht, und mittlerweile ist es komplett dunkel geworden. Als ich den Ortsausgang hinter mir lasse, steigt die übliche Beklommenheit in mir empor.

Seit dem Ausflug zur Brücke und der Entdeckung des Schriftzugs mit meinem Namen liegen meine Nerven blank, und ein Teil von mir bereut schon, Beccas Übernachtungsangebot nicht angenommen zu haben – insbesondere, da mehrere Hundert Kilometer Fahrt vor mir liegen. Ich lasse mich etwas tiefer in den Sitz sinken und blicke routinemäßig in den Seitenspiegel.

Sofort spannt sich alles in mir an. War das eine Bewegung?

Ein Verfolger?

Plötzlich fühlt sich meine Kehle an wie ausgetrocknet. Flach atmend schaue ich in den Rückspiegel.

Hinter mir fährt ein Auto ohne Licht, das mir bloß aufgefallen ist, weil der Schein einer Laterne sich in der Karosserie gespiegelt hat. Ich ignoriere das unangenehme

Prickeln in meinem Nacken und vergewissere mich erneut. Kein Zweifel. Ich werde verfolgt.

Instinktiv greife ich zur Mittelkonsole und schalte das Radio aus. Obwohl noch immer die Geräusche des Motors und des wieder heftiger prasselnden Regens zu hören sind, scheint es plötzlich erdrückend still im Wagen zu sein.

Bei der nächsten Laterne kann ich erkennen, dass sich der andere Wagen mir bis auf wenige Meter genähert hat. Er wirkt deutlich massiger als mein kleiner Fiat.

»Scheiße«, murmle ich und umfasse das Lenkrad fester. Wie hoch ist die Wahrscheinlichkeit, dass mir zufällig ein Auto ohne Licht folgt?

Verschwindend gering.

Er kommt.

Ich muss ruhig bleiben. Darf nicht die Nerven verlieren, sonst liege ich gleich auch ohne Fremdeinwirkung im Graben.

Nicht übertreiben. Nicht überreagieren. Fokussiert bleiben.

Ich versuche, mir das Gelände jenseits der Straße ins Gedächtnis zu rufen. Es war hell, als ich vorhin die Strecke gefahren bin, und abgesehen davon war das in meiner Kindheit meine Heimat. Rechts von mir reicht dichter Wald bis zu der immer wieder unterbrochenen Leitplanke. Auf der anderen Seite stehen nur vereinzelte Bäume, der Rest ist freie Fläche. Allerdings meine ich mich zu erinnern, dass neben der Straße ein Abwassergraben verläuft. Aber bis wohin? So ein Mist. Vorhin war ich zu beschäftigt, mir zu überlegen, was ich Becca erzählen soll, um groß auf meine Umgebung zu achten.

Wie weit ist es noch bis zur nächsten Ortschaft? Sieben Kilometer? Acht?

Verdammt. Ich hätte die Route durch die Innenstadt nehmen sollen, die ich auf der Herfahrt vermieden habe, um dem starken Verkehr zu entgehen. Jetzt wird mir klar, dass das eine schlechte Idee war. Auf der Landstraße kann ich nicht spontan abbiegen, um den Verfolger abzuhängen.

Ich presse meinen Rücken gegen die Lehne und umschließe das Lenkrad fest mit beiden Händen. Dann hole ich tief Luft und trete das Pedal bis zum Anschlag durch. Der Motor meines Fiats heult irritiert auf, dann gewinnt der Wagen an Geschwindigkeit. Viel zu langsam für meinen Geschmack.

Zu langsam. Sie ist zu langsam.
Schneller. Versuchen, ihn abzuhängen.

In diesem Moment flammen die Scheinwerfer des Verfolgerautos auf und tauchen den Innenraum meines Wagens in taghelles Licht. Ich blinzle mehrfach, bin aber von der unerwarteten Helligkeit so geblendet, dass ich die vor mir liegende Straße nur noch schemenhaft wahrnehme. Die Lichtkegel fallen direkt durch die Heckscheibe, es muss sich also um einen Geländewagen oder ein Fahrzeug ähnlicher Größenordnung handeln.

Verflucht. Ich muss langsamer fahren, bis sich meine Augen an die veränderten Lichtverhältnisse gewöhnt haben. Ansonsten werde ich meinen Fiat nicht auf der Straße halten können.

Widerstrebend gehe ich etwas vom Gas, was der Verfolger gnadenlos ausnutzt. Innerhalb kürzester Zeit schließt er so weit auf, dass seine Stoßstange fast das Heck meines Fiats berührt.

Für einen Sekundenbruchteil atme ich auf, weil die Helligkeit nicht mehr ganz so unangenehm ist, dann realisiere ich, was gleich geschehen wird. Ich schreie, als mein kleiner Fiat von einem Stoß erschüttert und nach vorne katapultiert wird. Als ich in den Gurt geworfen werde, spüre ich einen kurzen Schmerz in der Halswirbelsäule.

Ich zwinge mich, die Hände am Lenkrad zu lassen, obwohl alles in mir mich vor dem unabwendbar scheinenden Aufprall schützen will. Vermutlich rettet mir meine Geistesgegenwart das Leben, denn es gelingt mir, das schlingernde Auto auf der Straße zu halten.

Bei einem Blick in den Rückspiegel sehe ich, dass der andere Wagen etwas zurückgefallen ist. Sofort wird mir klar, welchen Grund das hat, und ich trete erneut auf das Gaspedal, als hinge mein Leben davon ab. Vermutlich ist genau das der Fall.

Mein alter Fiat beschleunigt und gibt dabei Geräusche von sich, als würde er seine letzten Kräfte mobilisieren, um mich vor dem Fahrzeug hinter uns zu retten. Doch er ist nicht schnell genug. Fast mühelos holt der Verfolger auf und setzt sich seitlich neben mich.

Dem Tod kann man nicht davonlaufen.

Der andere Wagen rammt mich brutal von links. Kreischendes Metall mischt sich mit meinen hysterischen Schreien.

Ein Ziehen. Zerren. Bersten.

Die Kollision ist so heftig, dass ich die Kontrolle über das Auto verliere. Als ich die Bäume auf mich zurasen sehe, reiße ich verzweifelt das Steuer herum und trete gleichzeitig auf die Bremse. Wieder werde ich in meinen Gurt geschleudert, während die Reifen für einige Sekunden die Bodenhaftung verlieren.

Der Fiat rutscht über die regennasse Fahrbahn, schrammt mit schrillem Quietschen an der Leitplanke entlang und kommt schließlich zum Stehen. Der Motor erstirbt mit einem leisen Röcheln. Vor mir gibt der andere Fahrer Gas, während seine Scheinwerfer erlöschen. Wenig später ist er mit der Finsternis verschmolzen.

Dann nichts mehr.

Ich bin allein.

Die absolute Stille wird nur von meinen panischen Atemzügen, vermischt mit meinem leisen Schluchzen, durchbrochen. Ich fühle mich, als hätte mich das Entsetzen von innen ausgehöhlt. Um ein Haar wäre ich mit höchstem Tempo gegen einen Baum geprallt. Ich hatte unfassbares Glück, dass die Straße genau an dieser Stelle wieder von der Leitplanke gesäumt wurde.

Eigentlich sollte ich aussteigen und überprüfen, ob der Wagen beschädigt ist, aber alles in mir sträubt sich dagegen, die trügerische Sicherheit aufzugeben. Zwar ist der

Verfolger im Wagen in der Dunkelheit verschwunden, doch wer weiß, was oder wer sonst noch draußen auf mich wartet.

Ich massiere mir kurz die Schläfen, hinter denen sich ein schmerzhaftes Stechen ausgebreitet hat, lasse den Motor an und rangiere mein Auto zurück auf die richtige Fahrbahn.

Währenddessen versuche ich, Ordnung in mein inneres Chaos zu bringen. Bereits das Wissen um Nicks Tod durch die Überdosis Schlafmittel hätte ein Beweis für mich sein müssen, dass meine Annahme, ich hätte noch Zeit, falsch war. Der Unbekannte scheint bereitwillig das Risiko einzugehen, mich bei einer seiner grausamen Aktionen sterben zu lassen. Ich bin nicht sicher bis zum Tag Zero. Ganz und gar nicht.

Letztendlich ist es dieser Gedanke, der mich zu einer erneuten Vollbremsung mit anschließendem U-Turn veranlasst. Sowohl nach Hause als auch zur Pension bräuchte ich mehrere Stunden, zurück zu Beccas Wohnung sind es nicht mal dreißig Minuten. Schließlich hatte sie mir angeboten, bei ihr zu übernachten, und gerade habe ich keine Ahnung, wie ich die scheinbar ewige Fahrt überstehen sollte – zumal nicht ausgeschlossen ist, dass der Unbekannte noch einmal zuschlägt.

»Louisa«, sagt Becca erstaunt, als sie mir eine knappe halbe Stunde später die Tür öffnet. Erleichtert registriere ich, dass sie sich bisher nicht umgezogen hat. Hätte ich sie im

Schlafanzug angetroffen, wäre mein schlechtes Gewissen noch größer geworden.

»Was ist passiert?«, fragt sie alarmiert nach einem Blick in mein Gesicht.

Noch immer zitternd erzähle ich ihr von den jüngsten Vorkommnissen, woraufhin sie mich ins Wohnzimmer führt, auf die Couch drückt und mir eine Decke um die Schultern legt.

»Du hättest die Polizei rufen sollen«, sagt sie zögerlich, nachdem sie sich auf den Sessel mir gegenüber gesetzt hat. »Um Anzeige gegen unbekannt zu erstatten.«

»Das hätte ich wohl«, bestätige ich resigniert. »Aber denkst du im Ernst, das würde etwas an meiner Situation ändern? An meinem Wagen sind zwar Zeichen von Fremdeinwirkung zu erkennen, trotzdem …«

»Es muss ja nicht sofort sein«, erwidert sie sanft und mustert mich mitfühlend. »Morgen früh reicht auch noch. Beruhige dich erst mal.«

Ich nicke erschöpft. Zumindest bin ich der hiesigen Polizei bisher unbekannt, was die Chance erhöht, nicht sofort als Verrückte abgestempelt zu werden. Gänzlich anders lägen die Dinge, würde ich mich bei meinen speziellen Freunden mit einer neuerlichen wahr gewordenen Mail melden. Allerdings hat der Vorfall gerade eben deutliche Spuren an der Karosserie hinterlassen, die sogar der fiese kleine Polizist nicht ignorieren könnte.

»… die Versicherung zu informieren«, dringt Becca plötzlich wieder zu mir durch.

»Die Versicherung ist mir komplett egal«, sage ich unverhältnismäßig heftig. »Wahrscheinlich ist in einer Woche für mich ohnehin alles vorbei.«

»Lou.«

»Tut mir leid«, entschuldige ich mich sofort und reibe mir mit dem Unterarm übers Gesicht. »Ich hätte dich nicht anfahren sollen. Und ...«

Und sie durch meine Umkehr nicht erneut in den Fokus meines Verfolgers rücken dürfen. Scheiße. Zwar ist sie durch Nick ohnehin in die Sache verwickelt, doch das ist schon lange her.

Spätestens jetzt dürfte klar sein, dass ich genug Vertrauen zu ihr gefasst habe, um bei ihr Schutz zu suchen. Welche Folgen wird das für sie haben? Immerhin will *er* mich von allen Personen isolieren, die mich unterstützen könnten. Die Vorstellung eines Unbekannten, der irgendwo da draußen in der Dunkelheit steht und das Haus beobachtet, jagt mir eisige Schauer über den Rücken.

»Worüber denkst du nach?« Becca beugt sich ein wenig nach vorne.

»Ich kämpfe mit meinem schlechten Gewissen«, gebe ich zu. »Meine Anwesenheit hier könnte gefährlich für dich sein.«

Becca seufzt. »Meinst du, das ist mir nicht klar? Mir ist durchaus bewusst, dass es aktuell nicht klug ist, sich in deiner Nähe aufzuhalten. Aber ich habe Nick im Stich gelassen und bin es seinem Andenken schuldig, dir zu helfen.«

Ich presse die Lippen aufeinander und starre auf die kleine Blumenvase auf dem Couchtisch. Allmählich kann ich das Gute an der Distanz meiner Freunde sehen: Ich muss mir um ihre Sicherheit keine Sorgen machen. Becca hingegen gerät durch die Nähe zu mir automatisch ins Visier des Unbekannten. Ob sie ein zweites Mal wohlbehalten den Kontakt mit einem der von ihm ausgewählten Opfer übersteht, ist fraglich.

»Wenn du doch bei mir übernachten willst«, sagt sie in die Stille hinein, »kannst du die Ausziehcouch in meinem Arbeitszimmer nehmen. Nach Nicks Tod habe ich es nicht übers Herz gebracht, mir einen neuen Mitbewohner zu suchen. Auch wenn die Miete nicht gerade eine Kleinigkeit ist.« Sie sieht mich ernst an. »Der Gedanke, dass du nach dieser Attacke alleine draußen unterwegs bist, gefällt mir nicht.«

Ich nestle am Saum meine Shirts herum, während mir Tränen in die Augen treten. Verdammt, mittlerweile bin ich dermaßen labil, dass mich bei jeder Gelegenheit meine Gefühle überwältigen.

»Das wäre großartig«, erwidere ich, obwohl ich ahne, wie gefährlich meine Nähe für sie sein könnte. Wobei wir zumindest bis morgen früh Ruhe haben dürften. Erst dann wird die nächste Mail ...

Bloß nicht darüber nachdenken.

Wortlos steht Becca auf und geht in die Küche, während ich in der Pension anrufe, damit man heute nicht auf mich wartet. Zehn Minuten später sitzen wir mit zwei Tassen Tee und einem Tablett voller Sandwiches auf der Couch und essen in einvernehmlichem Schweigen.

Als kein Brot mehr übrig ist, ergreift Becca wieder das Wort. »Wir brauchen einen Plan«, sagt sie und klingt dabei bemerkenswert zuversichtlich.

Ich verzichte darauf zu erwähnen, dass dieser Gedanke nicht gerade neu ist. Dafür bin ich ihr viel zu dankbar, weil sie sich in ihre Formulierung mit eingeschlossen hat. Sie lässt mich nicht allein – wie schon vor unserem Ausflug zur Brücke. Ich habe riesiges Glück, auf einen Menschen wie sie getroffen zu sein.

»Wer könnte einen Grund haben, dich – und Nick – auf diese Weise zu quälen?«, überlegt sie weiter.

»Jemand, der der Meinung ist, Astrid rächen zu müssen«, entgegne ich. »Jemand, der Bescheid weiß, was geschehen ist. Untereinander hatten wir uns zwar geeinigt, nicht darüber zu sprechen, doch zumindest unsere Eltern waren damals im Bilde. Und Astrids ebenso, auch wenn sie es anscheinend nicht ernst genommen haben. Nicht zu vergessen die Ärzte der psychiatrischen Klinik, in der sie behandelt wurde.«

Becca presst die Lippen aufeinander, erwidert aber nichts.

»Außerdem habe ich meine beste Freundin eingeweiht – und dann dich. Es ist also gut möglich, dass auch die anderen im Laufe der Jahre Personen ins Vertrauen gezogen haben.«

»Was ist mit Astrid selbst?«

»Keine Ahnung, wie schnell sie nach ihrem Umzug in der Klinik gelandet ist«, erwidere ich. »Aber die Sache hat sie, wie es scheint, nie mehr losgelassen. Letztendlich ist sie daran zerbrochen.«

»Das sind eine Menge Möglichkeiten ... und eine Menge Unbekannte«, bemerkt Becca, woraufhin ich resigniert nicke.

»Du sagtest, Dana und Patrick wüssten von nichts«, fährt sie fort, »aber ich bezweifle nicht, dass sie die Nächsten sein werden. Es steht außer Frage, dass die Dinge, die dir passieren, mit der Vergangenheit zu tun haben. Könnte doch sein, dass der Unbekannte nacheinander mit jedem Mitglied eurer damaligen Clique abrechnen will.«

»Und die Reihenfolge macht er am Maß unserer Schuld fest«, flüstere ich fast unhörbar und verstumme, als mich Becca skeptisch mustert.

»Sorry«, entschuldige ich mich verlegen. Immerhin war Nick das erste Opfer.

Bevor sie etwas antwortet, richtet sie sich ein wenig auf.

»Meiner Meinung nach habt ihr alle den gleichen Anteil daran, was passiert ist«, sagt sie. »Ihr habt gemeinsame Sache gemacht. Jeder von euch hätte dem ein Ende bereiten können, aber keiner hat es getan.«

Ich senke den Kopf. »Du hast recht«, murmle ich. »Nick trägt nicht mehr Schuld als wir anderen. Wir waren es alle zusammen.«

Meinen Worten folgt beklommene Stille, bis sich Becca zurücklehnt und hörbar ausatmet.

»Ihr habt Mist gebaut und euch unverantwortlich verhalten. Daran besteht kein Zweifel. Aber selbst das ist keine Rechtfertigung für diesen Rachefeldzug«, beendet sie das Thema schließlich. »Und jetzt lass uns zumindest heute Abend nicht mehr darüber reden. In Ordnung?«

Natürlich stimme ich zu, woraufhin Becca den Fernseher einschaltet und wir uns von einer anspruchslosen Serie berieseln lassen. Ein kurzer Aufschub, bevor ich mich wieder dem Schrecken stellen muss, von dem ich heute eine erneute Kostprobe erhalten habe.

FÜNFZEHN

Am nächsten Morgen erwache ich von dem Geräusch eines Kaffeevollautomaten. Obwohl die Vorhänge nicht zugezogen sind, ist es im Zimmer noch dämmrig, es muss also recht früh sein. Ich werfe einen Blick auf mein Handy, das neben mir auf dem Tisch liegt: 7:45 Uhr.

Nachdem ich aufgestanden bin und mich in dem kleinen Bad nebenan frisch gemacht habe, folge ich dem Kaffeeduft in die Küche. Becca sitzt in Jeans und Rollkragenpullover am Tisch und rührt gedankenverloren mit einem Löffel in dem Milchschaum ihres Latte macchiato. Erfreut registriere ich, dass sie mir ebenfalls einen Kaffee gemacht hat.

»Morgen«, begrüßt sie mich. »Ich habe die Dusche gehört und dachte, du bräuchtest ein bisschen Koffein.«

Ich lächle sie dankbar an, lege beide Hände um das warme Glas.

»Wie war die Nacht?«, will sie nach längerem Schweigen wissen.

»Überraschend gut«, gebe ich zu. »Es ist echt nett von dir, dass ich hier schlafen durfte.«

»Kein Problem«, sagt Becca locker, aber ihre Miene verdunkelt sich fast unmerklich. Sie strafft die Schultern und lehnt sich nach vorne. »Lou«, beginnt sie, und mir ist sofort klar, was sie mir sagen wird. »Ich finde dich wirklich sympathisch und weiß um die Schwierigkeiten, in denen du steckst. Trotzdem kannst du nicht länger hierbleiben.«

»Das macht nichts. Schon, dass du mich gestern aufgenommen hast, war sehr großzügig, immerhin sind wir praktisch Fremde«, erwidere ich, obwohl ein kleiner Teil von mir durchaus gehofft hat, ich könnte bei Becca untertauchen, bis der Countdown abgelaufen ist.

»Ich habe die halbe Nacht wachgelegen und nachgedacht«, spricht sie weiter. »Eigentlich bin ich es Nick schuldig, dich in dieser Situation zu unterstützen. Doch als du gestern Abend zurückgekommen bist und von dem Verfolger erzählt hast, ist mir bewusst geworden, wie gefährlich das für mich wäre. Das alles ist …« Sie schnaubt und fährt sich über das Gesicht. »Es ist so …«

»Hoffnungslos?«, beende ich ihren Satz, woraufhin sie mich betroffen ansieht.

»Warum verreist du nicht für eine gute Woche? Nicht in eine Pension in der Nähe, sondern deutlich weiter weg? Damit du am Tag Zero nicht hier bist.«

»Glaubst du, die Idee hatte ich noch nicht?«, gebe ich bitter zurück. »Aber am letzten Wochenende wurde mein Konto leergeräumt, und meine Kreditkarte ist auch gesperrt. Ich habe nichts als das Bargeld, das ich bei mir trage.«

»Das hattest du in deiner Erzählung ausgelassen …« Becca runzelt die Stirn.

»Weil es das geringste meiner Probleme ist. Irgendwie muss ich bis zum Tag Zero durchhalten, danach kann ich mich um alles andere kümmern und rechtliche Schritte in die Wege leiten.«

»Ich kann dir etwas leihen«, schlägt Becca vor, und ich mustere sie ungläubig.

»Das würdest du tun?«

Sie nickt wortlos.

»Das ist sehr großzügig von dir, aber das kann ich nicht annehmen. Ich werde meine Freunde um Unterstützung bitten. Das hätte ich längst tun sollen.« Ich seufze. »Die gesamte Situation ist so frustrierend. Diese verdammten Mails zerstören mein Leben. Sie sorgen indirekt dafür, dass sich meine Freunde von mir abwenden. Wenn ich jetzt abhaue, hat *er* auch noch diesen Sieg über mich errungen.«

»Und den letzten erringt *er* über dich, wenn *er* dich am Tag Zero tötet, weil du zu stur warst, um dich in Sicherheit zu bringen«, erwidert Becca hart. Es dauert nur Sekunden, bis sie merkt, was sie mir da an den Kopf geworfen hat. »Tut mir leid.«

»Schon gut. Du hast ja recht. Mich macht diese Hilflosigkeit einfach fertig. Starr vor Entsetzen auf *seinen* nächsten kreativen Einfall zu warten. Und sobald ich mal denke, einen Ansatzpunkt gefunden zu haben, sobald ich mich ein wenig besser fühle, passiert etwas, das alles nur noch schlimmer macht. Allein das Wissen, dass wieder eine dieser verfluchten Mails auf mich wartet ...«

Becca reißt die Augen auf. »Stimmt, das hatte ich ja völlig vergessen.«

»Der Ablauf war bisher immer gleich. Die Geschichte aus der Mail wurde umgesetzt, und am nächsten Tag war eine neue in meinem Posteingang.«

Becca starrt in ihr Glas und massiert sich die Schläfen.

»So geht es seit über zwei Wochen«, sage ich resigniert und trinke einen Schluck meines mittlerweile lauwarmen Kaffees. »Entweder habe ich Angst vor der Umsetzung einer Mail, oder ich fürchte mich vor einer neuen Geschichte. Etwas anderes gibt es nicht.«

»Fahr zum Flughafen und flieg mit einem Last-Minute-Angebot weg«, rät mir Becca genau das, was ich vor wenigen Tagen auch in Erwägung gezogen habe – bevor alles derart eskaliert ist. »Wenn du selbst nicht weißt, wohin es gehen wird, kann der Verrückte es erst recht nicht wissen und keine Vorkehrungen treffen. Dann wärst du erst mal in Sicherheit.«

»Sollte ich vorher nicht –«, beginne ich zögerlich.

»Nein. Lies die neue Mail nicht«, unterbricht sie mich. »Das hat bisher bloß dazu geführt, dass du noch verunsicherter warst als vorher schon. Und daran würde sich nichts ändern. Die Mails haben dich nur dazu animiert, so zu handeln, wie von *ihm* gewünscht. *Er* nutzt sie als sich selbst erfüllende Prophezeiungen.«

Ich nicke nachdenklich. Es hat keinen Sinn, das abzustreiten.

»Das Angebot steht. Ich kann dir gern etwas Geld, ein

paar Kleider und alles andere leihen, was du für ein paar Tage brauchst«, beharrt sie. »Bitte, Lou, bitte bring dich in Sicherheit.«

»Okay«, stimme ich knapp zu, und Becca atmet erleichtert auf.

»Andererseits würde es nicht schaden, zumindest einen Hinweis auf eine mögliche Umsetzung zu haben und nicht komplett unvorbereitet zu sein«, überlegt sie halblaut, während sie den Stuhl zurückschiebt und uns Müsli und Joghurt holt.

Verwirrt blicke ich ihren Rücken an. Was denn nun? Soll ich schleunigst das Weite suchen und mir die neuste Mail gar nicht erst anschauen oder sie doch lesen?

Ich beginne zu grübeln. Nicht zu wissen, wie die bedrohlichen Szenarien der Geschichten realisiert werden, ist eine Sache. Absichtlich die Augen zu verschließen, eine ganz andere. Wenn ich ehrlich zu mir bin, würde es meine Nervosität nur steigern, würde ich die Mails ignorieren.

Verstohlen und mit dem Anflug von schlechtem Gewissen öffne ich auf dem Handy meinen Mail-Account und verberge es halb unter der Tischplatte. Obwohl ich weiß, was ich lesen werde, bildet sich beim Anblick des vertrauten Betreffs ein Kloß in meiner Kehle.

Noch drei Tage

»Magst du Rosinen im Müsli?«

Beim Klang von Beccas Stimme ruckt mein Kopf nach oben, und mein Gesichtsausdruck ist in diesem Moment vermutlich so verräterisch, dass sie sofort weiß, was los ist.

»Deine Entscheidung«, sagt sie lediglich, bleibt aber mit verschränkten Armen vor mir stehen und beobachtet mich. »Vielleicht ist es wirklich besser, wenn du weißt, woran du bist.«

»Rosinen sind toll«, entgegne ich schwach und richte meinen Blick wieder auf das Display. Ich kann mich nicht dazu überwinden, die Mail zu öffnen.

»Willst du mir die Geschichte vorlesen?«, durchbricht Becca die angespannte Stille, und ich registriere dankbar, dass in ihrer Stimme kein Anzeichen von Missbilligung mitschwingt.

Ich murmle eine Bestätigung und klicke die Mail an.

»Noch drei Tage«, beginne ich, während eine Gänsehaut über meinen Nacken kriecht.

Der Tod fand Louisa während eines heftigen Gewitters.

Schon den ganzen Tag hatte sie gespürt, dass etwas geschehen würde. Eine summende Anspannung. Gleichzeitig bedrohlich und verheißungsvoll.

Auch die Tiere benahmen sich anders als sonst. Das Gezwitscher der Vögel wirkte verzerrt und dissonant, Hunde bellten ohne ersichtlichen Grund, und ihr Kater Mozart strich seit dem Vormittag rastlos durchs Haus.

Ein kühler Wind kam auf und fuhr durch die Wipfel der Bäume. In der Ferne hörte sie das Grollen.

Louisa fröstelte. Eigentlich mochte sie Gewitter.

Heute ...

Heute war etwas anders.

Mit dem Näherkommen der Unwetterfront wurde auch ihr ungutes Gefühl stärker.

Kein Grund zur Sorge. Nur ein Gewitter. Es ist alles in Ordnung.

Bis ...

Etwas wird geschehen.

Sie lief durchs Haus, schloss die Fenster.

Wo ist der Kater?

Die ersten Regentropfen fielen. Der Geruch von Ozon lag schwer in der Luft.

Hat er sich versteckt?

Eine fieberhafte Suche durch alle Zimmer. Vergeblich.

Die Verandatür stand offen. Sie hatte sie am Abend zuvor geschlossen. Ganz sicher.

Ein Rauschen. So flüchtig und hohl, dass es auch das Wispern des Windes in der alten Weide sein könnte. Doch der Wind bedroht nicht.

Louisa.

Ist er abgehauen?

Wer ist für ihn ins Haus gekommen?

Das Gewitter nähert sich unaufhaltsam.

Bestimmt hat er Angst. Hat sich verkrochen. Er wird wiederkommen, wenn das Unwetter vorbeigezogen ist.

Eine Blutspur am Wohnzimmerboden. Sie war zuvor nicht da.

Wo bist du?

Sie folgt den Tropfen, folgt den Tropfen bis in den Flur.

Sie ist nicht mehr allein.
Er kommt.
Keine Wachsamkeit. Keine Vorsicht. Kein Misstrauen. Der Eindringling bleibt unerkannt.
Misstrauen kann Leben retten.
Das Dröhnen des Gewitters ist ganz nah. Der Himmel öffnet seine Schleusen. Regen prasselt gegen die Scheiben. Zuckende Blitze.
Blut. So viel Blut. Sie hat ihn gefunden.
Seine Überreste vor ihr.
Ein Schatten hinter ihr.
Zu spät.
Schreie, die vom Donner übertönt werden.
Im Tod vereint.
Er ist da.

»Ganz schön heftig.« Becca stößt zischend den angehaltenen Atem aus und schüttelt den Kopf, während ich wie versteinert mein Handy fixiere.

»Hast du …« Sie hält inne, als sie mein Gesicht sieht. »Du hast ein Haustier, oder?«

»Einen Kater«, presse ich hervor. »Mozart.«

Becca starrt mich schockiert an, und an ihrer Miene kann ich mitverfolgen, wie die Erkenntnis einsetzt.

»Lass dich von *ihm* nicht manipulieren, Lou«, sagt sie nachdrücklich. »Damit spielst du *ihm* in die Hände. Dann tust du genau das, was *er* will.«

»Ich vermisse Mozart schon länger«, erzähle ich, als hätte ich ihre Worte gar nicht gehört. »Zuletzt habe ich ihn am

Montagmorgen gesehen. Ich nahm an, er sei beleidigt, weil ich mich wegen des Schlafmittels so lange nicht um ihn gekümmert habe. Dann dachte ich, er habe sich zurückgezogen, weil er keine Fremden mag. Also habe ich nur kurz nach ihm gesucht und ihm ausreichend Wasser und Futter hingestellt, bevor ich in die Pension gefahren bin.« Jetzt sehe ich Becca in die Augen. »Verdammt, was ist, wenn ihn am Montag jemand mitgenommen hat und ich nichts davon bemerkt habe, weil ich ausgeknockt war?«

»Mozart ist kein Freigänger, oder?«

»Nein«, erwidere ich. »Aber er kennt sämtliche ruhige Ecken des Hauses und nutzt das gnadenlos aus. Keine Ahnung, wie oft ich schon alle Zimmer nach ihm durchforstet, ihn aber nicht gefunden habe, und anschließend ist er schnurrend um die Ecke gebogen, als wäre er nie weg gewesen.«

»Das klingt nicht, als wäre ein mehrtägiges Verschwinden außergewöhnlich für ihn«, versucht mich Becca zu beruhigen.

»Aber es ist außergewöhnlich, dass er durch eine verfluchte Mail bedroht wird.« Ich bin den Tränen nahe. Mal wieder.

»Trotzdem –«, fängt Becca an, doch ich stoppe sie mit einer Handbewegung.

»Ich muss mich vergewissern, dass es ihm gut geht. Deine Idee mit dem Last-Minute-Angebot hätte sowieso nicht funktioniert, wenn ich nicht jemanden gefunden hätte, der sich um ihn kümmert.«

»Du –«

»Ich weiß, du meinst es nur gut«, unterbreche ich sie erneut. »Aber ich muss nach Hause. Ich verspreche dir, nur kurz hineinzugehen, ein paar Sachen einzupacken, nach Mozart zu suchen und ihn anschließend mit in die Pension zu nehmen. Sieh es positiv: Immerhin musst du mir nichts leihen.«

Ich biete mein gesamtes schauspielerisches Können auf, um mir meine Panik nicht anmerken zu lassen und zumindest halbwegs optimistisch zu erscheinen. In Wirklichkeit wird mir schon bei dem Gedanken schlecht, in mein Haus und damit ins Wirkungsfeld des Unbekannten zurückzukehren – wobei ich bezweifle, Letzteres jemals in den vergangenen Wochen verlassen zu haben. Schließlich war er mir auch gestern Abend auf den Fersen und hat mich davor bis in mein Fitnessstudio verfolgt.

Becca füllt zwei Schalen mit Joghurt und Müsli, von denen sie eine wortlos vor mich hinstellt. Offensichtlich hat sie mich durchschaut und ahnt, wie es in mir aussieht. Glücklicherweise geht sie nicht darauf ein.

Mit einem gemurmelten »Danke« widme ich mich dem Müsli und zwinge mich, einige Löffel voll zu essen, bin aber in Gedanken bei Mozart. Ich muss so schnell wie möglich nach Hause und ihn finden.

Sobald meine Schale leer ist, schiebe ich meinen Stuhl zurück. »Ich mache mich jetzt auf den Weg«, sage ich bestimmt, weil ich mit Beccas erneutem Einspruch rechne.

»Sei vorsichtig«, antwortet sie schlicht, »und melde dich.

Ich werde in der Zwischenzeit Nicks Mails sichten. Vielleicht finde ich etwas, das uns weiterhilft.«

Spontan ziehe ich sie in eine Umarmung, die sie sofort erwidert.

»Auf jeden Fall«, verspreche ich. »Vielen, vielen Dank für deine Unterstützung. Du bist der einzige Mensch, der mir wirklich zugehört hat und für mich da war, seit die Sache angefangen hat.«

»Schon okay«, wehrt sie ab und streicht sich eine Haarsträhne aus der Stirn. »Du hast meine Nummer. Ruf an, wenn du mich brauchst.«

»Danke«, sage ich erneut, und es kommt aus tiefstem Herzen. »Das mache ich.«

Eine gute halbe Stunde später befinde ich mich auf dem Heimweg. Ich habe die Fensterscheiben komplett heruntergelassen, sodass frische Herbstluft das Auto flutet, außerdem läuft das Radio auf voller Lautstärke. Doch nichts davon kann meine düsteren Gedanken und meine Sorge um Mozart vertreiben. Während der nächsten Stunde kämpfe ich gegen die unterschwellige Beklommenheit, die zur Panik wird, als ich zum ersten Mal den Namen meines Ortsbezirks auf einem Schild entdecke. Je näher ich meinem Haus komme, desto stärker drückt die kalte Faust meinen Magen zusammen, und als ich den Wagen in der Garage abstelle, ist mir schlecht vor Anspannung. Bevor ich aussteige, nehme ich Handschaufel und Pfefferspray aus meinem Rucksack. Selbst nach der Attacke gestern habe ich mich nicht ansatzweise in dem Maße bedroht und hilflos gefühlt wie jetzt – auf meinem eigenen Grundstück.

Ich umklammere meine beiden Waffen und mache mich auf den Weg zur Eingangstür.

Im Flur angekommen nimmt meine Anspannung kein bisschen ab. Immerhin habe ich das Haus zwei ganze Tage lang allein gelassen und weiß, dass der Unbekannte einen Schlüssel besitzt. Wobei er zumindest gestern Abend nicht hier gewesen sein kann.

Ich stelle mein überschaubares Gepäck neben dem Flurregal ab, verriegle die Haustür und lege die Sicherheitskette vor. Sollte *er* mir ins Innere folgen wollen, wird *ihn* das zumindest kurzzeitig aufhalten. Auf ein Zeichen von Mozart hoffend beginne ich, ausgerüstet mit Schaufel und Spray, das Haus einer systematischen Prüfung zu unterziehen.

Ich beginne im obersten Stockwerk und arbeite mich Stück für Stück nach unten. Ich schaue unter sämtliche Möbelstücke, öffne die Schränke und krieche sogar in den hüfthohen Abstellraum hinter der Treppe. Zum ersten Mal bin ich froh, keinen Speicher und einen überschaubaren Keller zu haben. Nach stundenlanger Suche stehe ich nicht nur staubig, sondern auch minimal erleichtert und zutiefst deprimiert im Wohnzimmer. Keine Spur. Weder von einem Eindringling noch von meinem Kater. Ich hole mir ein Glas Wasser aus der Küche und lasse mich auf die Couch sinken. Dann fällt mein Blick auf die Terrassentür, und ich erschrecke so heftig, dass etwas Wasser auf den Teppich schwappt.

Die Tür steht einen Spaltbreit offen.

Zuerst weigere ich mich, die offensichtlichste Schlussfolgerung zuzulassen, doch nachdem ich für einige Minuten die Scheibe angestarrt habe, muss ich den Tatsachen ins Auge sehen.

Mozart ist verschwunden, und die geöffnete Terrassentür kommt einem schadenfrohen Hinweis darauf gleich, dass ich im Haus nicht fündig werde. Stand sie vorhin schon offen? Habe ich selbst vergessen, sie zu schließen? Oder hat sie jemand geöffnet, während ich mich im Haus umgesehen habe?

Ich stütze die Ellbogen auf die Knie und kralle die Finger in meine Haare. Etwas in mir will schreien oder etwas kaputtschlagen. Was hatte ich bitte erwartet? Dass ich ausgerechnet nach dieser Mail nach Hause fahren, Mozart in den Transportkorb verfrachten und verschwinden könnte? Es war irrsinnig von mir, überhaupt herzukommen. Aber ich hatte keine Wahl, ebenso wenig wie jetzt. Ich tue genau das, was der Unbekannte von mir erwartet. Ich handle nach seinem Willen. Dennoch ...

Seit fünf Jahren lebe ich mit Mozart zusammen. Er hat viel mit mir erlebt, und gerade in den letzten Wochen war er der Einzige, der zu mir gehalten hat. Es kommt nicht infrage, ihn im Stich zu lassen. Als ich vor zwei Tagen zur Pension gefahren bin, dachte ich noch, er hätte sich nur schmollend zurückgezogen. Mittlerweile habe ich meine

Zweifel daran. Ebenso gut hätte ihn zu diesem Zeitpunkt schon jemand entführt haben können. Oder war er doch bis vor Kurzem im Haus und hat die Gelegenheit für einen Ausflug an die frische Luft genutzt? Verdammt noch mal.

Ich schließe die Terrassentür und hole meinen Laptop aus dem Rucksack, um die verfluchte Mail erneut zu lesen.

Eine Blutspur am Wohnzimmerboden.

Scheiße, was für ein krankes Hirn denkt sich so etwas aus? Und was kann Mozart dafür?

Ich weiß nur eins: Sollte ich besagte Blutspur finden, drehe ich durch. Wie kann jemand so grausam sein und ein unschuldiges Tier seinem perfiden Plan opfern? Allein der Gedanke daran, was mit Mozart geschehen könnte oder schon geschehen ist, macht mich wahnsinnig. Ich balle die Hände zu Fäusten, so fest, dass sich meine Fingernägel in die Handflächen bohren. Der Schmerz treibt mir Tränen in die Augen, hält mich aber immerhin vom Ausrasten ab.

Abrupt stehe ich auf und gehe in die Küche, um mir ein wenig kaltes Wasser ins Gesicht zu spritzen.

Was jetzt?

Die Hände um das Spülbecken gekrampft starre ich für einige Minuten blicklos nach draußen. Die Dämmerung setzt allmählich ein, und ich habe heute nicht mehr getan, als mich von einer Mail terrorisieren zu lassen, eine Ewigkeit Auto zu fahren und im Anschluss stundenlang nach meinem Kater zu suchen.

Gerade als ich mich abwende, um mich nach einem letzten Kontrollgang auf den Weg zur Pension zu machen, ertönt eine Art Schnarren aus Richtung des Flurs. Kurzzeitig blitzt die Hoffnung in mir auf, Mozart könne zurückgekehrt sein, bis mir klar wird, dass das Geräusch dafür zu lang anhaltend und zu monoton ist. Was ist es dann?

Zögerlich gehe ich einige Schritte durch die Küche, während ich mich nach etwas umsehe, das ich zu meiner Verteidigung nutzen könnte. Sowohl Handschaufel als auch Pfefferspray liegen auf dem Couchtisch, deshalb öffne ich die Besteckschublade und ziehe ein langes Fleischermesser hervor. Als meine Finger den kühlen Griff umschließen, fühle ich mich schlagartig sicherer.

Auf leisen Sohlen durchquere ich den Küchenbereich und öffne vorsichtig die Tür zum Flur, jederzeit damit rechnend, mich gegen einen Angreifer verteidigen zu müssen.

Prüfend sehe ich mich um und will mich gerade abwenden, als mein Blick von einem Gegenstand auf dem Boden angezogen wird, der hier nichts zu suchen hat. Eine Eieruhr. Die lag vorhin noch nicht hier. Oder?

Für einige Sekunden starre ich das Ding an, dann stoße ich testweise mit dem Fuß dagegen. Als nichts weiter geschieht, bücke ich mich, hebe es auf und betrachte es misstrauisch. Eine mechanische Eieruhr. Dem kleinen grünen Logo auf der Unterseite nach ein Werbegeschenk einer Baumarktkette. Nichts Gefährliches – wenn es nicht plötzlich in meinem Flur aufgetaucht wäre. Ich umfasse das Messer ein wenig fester.

Bevor ich mein weiteres Vorgehen planen kann, schnarrt es erneut. Dieses Mal in der kleinen Gästetoilette neben der Haustür.

Ich rühre mich nicht von der Stelle und denke nach. Es scheint, der Unbekannte hat meine Suche nach Mozart genutzt, um mehrere Uhren im Haus zu verteilen. Und zwar erst vor Kurzem, ansonsten wären sie mir aufgefallen.

Das Schnarren verstummt. Die darauffolgende Stille ist erdrückend. Unschlüssig drehe ich die Eieruhr in meinen Fingern hin und her, bis mich eine Erkenntnis zusammenzucken lässt. Das Modell in meiner Hand kann man auf maximal eine Stunde einstellen. Damit ist bewiesen, dass ich während meiner Suche nicht alleine im Haus war. Höchstwahrscheinlich bin ich es jetzt auch nicht.

Endlich kommt Leben in mich. Ich haste ins Wohnzimmer, lege die Eieruhr ab und greife nach meiner Handtasche. Als im selben Moment mein Handy klingelt, gleitet sie mir vor Schreck aus den Fingern, sodass sich der gesamte Inhalt auf dem Boden verteilt.

Ich sinke auf die Knie, taste fahrig nach meinem Telefon und nehme den Anruf entgegen, während ich mit der anderen Hand weiterhin das Messer umklammere.

»Ja?« Meine Stimme klingt angespannt und gehetzt.

Statt einer Antwort sind lediglich schwere Atemzüge zu hören, die mir einen Schauder über den Rücken schicken. Mein Nacken kribbelt unangenehm.

»Hallo?«

»Bald«. Ein tonloses Wispern, das sich mit dem Schnarren einer weiteren Uhr vermischt. »Bald ist es so weit.«

Ich reiße das Handy von meinem Ohr, und als mein Blick auf das Display fällt, schnappe ich entsetzt nach Luft. Es ist die Nummer meines Festnetzanschlusses. Der Anruf kommt aus dem Haus.

Panik. Mit zitternden Händen klaube ich Schlüssel, Taschentücher und Kaugummis vom Teppich und stopfe alles in meine Handtasche zurück.

Wo ist mein Geldbeutel?

Wieder schnarrt eine Eieruhr, und Tränen der Angst schießen mir in die Augen.

Halb blind stecke ich mein Handy in die Tasche, ebenso wie Pfefferspray und Schaufel; das Messer behalte ich in der Hand.

Nicht einmal zwei Minuten später renne ich aus meinem Haus. Die Eingangstür lasse ich einfach hinter mir ins Schloss fallen – sie abzusperren würde ohnehin nichts bringen, da sich die Bedrohung im Innern befindet.

Irgendwie gelingt es mir, mich zusammenzureißen und zur Pension zu fahren. Geistesgegenwärtig verberge ich sogar das Messer vor dem Aussteigen in meiner Tasche. Nachdem ich der Dame an der Rezeption freundlich zugenickt habe, steige ich die Treppen hoch und betrete mein Zimmer. Mein erster Impuls ist abzuschließen, doch damit würde ich meine Fluchtchancen verringern, sollte hier bereits jemand auf mich warten. Ich ziehe das Messer erneut hervor und untersuche sowohl den Raum als auch das angrenzende Bad, schaue hinter die Vorhänge, in die Schränke und unter das Bett. Erst als ich zu hundert Prozent sicher bin, alleine zu sein, atme ich auf. Es fühlt sich an, als wäre ich der Bedrohung nur haarscharf entkommen, und ich frage mich, was geschehen wäre, wäre ich nicht umgehend aus meinem Haus geflohen.

Dieser Tag hat mich kein bisschen weitergebracht. Im Gegenteil – von Mozart fehlt weiterhin jede Spur, ich sitze in Todesangst in einer Pension, und mein Geldbeutel liegt irgendwo in meinem Haus, aus dem mich der Unbekannte vertrieben hat.

Da mir der Schreck noch immer in den Gliedern steckt, beschließe ich, kein Risiko einzugehen und mir das Abendessen aufs Zimmer bringen zu lassen.

Gegen Mitternacht gehe ich ins Bett, doch obwohl Messer, Pfefferspray und Schaufel neben mir auf der Matratze liegen, falle ich erst im Morgengrauen in einen unruhigen Schlaf.

SECHZEHN

Als ich die Augen öffne, dringt fahles Tageslicht durch die Vorhänge. Ein Blick auf die Uhr zeigt, dass es bereits nach zwölf ist. Ich setze mich auf, vergewissere mich, dass sich Schaufel, Spray und Messer noch am selben Platz befinden, dann gehe ich in das kleine Bad, um mich fertig zu machen.

Zurück in meinem Zimmer setze ich mich mit dem Laptop an den kleinen Tisch. Auf Anhieb fallen mir gefühlte tausend Dinge ein, die ich statt dem Überprüfen meiner neu eingegangenen Mails erledigen könnte.

Was soll ich tun, wenn eine weitere Geschichte auf mich wartet?

Was soll ich tun, wenn das nicht der Fall ist?

Ich halte die Luft an und öffne meinen Posteingang. Ich sehe lediglich die üblichen Werbemails, keine neue Bedrohung. Doch Mozart befindet sich weiterhin in Gefahr.

Ich atme zischend aus, während ich mich um eine nüchterne Einschätzung der Lage bemühe.

Im Prinzip ist gestern nichts geschehen. Gut, die Uhren haben mich zu Tode erschreckt, ganz zu schweigen von dem Anruf, aber mehr ist nicht passiert. Habe ich vielleicht etwas übersehen? Hätte mein Besuch zu Hause mit dem

Auffinden Mozarts enden sollen? Bin ich zu schnell geflüchtet und habe mir – und ihm – damit diese Chance genommen? Sollte ich noch mal zurückkehren, um nach ihm und bei dieser Gelegenheit auch nach meinem Geldbeutel zu suchen?

Ich packe das Nötigste zusammen, dann gehe ich nach unten, wo ich mir im Speiseraum eine Tasse Kaffee gönne, das Mittagessen jedoch ausschlage. Die Aussicht, die sichere Pension bald wieder zu verlassen, verdirbt mir gründlich den Appetit.

Obwohl ich alles andere als überzeugt bin, setze ich mich am frühen Nachmittag in mein Auto und fahre nach Hause. Ich konzentriere mich auf die Straße und versuche, mögliche Risiken weitgehend auszublenden.

Es funktioniert, bis mein Grundstück in meinem Blickfeld auftaucht. Schrittweise gehe ich vom Gas, sodass mein Wagen die letzten Meter zu meiner Einfahrt im Schritttempo zurücklegt und schließlich ein gutes Stück vor der Garage stehen bleibt.

Bei dem Gedanken an das, was in meinem Haus auf mich warten könnte, bekomme ich Gänsehaut, was dazu führt, dass ich es nicht über mich bringe, die Sicherheit meines kleinen Fiats zu verlassen. Stattdessen starre ich bei aktivierter Zentralverriegelung aus dem Beifahrerfenster Richtung Eingangstür, kann aber nichts Ungewöhnliches entdecken.

Für eine scheinbare Ewigkeit sitze ich untätig herum, dann komme ich auf die Idee, meine Unentschlossenheit für einen Anruf bei Josy zu nutzen. Was meine Geldsorgen betrifft, muss ich auf ihre Hilfe zählen. Sie ist meine beste Freundin und deshalb trotz unserer Differenzen meine erste Anlaufstelle.

Kurz darauf lasse ich das Handy enttäuscht sinken. Nur die Mailbox, auf der ich immerhin eine knappe Nachricht mit der Bitte um Rückruf hinterlassen habe.

Was jetzt? Aussteigen und das Haus betreten kommt nicht infrage, abhauen ebenso wenig. Ich habe keine Ahnung, was ich machen soll.

Ein Klopfen an der Scheibe lässt mich hochfahren, sodass ich mir das Knie schmerzhaft am Lenkrad anstoße.

Der Paketfahrer. Nur der Paketfahrer.

Ich unterdrücke einen Fluch, lasse die Scheibe der Beifahrertür herunter und setze ein schwaches Lächeln auf.

»Hallo, Lou.«

»Hey, Phil«, sage ich und werfe einen Blick auf die Uhr im Armaturenbrett. »Du bist heute aber spät dran.«

»Bin fast am Ende meiner Runde.« Grinsend zuckt er mit den Schultern und hält mir ein Päckchen entgegen. »Lass mich raten: Flieder? Du und deine Duftkerzen.«

»Ehrlich gesagt habe ich keine Ahnung«, erwidere ich, lehne mich ein wenig zur Seite und nehme die Box in Augenschein, von der tatsächlich ein ziemlich aufdringlicher Fliederduft ausgeht.

»Jetzt ist es also so weit«, verkündet er gespielt dramatisch. »Du hast den Überblick über deine Kerzenbestellungen verloren!«

Er reicht mir sein Tablet zum Unterschreiben durch das offene Fenster.

»Nimmst du es direkt? Oder soll ich es dir an die Haustür stellen?«

»Leg es auf den Beifahrersitz«, entscheide ich, woraufhin er das Päckchen fallen lässt.

»Bis bald, Lou«, verabschiedet er sich und wendet sich ab, um zu seinem Lieferwagen zurückzugehen. Auf halber Strecke dreht er sich um und mustert mich besorgt.

»Ich weiß, es geht mich nichts an«, beginnt er, während er sich meinem Fiat erneut nähert, »aber ist mit dir alles in Ordnung?«

»Klar«, erwidere ich und straffe unwillkürlich die Schultern. »Warum nicht?«

»Du bist in den letzten Tagen ... anders als sonst.« Er fährt sich durch das blonde Haar, sodass es noch zerzauster von seinem Kopf absteht. »Du wirkst so angespannt. Unruhig. Dann die Geschichte mit dem Typen, den du vor die Tür gesetzt hast. Und jetzt sitzt du leichenblass im Auto und umklammerst das Lenkrad, als hättest du Angst, dass es wegfliegt – und das anscheinend schon über einen längeren Zeitraum, denn deine Knöchel sind ganz weiß.«

»Es ist ...« Ich verstumme verschämt. Soll ich ausgerechnet dem Paketboten mein Herz ausschütten? »Es ist eine längere Geschichte«, weiche ich schließlich aus. »Außerdem ist mein Kater verschwunden.«

Phil mustert mich irritiert. »Okay«, sagt er gedehnt. »Und warum suchst du ihn nicht?«

»Weil gestern jemand in meinem Haus war und mich bedroht hat. Deshalb kann ich es nicht betreten. Aber wegfahren kann ich auch nicht.«

»Jemand war in deinem Haus«, wiederholt Phil.

Ich nicke wortlos.

Er legt den Kopf schräg und zieht nervös die Unterlippe zwischen die Zähne. Bei seinen nächsten Worten wird mir klar, weshalb.

»Ich bin in einer knappen Stunde fertig und könnte dann noch mal vorbeikommen«, bietet er an, ohne mich anzusehen. »Du könntest mir alles erzählen, und wir könnten gemeinsam nach deinem Kater suchen. Wenn du willst. Muss natürlich nicht sein.«

Ich hebe überrascht die Augenbrauen. »Doch«, sage ich spontan, denn die Aussicht auf Gesellschaft ist verlockend. Außerdem sehen vier Augen mehr als zwei. »Das wäre schön. Danke.«

Meine Antwort freut ihn sichtlich, auf seinem Gesicht breitet sich ein Lächeln aus.

»Ich kann gegen halb fünf hier sein«, erwidert er. »Oder etwas später, wenn ich Abendessen für uns besorgen soll.«

»Das wäre toll«, stimme ich spontan zu, denn bei seinem Vorschlag fällt mir auf, dass ich seit gestern nichts mehr gegessen habe.

»Bringst du auch etwas zu trinken mit?«, schiebe ich hinterher, da ich keinem einzigen Lebensmittel in meinem Haus mehr traue.

»Gerne.« Phil nickt und hebt die Hand zu einem angedeuteten Winken. »Dann sehen wir uns später. Oder ... willst du mich begleiten?«

Ich schüttle den Kopf. »Ich muss in der Zwischenzeit noch etwas erledigen.«

Natürlich rühre ich mich nicht vom Fleck. Als Phil um kurz vor fünf seinen Audi hinter mir am Straßenrand parkt, findet er mich genau so vor, wie er mich verlassen hat.

»Da bin ich wieder.« Er steht etwas unbeholfen neben meinem Auto, in den Händen ein kleiner Stapel Pizzakartons, auf dem er zwei Flaschen balanciert.

Umständlich steige ich aus und strecke mich ausgiebig. Dabei fällt mir auf, dass sich Phil umgezogen hat. Statt der Cargohosen und dem Polohemd in schmutzigem Grün trägt er jetzt eine ausgewaschene hellblaue Jeans und dazu ein weißes Shirt mit einer braunen Lederjacke. In dem Aufzug wirkt er nicht mehr wie mein Paketbote, sondern wie ein durchaus attraktiver Mann.

»Lass uns reingehen«, sage ich, nachdem ich meine Tasche vom Beifahrersitz genommen und den Wagen abgeschlossen habe. Als er an mir vorbeiläuft, kann ich einen Hauch seines Rasierwassers wahrnehmen, vermischt mit dem Geruch nach Pizza, der eindeutig aus den Kartons in seinen Händen stammt.

Als wir im Flur stehen, sieht er sich fragend um.

»Wohin?«

»Stell sie erst mal aufs Regal«, bitte ich, obwohl ich weiß, wie merkwürdig das wirken muss. »Hast du etwas dagegen, wenn wir einen kurzen Rundgang machen? Nur um sicherzugehen, dass ...«

»Dass wir alleine sind?«, beendet er meinen Satz. »Kein Problem.«

In der folgenden Viertelstunde gehen wir langsam durch jeden einzelnen Raum, und als wir uns mit Pizza, Weißwein und Cola im Wohnzimmer niederlassen, fühle ich mich schon deutlich wohler.

»Ich wusste nicht, welchen Belag du magst«, sagt Phil, nachdem er sowohl die Pappschachteln als auch die beiden Flaschen auf den Couchtisch gestellt hat. »Deshalb habe ich eine Auswahl mitgebracht.«

Ich schnaube amüsiert und hebe den Deckel der obersten Schachtel an.

»Salami, Hawaii, Margherita und Apokalyptika, wobei ich Letztere bloß wegen des krassen Namens genommen habe«, gibt er zu.

»Phil ... du weißt aber schon, dass wir nur zu zweit sind, oder?«, vergewissere ich mich und verkneife mir ein Lachen, als er sichtlich verlegen wirkt. »Schon okay. Den Rest friere ich ein, ich mag nämlich deine sehr originelle Zusammenstellung. Und diese ominöse Apokalyptika wollte ich schon immer mal probieren. Klingt nach einer weltverändernden Erfahrung.«

»Dann ist ja gut«, erwidert er erleichtert und lässt seinen Rucksack achtlos in eine Zimmerecke fallen. Ich beobachte ihn schweigend, während sich zaghafter Optimismus in mir ausbreitet, weil ich die nächsten Stunden nicht allein verbringen muss.

Nachdem ich zwei Gläser und den Pizzaschneider aus der Küche geholt habe, setzen wir uns auf den Boden vor dem Couchtisch und widmen uns dem Abendessen.

»Okay«, beginnt er schließlich, nachdem wir beide über die Pizzen hergefallen sind, und spielt gedankenverloren mit dem Deckel einer der Schachteln. »Könnte es nicht sein, dass er abgehauen ist? Weggelaufen?«

Ich muss mich beherrschen, um bei Phils Worten nicht zusammenzuzucken.

Ist er abgehauen?
Wer ist für ihn ins Haus gekommen?

»Was?«, bringe ich leicht kratzig hervor.

»Dein Kater?«, gibt er zurück und schiebt die Kartons in die Mitte des Tisches. »Du hast mir doch vorhin erzählt, dass er verschwunden ist.«

»Stimmt«, sage ich schnell und hoffe, dass er nichts von meiner aufflackernden Verunsicherung bemerkt hat. Ich hätte die verdammte Mail nicht so oft lesen sollen.

»Wann hast du ihn das letzte Mal gesehen?«

»Bevor ich meinen Chef vor die Tür gesetzt habe«, murmle ich. »Montag früh.«

»Das war dein Chef?«, hakt Phil ungläubig nach und hebt abwehrend die Hände, als er meinen Gesichtsausdruck sieht. »Schon gut, lassen wir das. Aber bis dahin hat sich Mozart normal benommen? Er ist kein Freigänger, richtig?«

Ich nicke. »Er ist eine Hauskatze, bisher hat er nicht das geringste Interesse daran gezeigt, nach draußen zu gehen. Einmal hat er sogar vor der geöffneten Terrassentür gesessen und in den Garten geschaut. Ein totaler Stubenhocker. Normalerweise. Aber in den letzten Wochen scheint sowieso nichts mehr normal zu sein.«

»Wie meinst du das? Hat es etwas mit der Andeutung vorhin zu tun, dass sich jemand Zugang zu deinem Haus verschafft hat?«

Ich zögere. Soll ich ihn wirklich mit dem Mist belasten? Bisher war der Abend so entspannt, und ich bin so unglaublich dankbar für Phils Gesellschaft. Würde ich ihm antworten, wäre die Stimmung mit einem Schlag dahin.

»Manchmal ist es nicht schlecht, sich einem Fremden anzuvertrauen. Fremde haben eine neutralere Sicht auf die Dinge«, sagt er leise.

Seine Worte fegen den letzten Rest meiner Unentschlossenheit beiseite, und im Verlauf der nächsten halben Stunde erzähle ich ihm alles, beginnend mit der ersten Mail und der Verbindung zur Vergangenheit bis zu dem Vorfall mit den Eieruhren und dem Anruf am gestrigen Nachmittag von meinem Festnetzanschluss.

»Ich kann verstehen, wenn du jetzt schreiend davonläufst«, beende ich meinen Bericht und greife zur Weinflasche, um mir nachzuschenken.

»Ich glaube nicht, dass das nötig ist«, erwidert Phil. »Immerhin hast du Pfefferspray, eine Gartenschaufel und, wenn ich es richtig in Erinnerung habe, ein Fleischermesser. Ich fühle mich ziemlich sicher in deiner Nähe.«

Bei seiner fast liebevollen Stichelei lache ich befreit auf.

Phil mustert mich forschend, dann breitet sich ein Lächeln auf seinem Gesicht auf.

»Auf geht's.« In einer fließenden Bewegung steht er auf. »Lass uns Mozart finden. Und danach überlegen wir uns, wie wir dich für eine Woche aus der Schussbahn bringen.«

In den folgenden anderthalb Stunden durchforsten wir gemeinsam erneut das Haus und nehmen uns anschließend den Garten vor. Wir gehen sogar ein Stück in den Wald, der direkt neben meinem Grundstück beginnt, müssen allerdings schnell feststellen, dass das Unterfangen hoffnungslos ist. Der letzte Rest Tageslicht wird von den dicht stehenden Tannen geschluckt, und an seiner statt hält die Nacht zwischen den Stämmen Einzug.

Nach wenigen Metern bleiben wir zögerlich stehen. Instinktiv taste ich nach Phils Hand, und erst als sich seine Finger mit festem Griff um meine schließen, realisiere ich, was ich getan habe.

»Sorry«, murmle ich und will mich wieder lösen, doch er hält mich nicht nur fest, sondern zieht mich sogar noch etwas näher an sich heran.

»Kein Problem.«

Als ich ihm das Gesicht zuwende, verfluche ich die Dunkelheit, weil ich seine Miene nicht erkennen kann. War meine Reaktion unpassend? Fühlt er sich bedrängt?

Er drückt leicht meine Finger und beendet damit meine Grübeleien.

»Wir sollten zurück ins Haus gehen. Wenn sich einer von uns beiden hier draußen den Knöchel verstaucht, bringt uns das auch nicht weiter. Vielleicht können wir morgen bei Tageslicht einen neuen Versuch starten.«

Wir?

»Du«, verbessert er sich, als hätte er meine unausgesprochene Frage gehört, lässt jedoch meine Finger nicht los.

Ich nicke, bevor mir einfällt, dass er die Geste im Dunkeln nicht sehen kann.

»Du hast recht«, stimme ich zu, und kurz darauf laufen wir wieder Richtung Haus, dessen gedrungener Schatten sich kaum gegen den Nachthimmel abhebt.

Phils Berührung fühlt sich erstaunlich gut an. Seine Hand ist warm, aber nicht feucht oder klamm, und sein Griff fest und bestimmt. Sein Daumen streicht über meine Knöchel, als wollte er mir damit versichern, dass es keinen Grund zur Sorge gibt. Seine Anwesenheit beruhigt mich.

»Danke«, sage ich und meine damit nicht nur seine Bereitschaft, mit mir durch den nächtlichen Wald zu stapfen. Es bedeutet mir sehr viel, dass er kein einziges Mal an meiner Zurechnungsfähigkeit gezweifelt hat.

»Nicht dafür.«

Ich schließe die Eingangstür auf, und wir betreten gemeinsam den Flur. Noch vor zwei Wochen wäre ich einfach über die Terrasse nach draußen gegangen und hätte die Tür für die Dauer unserer Suche unverschlossen gelassen. Noch vor zwei Wochen habe ich mich in meinem Zuhause sicher gefühlt und die einsame Lage meistens genossen. Jetzt wünsche ich mir nichts mehr als Nachbarn, die im besten Fall direkt in mein Wohnzimmer schauen können, und eine viel befahrene Straße vor meinem Grundstück.

Wie gewohnt lege ich den Hausschlüssel in die Schale auf der Kommode und will die kleine Flurlampe einschalten.

Nichts geschieht.

»Scheiße«, fluche ich unterdrückt, als mir klar wird, was los ist. »Nicht schon wieder.«

»Stromausfall?«, erkundigt sich Phil, und an dem mehrmaligen Klicken höre ich, dass er den Schalter der Deckenleuchte ausprobiert.

»Entweder das oder die Sicherung ist rausgeflogen«, erwidere ich verärgert. »Das passiert häufiger.«

Meine Gedanken wandern zu der Nacht vor ungefähr einer Woche zurück, als ich mich in der Finsternis die Treppe hinuntergetastet habe, nur um wenig später der Polizei gegenüberzustehen. Unwillkürlich überläuft mich ein Frösteln. Ist das der Auftakt zur Umsetzung der neuen Geschichte? Oder hat sie längst begonnen? Mozart …

Ich befeuchte meine Lippen. Die Sicherung ist rausgeflogen. Sonst nichts.

»Wo ist dein Sicherungskasten?«, will Phil wissen, der nicht halb so nervös wirkt wie ich. Er holt sein Handy hervor und schaltet die Taschenlampe ein.

»Im Keller.«

»Wo genau?«

»Rechts von der Treppe und dann in der hinteren linken Ecke«, antworte ich automatisch, bevor mir dämmert, was er vorhat.

»Nein, Phil«, sage ich und verstärke den Griff um seine Hand. »Geh da nicht runter. Gestern ...«

»Willst du etwa den restlichen Abend im Dunkeln sitzen? Kühlschrank und Gefriertruhe würden dir das nicht ohne Weiteres verzeihen.«

»Dann komme ich mit«, entscheide ich und fühle sein Nicken eher, als es zu sehen.

Langsam gehen wir durch den Flur bis zur Kellertreppe, die wir Stufe für Stufe hinabsteigen. Durch den bläulichen Schein des Handylichts wirkt die Schwärze um uns herum noch dichter.

»Schon irgendwie unheimlich«, räumt Phil ein. Seine Stimme klingt dünn, aber das könnte auch an der besonderen Kellerakustik liegen. Am Treppenende zieht er mich ein wenig näher an sich heran, als würde er spüren, dass meine Panik mit jedem Schritt zunimmt. »Nach rechts, ja?«, vergewissert sich Phil.

»Ja«, bestätige ich tonlos. Mein Herz rast, und meine Kehle ist so trocken und rau, als wäre sie mit Schmirgelpapier bearbeitet worden.

Hand in Hand betreten wir den Kellerraum und tasten uns durch die absolute Finsternis zum Sicherungskasten vor. Trotz Phil an meiner Seite wächst meine Angst.

Etwas wird geschehen.

Mit einem dumpfen Geräusch treffen seine Fingerspitzen auf das Plastik der Kastentür. Ein schwaches Quietschen ertönt, dann ist es wieder still.

»Die Schalter sind rausgeflogen«, erklärt Phil, nachdem er sich im Schein seines Handys einen Überblick verschafft hat. »Alle«, fügt er zögerlich hinzu. »Du …?«

Obwohl er verstummt, ist mir klar, welche Frage er stellen wollte.

»Ich war das nicht«, sage ich und bemühe mich, nicht zu zeigen, wie es in mir aussieht.

Er mustert mich skeptisch.

»Ich habe das Haus gemeinsam mit dir betreten und war die ganze Zeit mit dir zusammen«, erinnere ich ihn, obwohl das kein Beweis ist. Immerhin weiß er nicht, ob ich die Wahrheit sage. So eine verdammte –

»Scheiße«, beendet er so zielsicher meinen Gedankengang, dass ich mir ein kurzes Grinsen nicht verkneifen kann. »Ich drücke die Schalter wieder rein«, beschließt er endlich, nachdem wir uns eine gefühlte Ewigkeit angeschwiegen haben.

Ich ziehe die Schultern hoch, habe aber plötzlich eine böse Vorahnung. Etwas wird geschehen, sobald der Strom wieder da ist. Etwas Grauenvolles.

Ein mehrfaches Einrasten ist zu hören, dann Stille. Als wäre die Zeit eingefroren. Nachdem Phil und ich einige Sekunden in absoluter Bewegungslosigkeit verharrt haben, atmen wir synchron aus. Im Nachbarraum erwacht der Gefrierschrank mit einem Piepen zum Leben.

Dieses Mal ist Phil es, der nach meiner Hand greift, und ich erwidere seinen Druck dankbar.

Gemeinsam gehen wir nach oben, wo ich sofort die kleine Lampe anschalte, die den Flur in warmes Licht taucht. Erschöpft fahre ich mir über die Stirn und lehne mich mit der Hüfte gegen das kleine Regal.

»Wenn du nicht an den Sicherungen zugange warst, muss es jemand anderes gewesen sein.«

Mit dem Satz von Phil löst sich sämtliche Erleichterung in Luft auf.

»Dann war jemand im Haus«, fährt er fort. »Oder ist es noch.«

In diesem Moment hasse ich ihn. Wie kann er das so ungerührt sagen, während ich in einem wahr gewordenen Albtraum gefangen bin? Macht es ihm etwa Spaß, meine Angst zu befeuern?

»Für dich ist das nur ein gruseliges Spiel, aus dem du jederzeit aussteigen kannst, stimmt's?«, fahre ich ihn an.

»Lou«, stößt er entsetzt hervor. »Wie kommst du darauf? Nein!«

»Natürlich! Du wirst irgendwann mein Haus verlassen, in deine sichere Wohnung zurückkehren, und niemand wird dir folgen. Weil niemand die Absicht hat, dich umzubringen oder in den Wahnsinn zu treiben. Du wirst deine Tür hinter dir schließen und dich mit einem wohligen Schauer an ein unheimliches Erlebnis mit einer deiner Kundinnen zurückerinnern. Aber für mich geht dieser Schrecken weiter. Bis zum Tag Zero. Danach werde ich dir die Tür nicht mehr öffnen können.« Meine Kehle wird eng, während ich gegen die aufsteigenden Tränen ankämpfe.

Phil erwidert nichts mehr, zieht mich stattdessen in eine feste Umarmung. Ich lasse den Kopf gegen seine Brust sinken, spüre den weichen Stoff seines Shirts an meiner Wange und höre das gleichmäßige Schlagen seines Herzens.

Er atmet ein, als wollte er etwas sagen, hält dann aber unvermittelt inne. »Was ist das für ein Summen?«, fragt er irritiert.

Ich löse mich von ihm und lausche konzentriert auf die Geräusche des Hauses, die so vertraut sind, dass sie mir kaum mehr auffallen. Dann erkenne ich tatsächlich etwas, das nicht dazugehört. Zuerst kann ich nicht zuordnen, aus welcher Richtung es kommt, doch irgendwann schafft es mein Gehirn, den Laut als Ton der Mikrowelle zu identifizieren. Phil muss ein extrem gutes Gehör haben.

»Nur die …«, beginne ich, dann werden mir mehrere Dinge auf einmal klar. Der Unbekannte war tatsächlich im Haus, während wir im Wald nach Mozart gesucht haben. Er hat dafür gesorgt, dass die Mikrowelle läuft, sobald der Strom wieder da ist. Und ich will absolut nicht wissen, was sich darin befindet. Ich spüre, wie sämtliches Blut aus meinem Gesicht weicht. Bestimmt bin ich leichenblass. Der grauenhafte Verdacht, der mich in diesem Moment durchflutet, schnürt mir die Luft ab.

»Die Mikrowelle«, würge ich dumpf hervor.

Phil versteht sofort. Unsere Blicke treffen sich, und in seiner Miene erkenne ich das gleiche Entsetzen, das mich erfüllt.

Ich schlucke hart und will mich in Bewegung setzen, bin aber vor Angst wie gelähmt. Erst als mich Phil an der Schulter berührt, löst sich die Starre, und ich kann zur Küche gehen.

Bis auf die kleine Lampe hinter uns habe ich kein Licht gemacht, sodass der Raum lediglich von dem schummrigen Gelb der Mikrowelle erleuchtet wird, das durch das Sichtfenster in der Tür dringt. Ich bleibe auf der Schwelle stehen und versuche, im Innern etwas zu erkennen, während Phil kurzerhand die Deckenleuchte einschaltet.

In der gleichen Sekunde gibt das Gerät ein lang gezogenes Piepen von sich. Das Licht sowie das monotone Summen erlöschen. Plötzlich ist es totenstill.

Zu spät.

Ich verstärke den Griff um Phils Hand, umklammere sie wie ein Schraubstock. Um nichts in der Welt will ich wissen, was in der Mikrowelle ist, und doch brauche ich Gewissheit.

Quälend langsam nähern wir uns dem Gerät, jeder Schritt kostet mich mehr Überwindung als der vorige.

Als ich vor der Mikrowelle stehe, strecke ich den Arm aus. Meine Finger zittern. Durch das Sichtfenster ist nichts auszumachen, aber das muss nichts heißen.

Phil legt mir eine Hand auf den Rücken, direkt zwischen die Schulterblätter. Seine Berührung gibt mir Kraft, ich hole tief Luft und ziehe die Tür mit einem Ruck auf. Dann schließe ich unwillkürlich die Augen.

Ich höre, wie Phil angestrengt atmet, während ich verzweifelt Mut sammle, um die Lider zu öffnen und mich dem Anblick zu stellen, der mich erwartet.

»Lou«, beginnt er zaghaft, »es ist okay. Sieh hin.«

Trotz seiner Worte kostet es mich sämtliche Selbstbeherrschung, seiner Aufforderung zu folgen.

Nichts.

Da ist nichts. Die verdammte Mikrowelle ist leer.

Ich klammere mich an Phils Arm fest, weil mich die Erleichterung fast von den Füßen reißt, und breche in haltloses Schluchzen aus.

»Ich dachte ... die Geschichte«, bringe ich hervor, während Tränen über meine Wangen laufen. »Es hat alles ...«

Erneut verengt sich meine Kehle, sodass ich nicht mehr sprechen kann. Allein der Gedanke, Mozart könnte ... nein. Ich drehe der Mikrowelle den Rücken zu und sinke auf einen Küchenstuhl. Kraftlos lege ich die Arme auf den Tisch und vergrabe mein Gesicht in den Handflächen. Ich weine noch immer, schäme mich aber gleichzeitig für den hysterischen Zusammenbruch.

Wo ist Mozart? Was hat der Unbekannte mit ihm, einem unschuldigen Kater, gemacht? Ich kann die Unwissenheit nicht mehr aushalten.

Stuhlbeine schaben über den Boden, dann spüre ich, wie sich Phil neben mich setzt. Wieder legt er eine Hand auf meinen Rücken und beginnt, in langsamen Kreisen darüberzustreichen. Seine Berührung beruhigt mich, ich konzentriere mich ganz auf meine Atmung und auf den gleichförmigen Rhythmus seiner Bewegungen.

»Danke«, sage ich, nachdem ich mich gefangen habe. »Und es tut mir leid. Eigentlich ist ja gar nichts passiert. Mein Kater ist weggelaufen, die Sicherungen sind rausgeflogen, und anschließend hat sich die Mikrowelle eingeschaltet. Kein Grund durchzudrehen«, spreche ich aus, was ihm garantiert durch den Kopf geht.

»Als gar nichts würde ich das nicht bezeichnen«, widerspricht er, zieht die Hand zurück und mustert mich ernst. »Du musst vor mir nicht die Starke geben, Lou. Das alles ist verdammt seltsam.« Er hält inne, als wäre ihm eine neue Idee gekommen. »Denkst du, die Geschichte in der Mail hat sich damit erfüllt?«, fragt er behutsam, was eine neue Welle der Angst über mir zusammenschlagen lässt. Ist die unmittelbare Bedrohung noch nicht vorbei? Schwebe ich weiterhin in Gefahr? Und wo, verdammt noch mal, ist Mozart?

Phils Miene verdüstert sich. »Tut mir leid. Ich wollte nicht –«

»Schon gut«, unterbreche ich ihn ruppig. »Und was deine Frage angeht: Keine Ahnung. Ich werde es wissen, wenn die nächste Mail eintrifft – oder eben nicht. Der Countdown ist fast abgelaufen. Morgen ist der letzte Tag vor Tag Zero.«

Ich reibe mir erschöpft die Augen.

»Soll ich über Nacht bleiben?«, fragt Phil so unvermittelt, dass ich ihn ruckartig anblicke. Sofort steigt leichte

Röte in seine Wangen, und er hebt besänftigend die Hände. »Ich meinte das nicht *so*.«

Trotz der angespannten Situation kann ich mir ein Grinsen nicht verkneifen. »Schon gut, ich habe es nicht *so* aufgefasst«, versichere ich, was ihn sichtlich erleichtert. »Aber ich wundere mich, dass du das für mich tun willst, obwohl der hinter uns liegende Abend, gelinde gesagt, sehr turbulent war.«

»Ich bin gerne mit dir zusammen«, erwidert er. »Zugegeben, die letzten Stunden entsprechen nicht dem, was ich unter einem gemütlichen Abend verstehe, aber ich habe dir meine Unterstützung zugesichert. Ich wollte kein Date mit dir, sondern dir helfen ... als Freund.«

»Klar«, sage ich schnell, als wäre alles andere total abwegig. »Ich würde mich freuen, wenn du bleiben würdest«, schiebe ich etwas leiser hinterher. Lieber verbringe ich die Nacht in Gesellschaft zu Hause als alleine in der Pension.

»Hast du eine unbenutzte Zahnbürste?«, fragt er mit einem entschuldigenden Lächeln. »In der Hinsicht bin ich etwas empfindlich.«

»Habe ich.« Beschämt erinnere ich mich an die acht originalverpackten Zahnbürsten, die ich nach der Vergiftungsmail gekauft habe. Wahrscheinlich sollte Phil lieber nicht sehen, wie viele ich davon habe.

Nachdem ich in der Pension Bescheid gegeben habe, dass ich auswärts übernachte, gehen wir zusammen ins Wohnzimmer zurück und setzen uns auf die Couch, wo mich Phil mit verschiedenen Anekdoten von seinen schrägsten

Kundenerlebnissen unterhält. Er gibt sich größte Mühe, mich abzulenken, und ich weiß das wirklich zu schätzen. Lediglich einmal unterbrechen wir unser Gespräch, weil ich erneut versuche, Josy zu erreichen – wieder ohne Erfolg.

Gegen Mitternacht beschließen wir, ins Bett zu gehen, denn obwohl wir beide am nächsten Tag frei haben, fordern die vergangenen Stunden ihren Tribut.

»Hast du eine Luftmatratze oder eine Isomatte?«, will Phil wissen, als ich im Begriff bin, die Couch auszuziehen. »Ich meine nur, falls du nicht alleine in deinem Zimmer schlafen willst ...«

»Das würdest du tun?«, frage ich, nicke aber, bevor er antworten kann. »Das wäre toll.«

Während er duscht, richte ich sein Nachtlager in meinem Schlafzimmer her, allerdings so weit entfernt von meinem Bett wie möglich. Als ich fertig bin, Phil aber keine Anstalten macht, das Bad zu verlassen, setze ich mich auf die Bettkante und prüfe mein Handy. Ich habe mehrere Nachrichten von Becca. Mein schlechtes Gewissen regt sich, als mir einfällt, dass ich ihr schon gestern Abend Bescheid geben wollte, dass es mir gut geht. Spontan schicke ich ihr eine sehr verspätete Antwort.

Bist du noch wach?

Es dauert keine dreißig Sekunden, bis sie zurückruft.

»Warum meldest du dich jetzt erst?«, fragt Becca. »Ist alles in Ordnung? Hast du Mozart gefunden?«

»Hey«, begrüße ich sie. »Ja, alles okay, aber er ist immer noch nicht aufgetaucht. Wir haben das ganze Haus und sogar den Garten durchforstet, aber –«

»Wir?«, wiederholt Becca. »Wer ist wir? Hast du dich mit deinem Ex-Chef versöhnt? Oder deine beste Freundin kontaktiert?«

Ich lausche kurz auf die Geräusche im Bad. Phil scheint immer noch zu duschen.

»Ein Bekannter«, beginne ich vage und erkläre im Anschluss, wie sich ausgerechnet der Paketzusteller zum Retter meines Seelenheils emporgeschwungen hat.

»Phil hat heute Nachmittag gemerkt, dass etwas mit mir nicht stimmt«, beende ich schließlich meinen Bericht. »Er hat angeboten, nach der Arbeit vorbeizukommen und mit mir nach Mozart zu suchen.« Ich lasse mich wieder auf die Bettkante sinken.

»Ich wäre auch zu dir gefahren«, sagt Becca. »Ich wollte es dir gerade anbieten.«

»Nicht nötig«, winke ich ab. »Ich weiß, es klingt seltsam, aber Phil bringt mir schon seit zwei Jahren die Pakete, und jedes Mal unterhalten wir uns. Mittlerweile sind wir so etwas wie Freunde geworden, ich kann ihn echt gut leiden.«

»Das klingt gar nicht seltsam«, widerspricht mir Becca zu meiner Überraschung nach einer kurzen Pause. »Ich verstehe das gut. Nick und ich, wir hatten auch mal einen total sympathischen Fahrer, den ich ab und an auf eine Tasse Kaffee eingeladen habe. Toll von Phil, dich zu unterstützen. Und ihr habt wirklich gar keine Spur von Mozart gefunden?«, fragt sie.

Ich verneine und fasse die Ereignisse des restlichen Abends für sie zusammen.

»Das klingt grauenhaft«, sagt Becca, als ich fertig bin. »Soll ich doch kommen? Ich könnte morgen früh bei dir sein. Ich glaube, Gesellschaft tut dir gut.«

»Ich bin nicht allein«, erwidere ich. »Phil duscht gerade.«

»Ach«, macht Becca nur.

»Er bleibt über Nacht«, erkläre ich, »und ich bin mehr als froh darüber. Eben habe ich ihm ein Lager in meinem Schlafzimmer hergerichtet. Er schläft nicht bei mir im Bett, falls du das wissen wolltest.«

»Und auch das wäre deine Sache«, entgegnet Becca mit einem deutlich hörbaren Grinsen. »Ich habe gestern übrigens noch mal Nicks Ordner mit den Mails durchgeblättert. Es sieht aus, als hätte er auch einige der Originalgeschichten abgeheftet, die ihr damals verschickt habt. Willst du einen Blick darauf werfen?«

»Morgen?«, frage ich und unterdrücke ein Gähnen.

»Dann aber möglichst früh. Ich gehe mit einer Freundin einkaufen«, sagt Becca, und ich brumme zustimmend.

Zwar kann ich mir nicht vorstellen, dass mir die Geschichten in meiner jetzigen Situation weiterhelfen, aber vielleicht finden sich darin ja Hinweise darauf, was auf mich zukommt.

»Ich melde mich um kurz nach sieben bei dir«, beschließt Becca. »Dann zeige ich dir die Geschichten, und im Gegenzug sorgst du dafür, dass dein heißer Paketbote mal durchs Bild spaziert, abgemacht?«

»Abgemacht. Und Phil hilft mir nur, es spielt keine Rolle, dass er –« Ich breche ab, als ich Schritte im Flur höre. »Er kommt. Bis morgen.«

Becca verabschiedet sich ebenfalls, und ich lasse das Handy im selben Moment sinken, in dem Phil das Schlafzimmer betritt. Er trägt lediglich Boxershorts, den Rest seiner Kleider legt er wie selbstverständlich zusammengefaltet auf den Boden neben sein provisorisches Nachtlager. Im Gegensatz zu mir scheint er völlig entspannt zu sein, als wäre es das Selbstverständlichste, halbnackt ins Schlafzimmer einer Fremden zu spazieren.

Nein. Nach allem, was wir heute zusammen erlebt haben, sind wir keine Fremden mehr. Eher Freunde.

»Mach's dir bequem«, murmle ich und verschwinde mit meinem Schlafanzug ins Bad, ohne ihn direkt anzusehen.

Als ich zurückkomme, hat er sich bereits auf seinem Nachtlager in der Ecke niedergelassen und lächelt mich an.

»Keine Angst«, sagt er. »Ich werde dir keinen Grund geben, mich mit Pfefferspray zu attackieren. Du bist sicher in meiner Nähe.«

»Nichts anderes hatte ich angenommen«, versichere ich ihm und bin froh, dass er meine Anspannung für Skepsis hält. Ich sollte wirklich aufhören, derart überzureagieren. Was hätte er denn tun sollen? In Jeans und Shirt schlafen? Man kann es auch übertreiben, auch wenn ein kleiner Teil von mir plötzlich wünscht, er würde doch auf der Couch schlafen. Aber damit kann ich Phil jetzt nicht mehr kommen.

Ich lege mich in mein Bett, obwohl ich am liebsten das eben von ihm erwähnte Pfefferspray und die Handschaufel samt Messer aus dem Wohnzimmer holen würde. Nachdem ich mir die Decke bis zum Hals hochgezogen habe, schaue ich zu Phil, der sich mit einem Ellbogen auf der Matratze abstützt und meinen Blick erwidert.

»Ich kann auch heimfahren, wenn dir meine Anwesenheit doch zu viel ist«, bietet er ohne jede Spur von Unmut an. »Kein Problem.«

»Nein«, wehre ich intuitiv ab. »Ich bin dir sehr dankbar dafür, dass du hier bist. Nur die Situation ist etwas seltsam.«

»Okay.« Er dreht sich auf den Rücken, verschränkt die Arme hinter dem Kopf und schließt die Augen. »Dann schlaf schön.«

»Du auch«, antworte ich und lösche das Licht. »Gute Nacht.«

SIEBZEHN

Als ich am nächsten Morgen erwache, fällt mein Blick als Erstes auf Phil, der anscheinend noch im Tiefschlaf ist. Er hat sich auf die Seite gedreht, und obwohl nur der Schein des Radioweckers die Dunkelheit durchdringt, kann ich erkennen, dass er beide Arme um das Kopfkissen geschlungen hat. Ich greife nach meinem Handy, das neben mir auf dem Nachttisch liegt. Weder ein Anruf noch eine Nachricht. Es ist erst halb sieben, trotzdem fühle ich mich überraschend ausgeruht. Phils Anwesenheit hat mir mehr Sicherheit gegeben als erwartet.

Ich richte mich auf und entwirre meine Locken notdürftig mit den Fingern, dann schlage ich die Decke zurück, stehe auf und schleiche ins Bad.

Als ich knappe zwanzig Minuten später frisch geduscht in Jeans und Shirt in mein Schlafzimmer zurückkehre, ist Phil ebenfalls wach.

»Guten Morgen«, wünscht er mir mit einem schiefen Lächeln, und ich registriere erleichtert, dass auch er sich bereits angezogen hat. »Wie hast du geschlafen?«

»Sehr gut«, erwidere ich und nehme mein Handy vom Nachttisch.

»Schön«, sagt Phil, schiebt ebenfalls sein Handy in die Hosentasche und verschwindet im Bad, was mir die Gelegenheit gibt, mein Bett zu machen und die Decken von seinem Nachtlager zusammenzulegen.

Als er zurückkommt, taxiert er mich mit so ernster Miene, dass mir umgehend mulmig wird.

»Ich will mich nicht wie ein Besserwisser aufführen«, beginnt er, »aber ist dir bewusst, wie gefährlich eine offene Leitung gerade im Bad ist? Wenn ich daran denke, dass ich gestern Abend direkt daneben geduscht habe, wird mir ganz anders.«

»Eine offene Leitung?«, wiederhole ich.

Phil mustert mich ungläubig. »Der Entfeuchter in der Ecke«, sagt er. »So etwas ist lebensgefährlich, Lou. Das kann man nicht einfach so lassen.«

Ich schüttle den Kopf. »Aber der Entfeuchter steht auf dem Badschrank«, widerspreche ich. Da stand er doch, als ich geduscht habe. Oder? *Oder?*

Phil schnaubt und fordert mich mit einem Nicken auf, ihm zu folgen. Im Bad genügt ein Blick, um mich davon zu überzeugen, dass er recht hat und ich unrecht. Statt an seinem üblichen Platz oben auf dem Schrank steht der Entfeuchter neben der Dusche, und das Kabel, das zur Steckdose führt, hat einen so tiefen Schnitt, dass die einzelnen Kupferdrähte frei liegen.

Wie erstarrt stehe ich im Türrahmen und frage mich, wie ich das übersehen konnte. Der Entfeuchter ist weiß, ebenso wie die Kabel und die Wandfliesen dahinter. Trotzdem …

»Das muss dir doch aufgefallen sein«, reißt mich Phil aus meinen Gedanken. »Jedenfalls habe ich den Stecker sofort rausgezogen.«

Ich habe keine Ahnung, was ich entgegnen soll. Beteuern, dass der Entfeuchter sowohl gestern Abend als auch vorhin an seiner üblichen Stelle stand? Aber damit würde ich zugeben, an einen Unbekannten zu glauben, der sich unbemerkt durchs Haus geschlichen und eine Todesfalle ausgelegt hat. Also doch besser die Schuld auf mich nehmen? Oder habe ich das Gerät doch irgendwann vom Schrank geholt, mir vorgenommen, das Kabel zu tauschen, weil ich wusste, dass es kaputt ist, und es wieder vergessen?

Das ist das Schlimmste an der ganzen Situation: Ich traue mir selbst nicht mehr über den Weg, zweifle an meinem Geisteszustand, lasse mich von jeder Kleinigkeit aus dem Konzept bringen. Ich habe unglaubliche Angst davor, dass mich Phil wie schon Josy und der Rest meiner Freunde als paranoid und unzurechnungsfähig abtut und letztendlich das Weite sucht.

»Das Kabel muss gewechselt werden«, sagt er, ohne auf meine Verunsicherung einzugehen, und kehrt in den Flur zurück. »In dem Zustand darfst du das Ding auf keinen Fall anschließen. Ich kann mich bei Gelegenheit darum kümmern, wenn du möchtest.«

Ich nicke fahrig und verlasse ebenfalls das Bad. Schweigend gehen wir hinunter in die offene Küche, wo ich mir einen Kaffee und Phil sich einen Tee macht, während er in seinem Rucksack herumkramt.

»Tut mir leid, dass ich dich eben angefahren habe«, durchbricht er irgendwann die Stille und richtet sich auf.

»Schon gut«, winke ich ab und schiebe ihm den Becher hin. »Willst du etwas frühstücken?«

»Ich frühstücke nie. Dazu fehlt mir normalerweise die Zeit.« Er schaut auf seine Armbanduhr. »An einem Arbeitstag wäre ich jetzt schon unterwegs. Gelobt sei der Sonntag.«

»Ich frühstücke normalerweise auch nicht. Nur wenn ich Gäste habe«, erwidere ich schulterzuckend und nehme einen Schluck Kaffee.

»Hast du deinen Posteingang schon geprüft?«

Ich spucke den Kaffee fast wieder in meine Tasse zurück, die mit einem Knall auf der Arbeitsplatte landet. Hätte ich ihm gestern nicht alles erzählt, könnte ich jetzt ein wenig länger in meiner zerbrechlichen Traumwelt leben, in der Phil einfach ein guter Freund ist, der die Nacht hier verbracht hat, weil es am Abend zuvor spät geworden ist. Doch so zwingt mich seine Frage, mich der Realität zu stellen.

»Nein, ich ...« Ich halte inne. »Draußen ist es noch dunkel. Normalerweise kommen die Mails nicht so früh«, schwindle ich, um mir etwas Zeit zu verschaffen, bevor ich mit der nächsten Geschichte meines möglichen Todes konfrontiert werde.

Phil lächelt mich mitfühlend an. Er hat meinen wenig überzeugenden Täuschungsversuch mühelos durchschaut, das ist offensichtlich. »Aber irgendwann wirst du nachsehen müssen, oder? Weil du dich vergewissern willst, dass die Sache gestern wirklich die Umsetzung der letzten Mail war.« Er fährt mit dem Zeigefinger über den Rand seines Bechers und mustert mich nachdenklich. »Warum bringst du es nicht gleich hinter dich?«

Ich schließe kurz die Augen. »Du hast ja recht«, sage ich knapp und verschwinde ins Oberschoss, um meinen Laptop zu holen, den ich gestern im Schlafzimmer deponiert habe. Phil hat nur die Wahrheit ausgesprochen, meine Wut auf ihn, die mich plötzlich durchzuckt hat, ist unbegründet. Außerdem wollte sich Becca gleich melden, und sollte ich die neue Geschichte schon erhalten haben, könnte ich ihr direkt die Details erzählen.

Zurück in der Küche stelle ich den Laptop auf den Tisch. Während er hochfährt, gehen mir Phils Worte einfach nicht aus dem Kopf.

Weil du dich vergewissern willst, dass die Sache gestern wirklich die Umsetzung der letzten Mail war.

Was ist, wenn dem nicht so ist und mir noch eine grausige Entdeckung bevorsteht? Schließlich ist Mozart nach wie vor verschwunden. Ich weiß nicht, worauf ich hoffen soll. Einerseits will ich meinen Kater in Sicherheit wissen, andererseits macht mir der Gedanke Angst, zumal Tag Zero unmittelbar bevorsteht. Dennoch ... lieber eine neue Mail, als dass Mozart diesem Psychopaten zum Opfer gefallen ist.

Als ich meinen Mail-Account öffne und eine ungelesene Mail mit dem vertrauten Betreff sehe, atme ich auf.

Noch ein Tag

Der Horror geht weiter, aber immerhin besteht damit die Möglichkeit, dass sich Mozart irgendwo unversehrt versteckt hat und nicht in unmittelbarer Gefahr schwebt. Wenn ich nur wüsste, wo.

»Und?«, fragt Phil, dessen Anwesenheit ich fast vergessen hatte.

»Eine neue Mail mit einer neuen Geschichte«, sage ich, woraufhin er einen resignierten und zugleich mitleidigen Seufzer ausstößt.

»Wirst du sie lesen?«

»Auf jeden Fall«, entscheide ich aus dem Bauch heraus. Auf Dauer werde ich die Unwissenheit sowieso nicht aushalten, und mit Phil an meiner Seite bin ich dabei wenigstens nicht allein.

»Der Tod fand Louisa in der klammen Kühle des nahenden Morgens«, beginne ich und muss mich mehrfach räuspern. Die Worte laut auszusprechen macht sie erschreckend real.

Spontan drehe ich den Laptop so, dass Phil mitlesen kann. Mit wenigen Schritten ist er hinter mir und blickt über meine Schulter auf den Bildschirm.

Der Tod fand Louisa in der klammen Kühle des nahenden Morgens.

Sie erwartete Besuch, und sie war glücklich darüber. Sie war nicht gerne alleine. Nicht mehr.

Den Nachmittag hatte sie damit verbracht, sich zurechtzumachen und alles vorzubereiten, sodass einem entspannten

Abend nichts im Wege stand. Viel zu lange hatte sie keine Gesellschaft mehr gehabt.

Als endlich die Klingel ertönte, erfüllte sie neue Hoffnung. Sie öffnete die Tür. Freiwillig. Unbefangen. Arglos.

Es war schön. Zuerst.

Nette Gespräche. Gutes Essen. Ein leichter Wein.

Bis ...

Fast unmerklich änderte sich die Atmosphäre zwischen ihnen.

Sie fühlte sich sicher.

Man sollte sich nie zu sicher fühlen.

Der Abend schritt voran. Das bleierne Grau des Himmels verwandelte sich in tiefes Schwarz.

Die Nacht kam.

Louisa.

Die gelöste Stimmung wich versteckter Anspannung. Nicht greifbar, aber trotzdem da. Ausgelassenes Lachen wurde zu dumpfem Schweigen. Sympathie zu Misstrauen, Erleichterung zu Angst.

Sie spürte, dass etwas Böses in den Schatten lauerte. Die Schatten wurden länger. Sie wollte niemanden bei sich im Haus haben.

Plötzlich sehnte sie sich nach der Einsamkeit, der sie zuvor entfliehen wollte.

Hau ab. Verschwinde.

Er geht nicht.

Er kommt.

Er kommt näher.

Der Morgen ist nicht mehr fern.
Sie hat es geahnt, doch wollte es nicht wahrhaben.
Rauer Stoff auf ihrem Gesicht.
Sie darf nicht einatmen. Sie muss.
Zu spät.
Betäubt, wehrlos, gefangen.
Letzte Worte, bevor sie in die Schwärze driftet.
Schuld. Vergeltung. Rache.
Ein Zischen. So flüchtig und hohl, dass es auch das Wispern des Windes sein könnte. Doch der Wind entführt nicht.
Du wirst büßen für alles, was du getan hast.
Du wirst bezahlen.
Du wirst leiden.
Du hast es verdient.
Er ist da.

Als ich den letzten Satz gelesen habe, wage ich kaum zu atmen. Eine fiebrige, fragile Stille hat sich über das Wohnzimmer gesenkt wie beim bangen Warten auf den Donnerschlag, nachdem ein Blitz den Himmel zerrissen hat.

Phils Nähe ist mir überdeutlich bewusst. Seine Hände liegen auf der Rückenlehne meines Stuhls, sein warmer Atem, der meinen Hals streift, steht in krassem Kontrast zu der eisigen Kälte in meinem Inneren.

Sympathie zu Misstrauen, Erleichterung zu Angst.

»Lou«, sagt Phil sanft, woraufhin ich zusammenzucke. Er hat jedes Wort mitgelesen. Oder hat er sogar jedes geschrieben? »Du denkst doch nicht, ich wäre ... Lou! Echt jetzt, das kann doch nicht dein Ernst sein.«

Mit aller verfügbaren Willenskraft schaffe ich es, auf meinem Stuhl sitzen zu bleiben. Meine instinktive Reaktion ist genau das, was der Unbekannte beabsichtigt. Er will, dass ich ausflippe, durchdrehe und Phil vor die Tür setze.

Trotzdem gelingt es mir nicht, die Stimme des Zweifels in mir zum Verstummen zu bringen. Und wenn es doch Phil ist, der mich mit diesen Geschichten und den gezielten Angriffen quält? Wenn dieses Szenario eine neue Stufe der Grausamkeit ist? Wenn er boshaft lächelnd hinter mir stehend auf meine Einsicht wartet, um mich im nächsten Moment zu betäuben und zu entführen, wie es die Geschichte prophezeit? Oder, noch schlimmer, wenn er das Unschuldslamm spielt, um sich an meiner Unsicherheit zu weiden? Hat er deshalb so großzügig angeboten, mir bei der Suche nach Mozart zu helfen? War er deshalb, ohne zu zögern, für mich da, obwohl wir uns kaum kennen?

Man sollte sich nie zu sicher fühlen.

Ich starre ihn an.

Phil hebt beide Hände und weicht ein Stück zurück, bis er gegen die Wand stößt.

»Ich habe damit nichts zu tun«, beteuert er. »Ich bin hier, um dir beizustehen. Komm schon, Lou. Habe ich dir bisher auch nur einen Grund gegeben, an mir zu zweifeln?«

Im gleichen Moment erklingt der Signalton meines Laptops.

Becca. Die hat mir gerade noch gefehlt.

Ich straffe die Schultern, versuche, eine neutrale Miene aufzusetzen, und nehme den Videoanruf entgegen. Wobei, vielleicht hat der Anruf auch etwas Gutes. Vor Beccas Augen wird sich Phil bestimmt nicht auf mich stürzen.

»Hi, Lou«, sagt Becca. »Alles okay? Du siehst schlecht aus.«

Und damit hat sie leider recht. Ein Blick auf das kleine Bild, das die Kamera von mir zeigt, offenbart gnadenlos meinen desolaten Zustand. Mein Gesicht ist leichenblass, meine Lippen sind zwei farblose Striche. Doch am beunruhigendsten ist der panische Ausdruck in meinen Augen.

»Ich habe eben die neue Mail gelesen«, erwidere ich und reiße mich von meinem eigenen Bild los. »Die Geschichte handelt von einem Bekannten, der sich als Feind entpuppt. Und von einer Entführung.«

Erst jetzt fällt mir auf, dass dort, wo Becca erscheinen sollte, nach wie vor nur Schwärze ist.

»Ist deine Kamera ausgeschaltet?«, will ich wissen.

»Nein, die ist an.« Sie stockt. »Wieso? Kannst du mich nicht sehen?«

»Nein.«

»Mist«, murmelt Becca, und ich höre, wie sie auf der Tastatur tippt. »Zumindest ich kann dich wunderbar sehen. Ist dein Besuch noch da?«

Ich rutsche ein Stück zur Seite, damit sie freie Sicht auf Phil hat, der fast schon im Flur steht.

»Scheint kamerascheu zu sein«, sage ich mit einem entschuldigenden Blick auf ihn, der mit einem gequälten Grinsen die Augen verdreht und Becca halbherzig zuwinkt.

»Das macht ihn nur noch interessanter«, sagt Becca amüsiert. »Warte kurz, ich versuche, meine Kamera zum Laufen zu bekommen.«

Mit einem Seufzen stelle ich den Laptop wieder gerade vor mich hin. Immerhin war Becca schon gestern neugierig auf den »*heißen Paketboten*«, dessen Anwesenheit mir nach der neusten Mail das Blut in den Adern gefrieren lässt und der jetzt wieder zu mir tritt.

»Kevin!«, stößt Becca nach einigen Sekunden plötzlich halb erfreut, halb überrascht aus. »Was machst du denn bei Lou? Jetzt sag nicht, dass du ihr Paketbote bist, der ihr als Retter in der Not erschienen ist? Weshalb hast du dich nach deiner Versetzung nicht mehr gemeldet?«

Das ungute Gefühl wird sofort wieder stärker. Wie wahrscheinlich war es, dass die beiden sich kennen? Und jetzt das. Ist Phil alias Kevin die Verbindung zwischen Nick und …

»Kevin hat uns auch beliefert, damals, als Nick noch lebte. Was für ein Zufall«, ergänzt Becca, während die Erkenntnis allmählich zu mir durchdringt.

Ich presse die Lippen aufeinander und kann nichts anderes mehr spüren als pure Angst.

Das ist kein Zufall. Garantiert nicht.

»Lou?«, fragt Becca, aber ich schenke ihr keine Beachtung. Stattdessen drehe ich mich um und bohre meinen Blick in den von Phil, der eine irritierte Miene aufgesetzt hat.

Sie hat es geahnt, doch wollte es nicht wahrhaben.

Also doch. Ich habe das Offensichtliche ignoriert und die Augen vor der Wahrheit verschlossen. Jetzt holt sie mich erbarmungslos ein. Hätte ich die Mail heimlich gelesen, hätte ich vielleicht eine Gelegenheit zur Flucht gehabt. Leider ist mir das viel zu spät klargeworden.

Phil ist es mühelos gelungen, sich mein Vertrauen zu erschleichen. Einfach, indem er im richtigen Moment da war. Ich war so glücklich über sein Angebot, mir Gesellschaft zu leisten, weil ich nicht einmal auf die Idee gekommen bin, dass er böse Absichten haben könnte.

Sie erwartete Besuch, und sie war glücklich darüber. Sie war nicht gerne alleine. Nicht mehr.

Weil ich sämtliche Freunde bereits vergrault hatte, habe ich einen Fremden bereitwillig in mein Leben gelassen.

Der Augenblick des Zögerns ist vorbei, und Adrenalin flutet meinen Körper.

»Er hat die Mails geschrieben!«, bringe ich erstickt hervor, jederzeit mit einem Angriff von Phil rechnend. »Hol Hilfe, Becca!«

Ohne ihn aus den Augen zu lassen, bewege ich mich rückwärts zur Tür. Er macht keine Anstalten, mich anzugreifen, vermutlich, weil ihm seine Überlegenheit bewusst ist.

»Ich habe keine Ahnung, wer dieser Kevin sein soll«, sagt er scheinbar hilflos.

»Lass mich in Ruhe.« Meine Stimme klingt dünn, eher flehend als wütend.

Hau ab. Verschwinde.
Er geht nicht.
Er kommt.

Ich würde alles dafür geben, jetzt Pfefferspray, Messer oder zumindest die Handschaufel bei mir zu haben. Wo habe ich sie gestern hingelegt? Auf den Couchtisch? Sie könnten nicht weiter entfernt sein. Ich habe freiwillig darauf verzichtet, weil ich dachte, in Phils Anwesenheit wäre ich sicher. Weil ich ihm vertraut habe.

»Lou? Louisa!« Beccas Stimme ist drängend und voller Sorge.

»Hört auf mit dem Blödsinn. Beide!« Phil hebt beschwichtigend die Hände.

Ich weiche zurück und zucke zusammen, als ich gegen den Türrahmen stoße.

»Das ist doch lächerlich. Weshalb sollte ich bei dir übernachten, wenn ich dich in Wirklichkeit entführen oder umbringen will? Und wieso sollte ich eine Mail schicken, in der ich mich selbst enttarne?«

Ja, weshalb? Er hätte mich in der vergangenen Nacht mühelos überwältigen können. Weshalb hätte er bis zum letzten Moment damit warten sollen? Wäre er nach alldem wirklich so unvorsichtig?

Bevor er einen Schritt in meine Richtung machen kann, wird mir der Grund klar. Weil es ihm um die Angst geht, die sich in meinen Eingeweiden eingenistet hat. Darum ging es ihm von Anfang an. Mich zu quälen. Er will die Wirkung seines grausamen Spiels bis zur letzten Sekunde auskosten und hätte es vermutlich noch länger fortgesetzt, hätte ihn Becca nicht überraschend enttarnt. Vielleicht gefällt ihm diese Wendung sogar, weil er mich jetzt, da die Karten auf dem Tisch liegen, jagen kann – genau wie wir damals Astrid gejagt haben.

Mittlerweile hat er sich unauffällig genähert. Doch nicht unauffällig genug.

Ich strecke den Arm aus und greife blindlings nach dem ersten Gegenstand, der mir zwischen die Finger gerät. Mit voller Kraft schleudere ich die Porzellanvase in Phils Richtung.

»Bleib weg!«, brülle ich, sprinte in den Flur und werfe die Zimmertür mit einem Knall ins Schloss. Geistesgegenwärtig will ich in meine Schuhe schlüpfen, denn sogar in meiner Panik ist mir klar, dass ich ihm in Socken nicht entkommen werde.

Einige Sekunden starre ich den Boden vor meinen Füßen an, unfähig zu verstehen, was ich sehe. Verflucht. Die Stelle, wo sonst meine Schuhe stehen, ist leer, und Zeit, um ein anderes Paar aus dem Schrank zu nehmen, habe ich nicht. Phil wird jeden Moment im Flur auftauchen.

Ich stürze zur Haustür und zucke zusammen. Der Schlüssel ist weg. Scheiße. Ich zerre zuerst an der Klinke, dann an der Sicherheitskette, so fest, dass sich das Metall in meine Finger gräbt. Ohne Erfolg. Ich bin eingesperrt – zusammen mit meinem Verfolger, der dieses Szenario offensichtlich geplant hat.

Als ich höre, wie sich die Wohnzimmertür öffnet, überrollt mich eine erneute Welle der Angst. Ich muss handeln. Nur weg von hier.

Ich flüchte mich in die Gästetoilette und schließe hinter mir ab. Ein dürftiger Schutz. Fahrig packe ich den Fenstergriff, drehe ihn zur Seite und atme auf, als es sich mühelos öffnen lässt. Ich steige auf das kleine Regal, ignoriere die verschiedenen Parfümflakons, die dabei zu Bruch gehen, und zwänge mich durch die Öffnung, sodass ich wenig später im Freien stehe. Ohne Jacke, ohne Schlüssel und vor allem ohne Schuhe, aber bis auf ein paar Kratzer unverletzt. Und halb wahnsinnig vor Angst.

ACHTZEHN

Ich renne los. Ohne Plan. Hauptsache, weg von ihm und der Bedrohung. Schon nach wenigen Schritten trete ich auf etwas Spitzes, und ein scharfer Schmerz durchzuckt meine Fußsohle. Ich beiße die Zähne zusammen, ignoriere das plötzliche dumpfe Pochen und beschleunige mein Tempo. Ich haste durch meinen Vorgarten und klettere über den Zaun, weil es zu lange dauern würde, den Umweg durch das Gartentor zu nehmen.

Erst als ich auf der Straße vor meinem Haus stehe, wage ich es, kurz innezuhalten. Mein Herz klopft, als wollte es zerspringen, und meine Fußsohlen brennen wie Feuer. Meine Socken, die ohnehin kein Schutz waren, sind zerrissen, und ich blute aus mehreren kleinen Schnitten.

Gehetzt blicke ich zum Haus zurück. Niemand ist zu sehen, aber das hat nichts zu sagen. Noch immer ist es so früh am Morgen, dass Phil sich mühelos in einem der vielen Schatten verbergen könnte. Wohin jetzt? Alles in mir schreit danach, einfach davonzulaufen, aber ich darf der Panik nicht nachgeben. Im Wald, noch dazu ohne Schuhe, würde ich Phil meine Verfolgung viel zu einfach machen – zumal ich sicher bin, dass er auch diese Reaktion von mir einkalkuliert hat. Wahrscheinlich hat er sich, seit er die erste Mail verschickt hat, auf den Moment gefreut, wenn ich in meinem vermeintlichen Beschützer meinen größten Albtraum erkenne und realisiere, wie dumm und naiv ich war. Ich will gar nicht wissen, wie er sich mir zu erkennen gegeben hätte, wenn Becca seine Scharade nicht beendet hätte.

Ich reibe mir die Schläfen und versuche, meine Lage objektiv einzuschätzen. Am sinnvollsten wäre es, mich in Straßennähe zu verstecken und den ersten Wagen anzuhalten, der vorbeikommt. Wie spät ist es? Verdammt, nicht einmal meine Armbanduhr habe ich dabei. Mittlerweile dürfte es halb acht sein, der Himmel färbt sich allmählich tiefblau. Wochentags fahren morgens normalerweise immerhin ein paar Autos hier entlang, aber heute, am Sonntag, ist alles wie ausgestorben.

Geistesgegenwärtig werfe ich einen Blick auf Phils Audi, der vor meinem Grundstück steht, und präge mir das Nummernschild ein, um notfalls seinen Wagen wiederzuerkennen. Dann drehe ich mich um und laufe pfeilgerade von meinem Haus weg und in den Wald hinein. Mit etwas Glück wird Phil annehmen, dass ich mich querfeldein durchs Unterholz schlage. Doch mein Plan ist, in einem großen Bogen zur Straße zurückzukehren und auf einen vorbeifahrenden Wagen zu warten, der mich als Anhalterin zum nächsten Polizeipräsidium mitnimmt. Wenn es wenigstens schon hell wäre. Nie habe ich den Tagesanbruch stärker herbeigesehnt. Bei jedem Rascheln, jedem Knacken im Unterholz zucke ich zusammen und muss mich schwer zusammenreißen, um nicht Hals über Kopf loszurennen. Meine mühsam gewahrte Fassung hält, bis ein Schuss laut durch die Stille des erwachenden Waldes hallt.

Phil hat eine Waffe. Er verfolgt mich mit einer Waffe.

Reflexartig mache ich einen Satz nach vorne, bleibe an einer Dornenranke hängen und gehe mit einem unterdrückten Schrei zu Boden. Zwar gelingt es mir, den Sturz mit den Handflächen abzufangen, aber mit der rechten Hand lande ich so unglücklich auf einem Stein, dass sich dieser in die empfindliche Stelle zwischen Zeige- und Mittelfinger bohrt. Tränen schießen mir in die Augen, und zum ersten Mal, seit ich kopflos aus meinem Haus geflohen bin, denke ich darüber nach, mich einfach auf dem Waldboden zusammenzurollen und darauf zu warten, dass er mich einholt. Ich bin es so leid, ständig wegzurennen und Angst zu haben, und doch wehrt sich noch immer etwas in mir dagegen, mich tatenlos meinem Schicksal zu ergeben.

Ungeduldig durchwühle ich meine Jeanstaschen nach einem Taschentuch und ziehe scharf den Atem ein, als ich hartes Plastik berühre. O mein Gott. Mein Handy.

Die plötzliche jähe Hoffnung auf eine Rettung ist fast zu viel für mich. Eine neue Chance. Eine Chance, meiner scheinbar aussichtslosen Lage zu entkommen. Ich muss nur den Notruf wählen und mich bis zur Landstraße durchschlagen, wo mich die Beamten leicht finden können.

Ich entsperre das Display, tippe die drei Ziffern ein und schaue mehrfach hektisch in alle Richtungen. Ringsum nur dunkler Wald. Wann geht endlich die verdammte Sonne auf? Warum muss ausgerechnet heute der Himmel so stark bewölkt sein? Wäre es hell, würde dieser Albtraum einiges von seinem Schrecken verlieren, und ich könnte meinen Verfolger vielleicht erkennen, bevor er mich entdeckt.

Schon nach dem ersten Klingeln wird das Gespräch angenommen, und ich schildere in knappen Worten, was in der letzten Stunde passiert ist, beschreibe meinen aktuellen Aufenthaltsort und die ungefähre Stelle, wo ich an der Straße warten werde.

Als ich das Handy zurück in meine Hosentasche schiebe, fühle ich mich deutlich besser. Die Hoffnung ist real geworden. Laut der Frau am Telefon wird der Streifenwagen in spätestens zwanzig Minuten da sein.

Mit zusammengebissenen Zähnen kämpfe ich mich wieder auf die Füße und setze mich in Bewegung. Noch immer hängt die herbstliche Dämmerung zwischen den Bäumen, und meine vor Kälte und Schmerzen tränenden Augen erschweren die Sicht zusätzlich, weshalb ich nicht nur einmal an Büschen und Ästen hängen bleibe. Nach wenigen Minuten haben sich die bisherigen Schnitte und Kratzer an meinen Händen und im Gesicht gefühlt verdoppelt, und meine Füße brennen und stechen, als würde ich über Glasscherben laufen. Trotz der Anstrengung friere ich erbärmlich. Wie konnte sich die Situation derartig schnell wandeln? Noch vor einer halben Stunde saß ich an meinem Küchentisch, voller Zuversicht, dass mir Phil dabei helfen würde, die letzten Tage bis zum Ende des Countdowns zu überstehen. Und jetzt flüchte ich wie ein gejagtes Reh durch den Wald, allein und schier wahnsinnig vor Angst.

Ich verlangsame mein Tempo und schleiche in einer fast geraden Linie zwischen den Bäumen hindurch, wobei ich mich am heller werdenden Himmel orientiere, um in die richtige Richtung zu gehen. Nach zehn Minuten ändere ich den Kurs so, dass mich mein Weg in einer weiten Schleife zur Straße zurückführt.

Als sich die Bäume lichten, keuche ich vor Erleichterung auf. Bis auf wenige Meter nähere ich mich dem Randstreifen und verberge mich hinter einer großen Tanne, deren Äste fast bis auf die Fahrbahn ragen. Mit dem Rücken drücke ich mich an die raue Rinde, atme den typischen Duft von Harz und feuchten Blättern ein und versuche, den letzten Rest meiner Selbstbeherrschung zusammenzukratzen. Ich muss durchhalten.

Um mich herum ist lediglich das leise Ächzen der Bäume im aufkommenden Wind zu hören. Während meiner Flucht habe ich immer wieder unvermittelt gestoppt, um auf mögliche Geräusche meines Verfolgers zu achten, aber nichts bemerkt. Es ist denkbar unwahrscheinlich, dass Phil in der Nähe ist.

Also mache ich eine kurze Bestandsaufnahme. Meine Jeans sind vom Waldboden voller Flecken und teilweise blutverschmiert. Eine Dornenranke hat auf meiner Wange einen ziemlich tiefen Kratzer hinterlassen, der jetzt höllisch brennt. Mein Shirt hängt in Fetzen an mir herunter, meine Haut ist von Schnitten übersät, an meiner Hüfte habe ich mir einen blauen Fleck oder Schlimmeres zugezogen. Vom Zustand meiner Füße will ich gar nicht erst anfangen. Wenn Phil jetzt zwischen den Bäumen hervorstürmen würde – ich glaube nicht, dass ich eine Chance hätte.

Obwohl laut meinem Handy seit dem Notruf schon einige Minuten vergangen sind, scheint es ewig zu dauern, bis ich endlich das Geräusch eines Motors höre. Ich schiebe die Äste zur Seite und schaue prüfend in alle Richtungen, bevor ich mich zur Straße vorwage. Sofort fühle ich mich schutzlos und verwundbar, als würde ich mich meinem Angreifer freiwillig ausliefern. Trotzdem bleibt mir keine Wahl. Meine telefonische Beschreibung des geplanten Treffpunktes war nicht gerade genau, und wenn ich nicht will, dass mich der Streifenwagen übersieht, muss ich ihn auf mich aufmerksam machen.

Zitternd vor Kälte und Nervosität beziehe ich am Rand der Fahrbahn Position. Keine Sekunde zu früh, denn in diesem Moment tauchen Scheinwerfer hinter der Kurve rechts von mir auf. Okay. Jetzt geht es um alles.

Natürlich ist es unwahrscheinlich, dass es sich direkt bei dem ersten Wagen um die Polizei handelt, aber das ist mir herzlich egal. Hauptsache, ich bringe möglichst viele Kilometer zwischen Phil und mich. Und wenn mich ein hilfsbereiter Fahrer mitnimmt, könnte ich vom sicheren Auto aus die Notrufzentrale erneut kontaktieren.

Ich atme einmal tief durch, dann laufe ich mit erhobenen Armen auf die Straße. »Stopp!«, brülle ich aus voller Kehle, obwohl die Person hinter dem Steuer mich vermutlich nicht hören kann.

Das Auto wird langsamer und kommt wenige Meter vor mir zum Stehen, während ich an den Rand der Fahrbahn zurückweiche. Der Höhe der Scheinwerfer nach muss es sich um einen Transporter oder SUV handeln. Gott sei Dank ist es nicht Phils Audi.

Ich gehe auf den Wagen zu, und die Beifahrertür wird aufgestoßen. Automatisch beschleunige ich meine Schritte. Zuerst will ich um das Auto herum zur Seite des Fahrers gehen, um ihm meine Situation zumindest kurz zu schildern, doch dann beschließe ich, damit zu warten, bis ich mich in Sicherheit befinde.

Als ich aus dem Lichtkegel der Scheinwerfer trete, scheint mich die Dunkelheit umso dichter zu umgeben, und ich muss mehrfach blinzeln. Schnell gehe ich von hinten um die bereits offen stehende Tür, halte mich am Seitengriff fest und steige in den Lieferwagen. Erst nachdem ich die Tür hinter mir geschlossen habe, wende ich mich meinem Retter zu.

Zu spät.

Ein unverzeihlicher Fehler. Im selben Moment, in dem ich die schwarzen Kleider und die ebenfalls schwarze Skimaske bemerke, ertönt ein leises Klicken, das aus allen Richtungen gleichzeitig zu kommen scheint. Meine Hand zuckt zum Türgriff, doch es ist zu spät. Die Zentralverriegelung ist aktiv, ich bin gefangen.

Ich presse mich gegen die Innenverkleidung der Tür, während sich meine Gedanken überschlagen. Woher konnte Phil wissen, dass ich ausgerechnet hier auf Hilfe warten würde? Ebenso gut hätte ich mich durch den Wald bis zur nächsten Ortschaft kämpfen können, dann hätte er mich nicht gefunden.

Scheiße. Mein Handy. Ich habe es weder ausgeschaltet noch den Akku herausgenommen. Vermutlich hat er mich darüber mühelos geortet, alle Zugangsdaten hat er ja. Und ich Trottel dachte, ich hätte Glück, mein Handy dabeizuhaben.

Mit geweiteten Augen starre ich die schwarze Skimaske an, während ich mich weiterhin gegen die Beifahrertür presse.

Er zögert nicht lange und beugt sich zu mir. Eigentlich sollte ich schreien, um mich schlagen, aber ich bin wie paralysiert vor Entsetzen. Und ich habe keine Hoffnung mehr. Was auch immer ich tue, er ist mir stets einen Schritt voraus. Es ist aussichtslos. Aussichtslos, mich zu wehren. Aussichtslos zu kämpfen.

Rauer Stoff auf ihrem Gesicht.

Phil drückt mir einen stinkenden Lappen auf Mund und Nase. Meine Vernunft sagt mir, dass ich die Luft anhalten, mich weigern sollte, den betäubenden Geruch einzuatmen, doch ich bin zu schwach, um dem Drang nach Sauerstoff zu widerstehen.

Sie darf nicht einatmen. Sie muss.

»Du wirst büßen für alles, was du getan hast«, wispert er tonlos. Brennender Schmerz flutet meine Lunge. »Du wirst bezahlen. Du wirst leiden. Du hast es verdient.«

Schuld. Vergeltung. Rache.

Ich atme ein, ergebe mich dem Schicksal.

Keine Chance.

Letzte Worte, bevor sie in die Schwärze driftet.

»Er ist da«, flüstert er, während ich rasend schnell ins Dunkel gleite.

NEUNZEHN

Das Erste, das ich bei meinem Erwachen wahrnehme, ist ein unterschwelliges Dröhnen, das ich nicht zuordnen kann. Meine Lider sind so schwer, dass es unmöglich ist, die Augen zu öffnen, und mein Mund ist so trocken, als hätte ich Sand gegessen. Verzweifelt bemühe ich mich, wieder zu Sinnen zu kommen. Gefahr. Ich schwebe in Gefahr. Ungreifbar. Der Gedanke entwischt mir, bevor ich ihn festhalten kann. Ich weiß, dass ich nicht wieder ohnmächtig werden darf, aber die Bewusstlosigkeit zerrt an mir, liegt wie ein schweres Gewicht auf mir, dämpft alle Eindrücke der Außenwelt. Ich bin zu müde, zu erschöpft, zu kraftlos, um mich zur Wehr zu setzen. So müde. Unendlich müde. Bereitwillig gehe ich erneut in der Schwärze unter.

Als ich das nächste Mal zu mir komme, fühle ich mich etwas mehr wie ich selbst. Noch immer ist das gleichmäßige Geräusch zu hören, das ich nach einigen Minuten als den Motor eines Fahrzeugs erkenne. Meine Wange liegt auf einem harten Untergrund, der leicht vibriert. Meine Fingerspitzen berühren sprödes Holz, durchbrochen von Metall. Mit einer immensen Kraftanstrengung öffne ich die Augen, doch es bleibt dunkel um mich herum. Ich stemme beide Handflächen auf den Boden und richte mich auf. Obwohl ich mich langsam bewege, durchflutet mich eine Welle der Übelkeit, sodass ich innehalten muss und mich zurückfallen lasse.

Hinter meinen Schläfen pocht ein quälender Schmerz, mein Hals tut weh, und ich habe einen unangenehmen Geschmack im Mund. Wo bin ich? Was ist geschehen?

Die Geschichte. Eine Entführung. Der Videoanruf mit Becca. Kevin alias Phil. Meine Flucht durch den Wald. Der Notruf. Der Lieferwagen. Ein stinkender Lappen. *Du wirst leiden.* Schwärze.

Träge wie durch dichten Nebel kehren meine Erinnerungen zurück. Mittlerweile auf die Unterarme gestützt atme ich mehrfach tief durch, bevor ich einen erneuten Versuch unternehme, mich zu orientieren. Vorsichtig setze ich mich auf und dränge die Übelkeit zurück, die umgehend wieder in mir aufzusteigen droht. Stattdessen drehe ich langsam den Kopf. Es ist doch nicht komplett finster. Durch einen ungefähr einen Meter hohen, schmalen Spalt schimmert Tageslicht, sodass ich zumindest schemenhaft die Umgebung erkennen kann.

Mein Gefängnis ist etwa ein mal drei Meter groß, mit Wänden aus unverkleidetem Metall und einem Bretterboden. In einer Ecke liegt ein unförmiger Haufen, den ich bei genauerem Hinsehen als mehrere Decken identifiziere, in einer anderen steht eine kleine Campingtoilette. Immerhin gönnt man mir einen Rest Würde. Andererseits bedeutet das, dass Phil vorhat, mich für einen längeren Zeitraum hier einzusperren. Bis zum Tag Zero? Steht meine letzte Nacht unmittelbar bevor?

Ich schlucke verkrampft, streiche mir ein paar wirre Haarsträhnen aus der Stirn und konzentriere mich. Ich muss weitere Anhaltspunkte zusammentragen.

Nach wie vor ist das unterschwellige Vibrieren zu spüren, das ab und zu von einem Ruckeln unterbrochen wird. Ich befinde mich in einem Fahrzeug; vermutlich in dem Transporter, in den ich Vollidiotin freiwillig gestiegen bin. Vielleicht Phils Transporter, den er für seine Arbeit nutzt? Hat er auch die Verfolgungsjagd vorhergesehen und seinen Audi nur vor meinem Haus geparkt, damit ich mich sicher fühle?

Halt suchend stütze ich mich an der Wand ab und kämpfe mich in den Stand hoch. Ich bin so schwach, dass ich bei einem erneuten Rütteln das Gleichgewicht verliere und mit dem Gesicht gegen die Seitenwand pralle. Ich unterdrücke ein Stöhnen und taste mich zum hintersten Teil der Ladefläche. Wenigstens einen Blick will ich nach draußen werfen.

Ein trockenes Schleifen lässt mich innehalten und lauschen. Nachdem in den nächsten Minuten nichts zu hören ist außer dem gleichmäßigen Brummen des Motors, gehe ich weiter. Zögerlich. Schritt für Schritt. Wieder ertönt das Geräusch. Bin ich doch nicht alleine hier? Panisch schaue ich mich in der Dämmerung um. Verbirgt sich jemand unter dem Deckenberg in der Ecke?

In diesem Moment fährt der Lieferwagen durch ein Schlagloch. Mit einem Ausfallschritt will ich mich vor einem erneuten Sturz bewahren, doch mein rechter Fuß wird in der Bewegung gebremst. Ich taumle, stoße mir heftig den Ellbogen an und gehe zu Boden. Ein Stechen durchzuckt mein Bein, als ich auf dem gleichen Knie lande, auf das ich schon bei meinem Zusammenbruch infolge des Schlafmittels gestürzt bin. Tränen schießen mir in die Augen, und dieses Mal gelingt es mir nicht, einen Fluch zu unterdrücken. Auch die Verletzungen, die ich mir auf der Flucht durch den Wald zugezogen habe, melden sich jetzt mit voller Stärke, sodass ich einige Sekunden brauche, um wieder atmen zu können.

Nachdem die erste Schmerzwelle abgeebbt ist, beuge ich mich vor, um meinen Knöchel zu inspizieren. Eine verdammte Fußfessel hat mich zu Fall gebracht, die ich in meinem desolaten Zustand vorher nicht bemerkt habe. Das schleifende Geräusch, das mich erschreckt hat, stammte von einer Kette, die mit einer Manschette an meinem Knöchel befestigt ist. Ich setze mich etwas bequemer hin und ziehe die Beine an, um die Fixierung zu überprüfen. Es handelt sich um ein knapp zehn Zentimeter breites Lederband mit Gürtelschnalle, die mit einem Schloss gesichert ist. Die an der Hinterseite befestigte schmale Kette führt zu einem in den Boden eingelassenen Metallring. Obwohl ich ahne, dass es keinen Sinn haben wird, versuche ich zuerst, die Gürtelschnalle zu öffnen, dann die Kette zu zerreißen und schließlich deren Befestigung zu lockern.

Vergeblich. Meine Entführung wurde von langer Hand geplant, das wird immer offensichtlicher. Einzig den Zeitpunkt hat Phil nicht berechnen können. Wie weit hätte er sein Spiel des fürsorglichen Freundes wohl getrieben, wenn Becca nicht den Videoanruf vorgeschlagen hätte? Und ich Idiotin habe ihn sogar in meinem Zimmer schlafen lassen. Wie naiv und vertrauensselig kann man sein? Vermutlich hat er sich heimlich bestens über mein Entsetzen wegen der offenen Leitung amüsiert, die er zuvor präpariert hatte.

Da ich meine Fesselung nicht lösen kann, nähere ich mich dem Deckenlager, packe den Wollstoff an einer Ecke und ziehe ihn mit einem Ruck zur Seite. Nichts.

Als Nächstes ist die Campingtoilette an der Reihe. Auch an ihr kann ich nichts Ungewöhnliches feststellen – abgesehen davon, dass ihr Vorhandensein an sich schon ungewöhnlich ist.

Schließlich mache ich mich daran, systematisch die Trennung zur Fahrerkabine und anschließend die Seitenwände zu untersuchen, bis ich gefühlt jede Ritze abgetastet habe. Dabei versuche ich, mir jeden negativen Gedanken zu verbieten. Natürlich weiß mein Unterbewusstsein um die Aussichtslosigkeit meiner Lage, aber würde ich sie mir eingestehen, hätte das unweigerlich eine Panikattacke zur Folge. Also konzentriere ich mich darauf, ruhig zu atmen und strukturiert vorzugehen.

Als ich mich der Doppeltür meines Gefängnisses zuwenden will, wird meine Bewegung etwa einen halben Meter vor dem Ziel gestoppt. Die Kette an meiner Fußfessel verhindert eine nähere Inspektion der Tür, und auch, als ich mich auf den Boden lege und strecke, berühren lediglich meine Fingerspitzen das Metall. Klar. So verhindert Phil nicht nur einen potentiellen Angriff, sollte er zu mir hereinkommen, sondern ebenfalls, dass ich einen Blick durch den Schlitz werfen kann. Als ich mich in die Ecke zurückziehen will, in der ich zu mir gekommen bin, durchzuckt mich eine Eingebung wie ein Stromstoß. Mein Handy! Sofort taste ich meine Hosentaschen ab und stöhne auf vor Enttäuschung. Natürlich hat er es mir abgenommen. Wäre auch zu schön, wäre es anders gewesen. Ob er daran gedacht hat, es auszuschalten? Wird die Polizei versuchen, das Gerät zu orten, nachdem mich die Streife trotz meines Notrufs nicht finden konnte? Verdammt, ich hätte noch jemand anderen anrufen und ihm oder ihr erklären sollen, was ich vorhabe. Aber zumindest Becca sollte doch live meine kopflose Flucht mitbekommen haben – die durch ihr Wiederkennen von Phil ausgelöst wurde. Vor Nicks Tod war er unter anderem Namen auch ihr Paketbote und hat sich ihr Vertrauen ebenso erschlichen wie in den letzten Monaten meines. So konnte er sich fast täglich in direkter Nähe zu meinem Haus aufhalten, ohne verdächtig zu wirken. Ich mit meiner Vorliebe für Duftkerzen und Nick mit seiner Begeisterung für Modellbau, der sicherlich ebenso häufig Lieferungen erhalten hat wie ich. In den vergangenen beiden Jahren hatte Phil durch seine Arbeit ausreichend Zeit, sich ein genaues Bild meines Lebens zu machen, meinen Tagesablauf und meine Gewohnheiten kennenzulernen. Unter Garantie hat er irgendwann beobachtet, wo ich meinen Ersatzschlüssel aufbewahre, sodass er sich unbemerkt ein Duplikat anfertigen konnte. Wie lange ist er schon in meinem Haus ein und aus gegangen? Wie oft stand er schon neben mir, während ich geschlafen habe? Bei Nick und Becca muss er ähnlich vorgegangen sein. Langsam hat er Vertrauen zu ihnen aufgebaut, sodass er Nick letztendlich durch eine Überdosis Schlafmittel umbringen konnte. Ich scheine die Nummer zwei auf seiner Liste zu sein, und wenn er mich erfolgreich in den Tod befördert hat, sind vermutlich Patrick und Dana an der Reihe.

Aber warum? Warum dieser ganze Aufwand? War er ein Freund von Astrid? Ein Verwandter? Oder haben sich beide im Verlauf ihrer Therapie in der Klinik kennengelernt? Sich ineinander verliebt? Welche Verbindung gibt es zwischen Phil und den Vorgängen von damals? Welches Motiv hat er, die Vergangenheit auf solch grausame Art für uns, die ehemalige Clique, zum Leben zu erwecken? Was ist der Grund seines Rachefeldzugs?

Ich habe keine Ahnung – und keine Möglichkeit mehr, es herauszufinden.

Was mir bleibt, ist die Hoffnung, dass die Polizei oder Becca die richtigen Schlüsse zieht. Warum, verdammt noch mal, war ich nicht misstrauischer? Meinen Freunden gegenüber hat die Paranoia voll zugeschlagen, nur um sich im entscheidenden Augenblick zu verflüchtigen.

Resigniert ändere ich meine Sitzposition und kauere mich auf dem Deckenlager zusammen. Ich kann nichts tun, als zu warten, was er mit mir vorhat, und dabei nicht durchzudrehen.

Je länger ich vor mich hinstarre, desto mehr verliere ich mein Zeitgefühl. Immerhin ist das Stechen in meinem Kopf zu einem nur noch dumpfen Pochen geworden, und meine Benommenheit ist ganz verschwunden. Dafür wird es in meinem Gefängnis, in das zunehmend weniger Licht durch den Spalt fällt, immer kühler. Anscheinend ist draußen die Dämmerung hereingebrochen. Wie lange war ich betäubt? Wann ist der Countdown abgelaufen?

Ich befeuchte meine aufgesprungenen Lippen mit der Zunge. Meine Kehle ist nach wie vor rau, und langsam wird der Durst unerträglich. Weshalb gibt es hier eine Toilette, aber kein Wasser? Hat Phil es vergessen, oder soll ich langsam verdursten? Ich ziehe die Beine an, umschlinge sie mit den Armen und lege mein Kinn auf die Knie. Ich versuche, mich selbst zu wärmen, denn ich kann mich nicht dazu durchringen, mich in eine der Decken zu wickeln. Noch nicht.

Ich drifte in eine Art schläfrige Teilnahmslosigkeit, aus der ich gerissen werde, als der Lieferwagen mit einem Ruck zum Stehen kommt. Sekunden später verstummt das Geräusch des Motors.

Erst in der absoluten Stille wird mir bewusst, wie beruhigend das monotone Vibrieren in der mittlerweile erdrückenden Schwärze war. Solange Phil am Steuer saß, war ich vor ihm sicher. Das ist jetzt anders.

Ich richte mich auf. Sind wir vielleicht auf einem Rastplatz? Mit anderen Menschen in der Nähe? Ich beginne, wie von Sinnen gegen die Innenverkleidung meines Gefängnisses zu schlagen, während ich gleichzeitig aus voller Kehle um Hilfe schreie. Nichts passiert.

Irgendwann sinke ich wieder in mich zusammen. Meine Hände schmerzen, mein Hals brennt; doch ich habe nicht das Geringste erreicht.

Erschöpft und angespannt zugleich lausche ich in die Nacht und fixiere die Stelle an der Wagenrückwand, wo ich den Spalt vermute.

Als eine Tür zufällt, zucke ich zusammen.

Er kommt.

Verärgert ermahne ich mich, meine Konzentration ausschließlich auf die aktuelle Situation zu richten. Die Floskeln aus den Mails bringen mir im Moment überhaupt nichts. Ich kann hören, wie er um den Lieferwagen herumgeht. Steine knirschen unter seinen Schuhen, wir stehen also weder auf einer asphaltierten Straße noch auf einem gepflasterten Weg, sondern höchstwahrscheinlich außerhalb der Stadt, vielleicht auf einem Feldweg. Ich verschränke die Finger ineinander und beiße vor Nervosität in meine Knöchel. Vor dem Heck des Wagens bleiben die Schritte stehen, und ein gedämpftes Klicken ertönt. Kurz darauf werden die Türflügel aufgerissen, und ich drücke mich ängstlich an das kalte Metall der Wand. Ich starre in die Dunkelheit, bin dem, was passieren wird, hilflos ausgeliefert.

Plötzlich ein Schaben, das ich nicht zuordnen kann, dann prallt etwas gegen meinen Knöchel, mir entfährt ein ersticktes Wimmern, die Türen werden zugeknallt, und ich bin wieder allein.

Während sich die Schritte entfernen, verharre ich wie versteinert an Ort und Stelle. Der abkühlende Motor knackt einige Male, dann herrscht Stille. Nicht die hohle Stille in einem leeren Haus, in der kaum hörbar noch Elektrogeräte summen. Nicht die friedliche Stille in der Natur, zu der das Rauschen der Bäume und die Laute von Tieren gehören. Es ist eine absolute Stille. Wie in einem Grab.

Ich kämpfe die aufsteigende Panik nieder, presse die Fingerspitzen gegen meine Schläfen und konzentriere mich auf meine Atmung. Es ist zwar stockdunkel in meinem Gefängnis, aber es gibt ausreichend Luft. Ich schwebe nicht in unmittelbarer Gefahr. Kein Grund durchzudrehen.

Mein Mantra wirkt so lange, bis mir einfällt, dass er etwas ins Innere geworfen hat. Wieder überläuft mich eine Welle der Angst. Mit zusammengebissenen Zähnen taste ich die Umgebung nach dem ab, was mich zuvor am Knöchel getroffen hat. Das Gefühl, nicht zu wissen, was ich gleich berühren werde, ist kaum auszuhalten.

Als meine Hand gegen etwas stößt, zucke ich automatisch zurück. Zittrig atme ich ein und zwinge mich, den Arm erneut auszustrecken. Meine Finger gleiten über eine leicht gerundete Oberfläche. Glatt. Kühl. Länglich. Hart, aber nicht unnachgiebig. Eine Plastikflasche?

Schlagartig meldet sich mein Durst mit doppelter Heftigkeit zurück. Ich nehme die Flasche und wiege sie prüfend in der Hand. Sie scheint einen oder anderthalb Liter zu fassen. Zögerlich drehe ich den Verschluss ab, rieche an der Öffnung, kann aber nichts Auffälliges wahrnehmen. Welche Flüssigkeit sich auch immer im Innern befindet, sie hat keinen Geruch.

Kurz entschlossen setze ich die Flasche an die Lippen und trinke einige Schlucke. Erst langsam, dann immer schneller. Das Wasser ist eine Wohltat für meine trockene Kehle. Nachdem ich den Verschluss wieder zugeschraubt habe, halte ich inne und lausche in mich hinein. Ich fühle mich den Umständen entsprechend gut, kann weder plötzliche Müdigkeit noch eine andere beunruhigende Wirkung spüren.

Fahrig stelle ich die Flasche neben mich und greife schließlich doch nach einer Decke. Mittlerweile hat sich eine klamme Kälte in mir eingenistet. Ich wickle den groben Stoff um mich, lege mich hin, rolle mich zu einer Kugel zusammen und schließe die Augen. Bis vor Kurzem hätte ich mir nicht vorstellen können, dass ich mich durch das Fehlen einer Lichtquelle so orientierungslos und verloren fühlen würde. In meinem Haus, im nächtlichen Wald – überall gab es zumindest einen schwachen Lichtschimmer. Hier droht mich die vollständige Finsternis zu erdrücken.

Es dauert lange, bis ich endlich in einen unruhigen Schlaf falle, aus dem mich immer wieder Albträume und plötzliche Angstattacken reißen. Es sind die längsten Stunden meines Lebens.

Irgendwann komme ich schwankend auf die Beine und nutze zum ersten Mal die Campingtoilette, dann lasse ich mich wieder auf meinem Lager nieder. Trotz der Decke, die um meine Schultern liegt, bin ich völlig durchgefroren. Vermutlich würde ein wenig Bewegung meinen Kreislauf in Gang bringen, doch ich kann mich nicht dazu durchringen. Wie paralysiert sitze ich da, den Rücken gegen die kalte Metallwand gelehnt, und warte.

Auch als sich draußen etwas regt, rühre ich mich nicht von der Stelle. Ich bin zu erschöpft, um noch länger der Situation angemessenes Entsetzen zu empfinden. Ich bin komplett ausgelaugt.

Teilnahmslos registriere ich den Schein einer Taschenlampe, deren Licht durch die Öffnung dringt. Etwas wird durch den Spalt geschoben und fällt mit einem dumpfen Geräusch zu Boden.

Wenig später wird die Autotür mit einem Knall geschlossen und der Motor angelassen. Der Wagen setzt sich in Bewegung. Obwohl ich nach wie vor das Ziel unserer Fahrt nicht kenne, geht es mir schlagartig besser. Es scheint, als würde die Zeit nach einer langen Starre endlich weiterlaufen.

Ich gönne mir ein paar Momente der Erleichterung. Solange Phil fährt, kann er mir in meinem Gefängnis nichts tun.

Was hat er durch den Spalt gesteckt? Es liegt nur einen guten Meter entfernt von mir und ist in der Finsternis kaum zu erkennen. Natürlich werde ich es früher oder später herausfinden. Aber solange ich es hinauszögere, kann ich mir zumindest diesen kleinen Moment lang einbilden, selbstbestimmt zu handeln. Ich entscheide, wann ich seiner unausgesprochenen Aufforderung nachkomme.

Eine scheinbare Ewigkeit hocke ich da und starre in die Dunkelheit. Je mehr Minuten vergehen, desto klarer wird mir, dass ich eher aus Angst als aus dem Wunsch nach Selbstbestimmtheit zögere. Endlich fasse ich mir ein Herz, krabble auf Knien und Händen nach vorne und ertaste glattes Papier mit einer Verdickung in der Mitte. Zögerlich falte ich es auseinander. Ein kleiner Gegenstand landet mit einem Klacken auf dem Boden.

Ein Feuerzeug.

Meine Finger zittern so stark, dass es mir erst beim dritten Versuch gelingt, eine Flamme zu entzünden.

Ich kneife die Augen zusammen und lese widerstrebend die gedruckten Buchstaben.

Tag Zero

Scheiße. Nicht hier. Nicht jetzt.

Phil hat mich doch schon in seiner Gewalt. Weshalb muss er mich weiterquälen?

Du hast es verdient.

Tränen laufen mir die Wangen hinab, während ich mich auf die Geschichte zu konzentrieren versuche.

Der Tod fand Louisa um Mitternacht.

Ich stocke. Der gleiche Satz, der als Graffiti an der Brücke stand. Der haargenau gleiche Satz. Ein unangenehmes Prickeln kriecht meine Wirbelsäule hinauf, sodass ich die Schultern hochziehe und mich noch enger in die Decke wickle.

Drei Wochen war es her, dass sie die erste Mail erhalten hatte.

Drei Wochen, die ausreichten, um aus ihr, einem lebenslustigen Menschen, einen Schatten ihrer selbst zu machen.

Drei Wochen, in denen sie vor Angst kaum schlafen konnte.

Drei Wochen, in denen sie sich zunehmend von ihrer Familie isolierte.

Drei Wochen, in denen sie durch die Hölle ging.

Der Absender blieb unbekannt. Geschützt durch seine Anonymität. Feige. Verachtenswert.

Welcher Mensch ist zu solcher Grausamkeit fähig?

Sie hatte keine Möglichkeit, sich zu wehren.

Verdammt zur Untätigkeit, während der Countdown erbarmungslos heruntertickte.

Sie hatte nie erfahren, welchen Grund es für diese Tortur gab. Warum sie gequält wurde.

An ihrem letzten Tag war sie dem Zusammenbruch nahe. Am Morgen hatte sie eine Mail bekommen, die ihr Ende ankündigte. Nicht zum ersten Mal, aber sie wusste, dass dies das letzte Mal sein würde.

Nach Tag Zero würde sie keine Geschichte mehr erhalten. Nie mehr.

Sie hatte zu viel Angst, um sich noch jemandem anzuvertrauen. Angst davor, belächelt zu werden, Angst vor den Zweifeln an ihrem Geisteszustand, Angst vor Ablehnung. Also ertrug sie alles alleine.

Ihr letzter Tag brach an. Noch lebte sie, bemühte sich um Normalität. Ging zur Schule. Spielte ihre Rolle. Wahrte die Fassung.

Bis ...

Sie befand sich auf dem Heimweg. Ihr Elternhaus gehörte zu einer Siedlung etwas außerhalb der Stadt. Um zu ihm zu gelangen, musste sie eine Brücke überqueren. Eine Brücke über stark befahrene Bahngleise, die ihr nie Furcht eingeflößt hatte.

Dieses Mal war es anders.

Sie wusste, dass dort etwas auf sie warten würde.

Sie wusste, dass dort etwas Schreckliches geschehen würde.

Die Geschichte in der Mail hatte es prophezeit.

Hundert Meter vor der Brücke bemerkte sie einen Verfolger.

Er ruft ihren Namen. So flüchtig und hohl, dass es auch das Wispern des Windes sein könnte. Doch der Wind kennt ihren Namen nicht.

Sie beschleunigt ihre Schritte, blickt über die Schulter nach hinten. Zwei schwarz vermummte Gestalten mit Lampen. Blendendes Licht. Sie kann ihre Gesichter nicht sehen.

Immer wieder rufen sie ihren Namen.

Sie beginnt zu rennen. Wohin? Wohin jetzt?

Rechts und links der Bahndamm, der im schmutzigen Grau des späten Nachmittags verschwindet.

Ihr bleibt nur eine Möglichkeit. Nur eine Chance. Schneller zu sein als ihre Verfolger. Sie rennt wie noch nie zuvor in ihrem Leben.

Nur noch wenige Meter bis zur Brücke, als sie in der Finsternis vor sich eine Bewegung sieht. Zwei weitere Gestalten in Schwarz. Gesichtslos.

Blind vor Panik, vor Entsetzen.

Sie muss fliehen. Aber dieses Mal kommt sie nicht davon.

Der Puls hallt in ihren Ohren, ihre immer schneller werdenden Atemzüge sind so laut, dass sie das Dröhnen des nahenden Zugs nicht hört.

Die Böschung hinunter. Die Böschung ist die letzte Chance.

Sie läuft nach links, ignoriert die Schreie hinter ihr, klettert und rutscht den steilen Hang hinab. Scharfkantiger Schotter. Reißender Stoff. Blut. Sie spürt es nicht. Spürt nichts. Rote Tropfen auf grauem Stein.

Der Boden beginnt zu beben. Die Gleise singen. Summen. Er kommt.

Sie muss weg. Steile Hänge zu beiden Seiten.

Ein Sprung. Ihr Fuß bleibt an einer Schwelle hängen. Sie stürzt.

Sie krallt die Hände um das vibrierende Metall, das Gesicht direkt neben den Schienen.

Weg. Nur weg von hier, bevor ...

Aber ihr Fuß hängt fest. Sie kann nicht. Kann nicht weg.

Der Zug nähert sich. Unaufhaltsam.

Sie muss weg, bevor ...

Ohrenbetäubendes Quietschen. Kreischender Stahl. Unaufhaltsam. Unausweichlich. Tödlich.

Ein letzter Versuch, sich zu retten.

Haut verbrennt. Schmerzen.

Blitzende Funken. Verzehrende Hitze. Feuer. Schmerzen.

Dann nichts mehr.

Er ist da.

Mein Herz klopft so laut, dass ich mir einbilde, den Widerhall von den Wänden des Lieferwagens zu hören.

Abgesehen von der Länge weicht dieser Text auch inhaltlich von den Geschichten in den bisherigen Mails ab. Nichts daran ist erfunden. Es ist eine Nacherzählung der Ereignisse von damals. Eine Erinnerung. Astrids Erinnerung.

In diesem Moment beschleicht mich die Ahnung, was mein persönliches Tag-Zero-Szenario sein könnte, und ich schlucke hart.

Während ich die gedruckten Zeilen erneut überfliege, treten mir noch mehr Tränen in die Augen und tropfen auf das Papier. Doch diesmal sind es keine Tränen der Angst, sondern der Anteilnahme und der Scham. Im Verlauf der vergangenen Wochen habe ich nicht nur realisiert, sondern am eigenen Leib erfahren, was wir Astrid angetan haben. Dieser Text lässt zum ersten Mal in mir den Gedanken keimen, dass ich diese Bestrafung verdient haben könnte. Zum ersten Mal empfinde ich nicht nur Bedauern, sondern auch tiefe Reue. Und Schuld.

ZWANZIG

Erst viel später bin ich in der Lage, mich wieder zu bewegen. Ich stehe auf, strecke meine steifen Glieder und taumle zu meinem Lager zurück. Nachdem ich einen Schluck Wasser getrunken habe, kauere ich mich in meiner Decke in die Ecke. Im selben Maß, wie sich das Adrenalin wegen meiner Gefangenschaft abbaut, nehmen Beklommenheit und Resignation zu.

Es ist Zeit, der Realität ins Auge zu sehen. Selbst wenn ich nach wie vor nicht verstehe, weshalb mein Entführer Rache nimmt, ist erschreckend klar, dass die Geschichte über Astrid die letzte ist, die ich erhalten werde. Es wird keine weiteren Mails geben. Ich bin noch nicht am Ende, aber kurz davor. Ich kann nichts tun, kann mich nicht wehren. Zum Abwarten verdammt, bis Phil beschließt, sein krankes Vorhaben in die Tat umzusetzen. Ich habe keinen Zweifel mehr daran, dass mein letzter Weg mich zu der Brücke führen wird, an der damals alles geendet und gleichzeitig begonnen hat.

Bei dem Gedanken an den bevorstehenden Schrecken überrollt mich eine erneute Welle der Angst. Sie vertreibt die einsetzende Apathie und bringt Entschlossenheit.

Hatte ich mir nicht vorgenommen, nicht mehr nur abzuwarten? Wollte ich nicht aus der Opferrolle ausbrechen und mich gegen die erzwungene Untätigkeit wehren? Was ist aus diesem Entschluss geworden? Was ist aus mir geworden? Wie ein Häufchen Elend sitze ich zitternd in der Ecke meines Gefängnisses, statt mich bis zum letzten Atemzug zu verteidigen. Ich muss zu meiner alten Stärke zurückfinden und versuchen zu entkommen, egal, wie gering die Chance ist.

Mit neu erwachtem Kampfeswillen wäge ich meine Möglichkeiten ab. Es ist denkbar unwahrscheinlich, dass mich jemand hier findet. Schließlich fahren wir seit geraumer Zeit durch die Gegend. Ich muss einen Plan entwickeln, wie ich mich vor Ablauf des Countdowns befreien kann. Wenn Phil das nächste Mal die Türen des Transporters öffnet, muss ich das Überraschungsmoment nutzen. Aber wie mit der verdammten Fußfessel und der Kette?

Die folgende Stunde verbringe ich damit, jeden Zentimeter des Innenraums mit dem Feuerzeug auszuleuchten und sorgfältig abzutasten. Mit den Fingerspitzen fahre ich über jede Unebenheit, in jede Ritze, kann jedoch nichts finden, was mir weiterhilft. Nicht einmal ein kleines Stückchen Draht oder einen Holzsplitter. Das passt zu Phils bisherigem Vorgehen. Alles war bis ins Detail geplant, einzig den Videoanruf von Becca konnte er nicht vorhersehen.

Als das Benzin des Feuerzeugs verbraucht ist und mich wieder Dunkelheit umgibt, lasse ich mich entmutigt auf die Decken sinken und greife nach der Wasserflasche, die mittlerweile nur noch halb voll ist. Obwohl ich durstig bin, teile ich mir das Wasser ein und nehme bloß zwei kleine Schlucke.

Auch das nagende Hungergefühl lässt sich nicht mehr ignorieren. Ich habe keine Ahnung, wann ich zuletzt etwas gegessen habe, schätze aber, dass seit der Pizza am Samstagabend ungefähr ein Tag vergangen sein muss. Besteht noch eine Chance, gerettet zu werden? Ist es möglich, dass Becca die richtigen Schlüsse gezogen und entsprechend reagiert hat? Wird sie oder die Polizei mich rechtzeitig finden?

Nachdem ich die Flasche wieder zugeschraubt habe, taste ich erneut die Fußfessel ab, kann aber, wie schon bei den Malen zuvor, keine Schwachstelle finden. Wie auch – ich habe schließlich keine Erfahrung mit Fußfesseln oder Schlössern. Selbst mit der berühmten Haarnadel aus den Actionfilmen oder einer Büroklammer hätte ich keine Ahnung, wie ich mich befreien sollte.

Auch die extrem reißfeste Metallkette, die zu dem Ring im Boden führt, scheint unzerstörbar zu sein. Trotzdem hake ich zwei Finger in den Ring und ziehe daran. Natürlich ohne Erfolg. Frustriert stöhne ich auf und versuche, ihn in der Verankerung zu drehen. Als ein leises Quietschen ertönt, erstarre ich. Hat sich tatsächlich etwas gelöst? Ich untersuche die Verankerung erneut und bilde mir ein, dass eine der Schrauben jetzt etwas lockerer sitzt.

Wilde Hoffnung durchströmt mich. Ich drehe den Ring erneut, zuerst in die gleiche, dann in die entgegengesetzte Richtung, und achte auf jede noch so kleine Veränderung.

Mehrmals bin ich kurz davor, das Handtuch zu werfen, weil ich den Eindruck habe, dass sich die Schrauben keinen Millimeter rühren. Als sich die erste mit einem metallischen Geräusch endlich komplett löst, schließe ich für einige Sekunden die Augen. Vielleicht ist meine Lage doch nicht so aussichtslos wie befürchtet. Wenn ich nicht mehr angekettet bin, kann ich direkt an der Hecktür auf Phil warten. Ein gezielter Tritt in die Weichteile oder ein Stoß mit dem Ellbogen gegen seine Schläfe könnte mir ausreichend Zeit verschaffen, um zu flüchten.

Aber dafür muss ich auch die restlichen Schrauben lösen.

Mit neuem Mut mache ich mich ans Werk und unterbreche meine Arbeit nur, um kleine Schlucke aus der Wasserflasche zu nehmen.

Als die letzte Schraube klappernd auf dem Boden landet, schluchze ich vor Erleichterung auf. Ich bin ihm nicht mehr hilflos ausgeliefert. Ich kann mich wehren. Ich habe eine realistische Chance. Zum ersten und letzten Mal.

Mit zitternden Fingern löse ich den Ring aus der Verankerung und stecke ihn samt dem Kettenende in meine Hosentasche, damit mich meine Fessel nicht behindert. Im falschen Moment über die Kette zu stolpern würde alles ruinieren.

Ich nutze meine neu gewonnene Bewegungsfreiheit, um den Teil im Heck des Wagens zu untersuchen, der zuvor außerhalb meiner Reichweite lag, dann drücke ich mein Gesicht gegen die Innenverkleidung der Tür und spähe durch den Spalt nach draußen. Was ich sehe, ist ernüchternd. Der Schlitz ist schmal, außerdem ist es stockdunkel. Unmöglich zu erkennen, wo ich bin. Seufzend mache ich mich daran, meine optimale Position für den Ausbruchsversuch zu finden. Letztendlich entscheide ich mich dafür, mich etwa einen halben Meter neben die linke Tür zu stellen. Als Phil die Wasserflasche ins Innere geworfen hat, wurde die andere Tür von ihm zuerst geöffnet. Wenn ich mich überraschend auf ihn werfe, kann ich ihn möglicherweise überwältigen.

Je mehr Zeit vergeht, desto stärker lässt die Wirkung des Adrenalins nach, das durch die neu entfachte Hoffnung in mir freigesetzt wurde. Hinter der Tür zu warten hat keinen Zweck. Wenn ich mir meine Kräfte nicht aufspare, werde ich selbst meiner Flucht ein vorzeitiges Ende bereiten, indem ich nach drei Schritten zusammenbreche und einschlafe.

Obwohl sich alles in mir sträubt, gehe ich zu meinem Deckenlager zurück. Noch immer ist mein Kopfschmerz ein dumpfes Pochen, und meine Augen brennen von dem konzentrierten Starren durch den Lichtspalt, obwohl ich sie geschlossen habe. Ich muss mich ausruhen und auf meinen Instinkt vertrauen. Wenn der Moment zum Handeln gekommen ist, werde ich ihn erkennen.

Als mein Unterbewusstsein den Knall einer zufallenden Autotür hört, schrecke ich hoch und lausche angestrengt. Etwas ist anders als zuvor. Das monotone Brummen des Motors ist verstummt. Der Wagen steht still.

Taumelnd komme ich hoch und strecke und beuge meine steif gewordenen Glieder. Mein Atem beschleunigt sich. Nachdem ich mich vergewissert habe, dass das Ende der Kette weiterhin in meiner Tasche steckt, schleiche ich mich zur Tür und positioniere mich an der von mir ausgewählten Stelle. Ich kann hören, wie er um das Auto herumgeht, beginne vor Aufregung zu zittern. Ich muss Ruhe und um jeden Preis einen kühlen Kopf bewahren. Der kleinste Fehler könnte mich diese Chance kosten. Meine letzte Überlebenschance.

Die Schritte stoppen vor dem Heck, dann ertönt ein metallisches Knirschen, während der Riegel zurückgeschoben wird. Ich spanne sämtliche Muskeln an, habe ein Bein so angewinkelt, dass ich mich im richtigen Moment von der Wand abstoßen kann. Mein gesamter Körper scheint vor Anspannung zu vibrieren.

Gleich. Gleich ist es so weit.

Die rechte Tür wird geöffnet und schabt über den rauen Holzboden. Ich katapultiere mich nach vorne und treffe meinen Entführer, wieder mit Skimaske und ganz in Schwarz gekleidet, mit aller Kraft. Phil stößt einen dumpfen Laut aus, taumelt nach hinten und geht zu Boden.

Jetzt. Keine Zeit verlieren.

Obwohl ich schnell bin, packt er mich am Hosenbein. Ich trete in seine Richtung. Ich muss entkommen. Um jeden Preis. Er wird nicht noch einmal so unachtsam sein.

Mein Fuß trifft etwas Weiches, und erneut ächzt er schmerzerfüllt. Sein Griff lockert sich, sodass ich mich mit einer unbeholfenen Drehung befreien kann. Als ich neben meinen Füßen ein schwaches Leuchten wahrnehme, halte ich für einen Sekundenbruchteil inne. Vor mir auf der Erde liegt mein Handy. Es muss ihm bei meinem unverhofften Angriff aus der Tasche gefallen sein. Schnell bücke ich mich, schließe die Finger fest um das harte Plastik der Schutzhülle und sprinte in die Dunkelheit. Ich will einfach nur weg. Weg von ihm.

Mein Puls rast, und das Blut rauscht in meinen Ohren, während ich so schnell und gleichzeitig so unbeholfen renne wie nie zuvor in meinem Leben. Meine Beine sind schwer, mein ganzer Körper verspannt vom stundenlangen Sitzen. Statt auf dem Deckenlager auszuharren, hätte ich besser ein paar Übungen machen sollen. Aber diese Erkenntnis kommt zu spät.

Erst nach einigen Metern realisiere ich, dass ich einen schmalen Feldweg entlanghaste, der von vereinzelten Büschen und Sträuchern gesäumt wird. Wäre es sinnvoller, abzubiegen und querfeldein zu flüchten? Zumindest könnte er mir dann nicht mit dem Lieferwagen folgen. Wird er das tun? Mich verfolgen? Garantiert. Ich habe ihn zwar mit meinem Tritt getroffen, allerdings nicht heftig genug, um ihn zu verletzen. Müsste ich nicht langsam seine Schritte oder den Wagen hören?

Ich traue mich nicht, stehen zu bleiben, geschweige denn, mich nach hinten umzusehen. Das kleinste Zögern, die kleinste Unsicherheit könnte mich mein Leben kosten. Ich bin sowieso schon viel zu langsam, noch nie habe ich meine Schuhe so schmerzlich vermisst wie jetzt. Jeder Kontakt meiner bloßen Fußsohlen mit dem harten Boden ist eine Qual. Dazu kommt die Angst, die mich nicht zu beflügeln, sondern zu lähmen scheint. Gerate ich erneut in seine Fänge, wird es das letzte Mal gewesen sein.

Als hinter mir in der nächtlichen Stille ein Knacken zu hören ist, unterdrücke ich einen Aufschrei. Der Gedanke, er könne unbemerkt zu mir aufgeschlossen haben, versetzt mir einen solchen Adrenalinschub, dass ich spontan nach rechts abbiege. Keine gute Idee. Brombeerbüsche graben ihre Dornen in meine Kleidung, und der Boden ist vom Regen aufgeweicht und uneben. Nach wenigen Metern trete ich in eine Vertiefung und knicke um. Ein Stechen durchzuckt meinen Knöchel, und ich stöhne auf. Scheiße. Auch das noch. Der Schmerz treibt mir die Tränen in die Augen. Die Fußsohlen blutend, der Knöchel verstaucht; meine Chancen, lebend aus der ganzen Sache rauszukommen, gehen immer stärker gegen null.

Blind vor Dunkelheit und Tränen taumle ich auf den Weg zurück und zucke heftig zusammen, als ein Motordröhnen die Stille der Nacht zerreißt. Offensichtlich will er mich mit dem Wagen verfolgen.

Trotz meines verletzten Knöchels beschleunige ich meine Schritte erneut, immer den Blick auf den Boden gerichtet. Bei jedem Auftreten wird mir übel vor Schmerz, aber ich laufe weiter, immer weiter.

Unvermittelt flammen die Scheinwerfer des Lieferwagens hinter mir auf und tauchen mich und meine Umgebung in taghelles Licht. Meine Silhouette wirft einen grotesk lang gezogenen tintenschwarzen Schatten vor mir auf den Weg. Mittlerweile stolpere ich mehr, als dass ich renne, mein Fuß protestiert mit zunehmender Vehemenz gegen jeden Schritt und knickt immer wieder unter mir weg. Noch immer versuche ich, mich auf den Boden zu konzentrieren. Keine gute Idee, denn so sehe ich nicht, was vor mir liegt. Also hebe ich den Kopf. Der Anblick trifft mich mit der gnadenlosen Wucht eines Vorschlaghammers, sodass ich abrupt stehen bleibe. Verdammt. Nein! Weshalb habe ich das nicht vorhergesehen? Nach allem, was ich weiß, hätte ich es doch ahnen müssen.

Ich bin nicht irgendwo in der Wildnis, und ebenso wenig ist mir meine Umgebung unbekannt. Ich wünschte, es wäre so.

Der Tod fand Louisa um Mitternacht.

Etwa fünfzig Meter vor mir führen drei Stufen, gesäumt von einer etwa hüfthohen Betonmauer, zu einer Brücke. Zu dem Ort, an dem meine Albträume enden sollen.

Ich laufe weiter, bleibe dann wieder wie hypnotisiert stehen und betrachte die gezackten Buchstaben des Graffitis vor mir. Oberhalb des verfluchten Satzes, dessen Inhalt mich seit exakt drei Wochen nicht loslässt, wurden zwei weitere Worte in glänzendem Schwarz gesprayt.

Tag Zero

Die Brücke vor mir.

Mein Verfolger hinter mir.

Genau wie damals bei Astrid. Genau wie in der Geschichte, die ich vor wenigen Stunden gelesen habe.

Der Tod fand Louisa um Mitternacht.

Als mir klar wird, dass mein anfangs Erfolg versprechender Fluchtversuch nichts anderes ist als eine Farce, drohen meine Beine nachzugeben. Nur eine weitere kleine Showeinlage von Phil, um die letzte Geschichte noch realistischer auszuschmücken. Von Anfang an hat er mit mir Katz und Maus gespielt, ohne dass ich etwas dagegen tun konnte, weil ich jedes Mal zu spät bemerkte, was Sache war. Jetzt hat er dafür gesorgt, dass ich ihm kurzzeitig entkomme, um mich an dem von ihm gewählten Ort zu überwältigen, in direkter Nähe der verdammten Brücke. Alles absichtlich. Alles gewollt. Und ich Idiotin habe wirklich geglaubt, ich hätte ihn überlistet.

Ich atme gegen die Panik an, die mir die Luft abzuschnüren droht und meine Eingeweide zusammenquetscht.

Was jetzt?

Ich habe keine andere Chance. Keine andere, als entweder die Böschung hinabzurutschen wie Astrid damals oder die Brücke zu überqueren. Ich fürchte, Phil ist auf beides vorbereitet. Noch immer stehe ich bewegungslos auf dem Feldweg und starre das Graffiti vor mir an. Wieso ist er noch nicht hier? Er hätte mich mühelos einholen können.

Ich verdränge die in mir tobenden Gedanken. Die Antworten auf die Fragen spielen keine Rolle. Wichtig ist, dass ich jetzt eine Entscheidung treffe. Wenige Meter vor mir führen die drei Stufen auf die Brücke über die Bahnlinie. Auf keinen Fall werde ich sie betreten, denn dieser Fluchtweg ist zu offensichtlich. Mit Sicherheit ist das eine Falle. Also schlage ich mich nach links in die Büsche, die den Weg von der Böschung trennen. Dornen und Zweige verhaken sich in meiner Jeans, als wollten sie mich festhalten. Mit Gewalt reiße ich mich los, zerkratze mir noch stärker die Arme. Ich taumle weiter, krampfhaft darum bemüht, das Gleichgewicht zu bewahren. Ich bin zu langsam. Viel zu langsam. Noch immer schluckt das dumpfe Brummen des Motors alle anderen Laute um mich herum. Ich kann nicht hören, ob er mir folgt, und das grelle Scheinwerferlicht blendet mich, sobald ich auch nur ansatzweise hinter mich schaue. Die kurze Strecke zur Böschung zieht sich, jede Sekunde rechne ich damit, an Kleidung oder Haaren gepackt und zurückgerissen zu werden. Als ich unter meinen Füßen den Schotter spüre und mir klar wird, dass es vor mir knapp sechs Meter in die Tiefe geht, erlischt etwas in mir. Ich sinke auf die Knie und vergrabe meine Hände in den spitzen Steinen.

Scharfkantiger Schotter. Reißender Stoff. Blut.

Das Entsetzen hält mich so gefangen, dass ich das Klingeln ganz in meiner Nähe kaum wahrnehme. Erst mit Verspätung ordnet mein Gehirn das Geräusch zu. Ein Handy. *Mein* Handy, das ich vorhin aufgehoben und in meine Hosentasche gesteckt habe. Wie konnte Phil so unvorsichtig sein und es fallen lassen, nachdem er es mir abgenommen hatte? Noch dazu direkt vor meine Füße? Und warum ist es angeschaltet, sodass eine Ortung möglich ist? Ist er nachlässig geworden, weil er sich seiner Sache sicher ist?

Mit zitternden Fingern hole ich das Telefon hervor und seufze erleichtert. Es ist Becca.

Als ich noch einmal über meine Schulter spähen will, um böse Überraschungen zu vermeiden, verstummt das Klingeln.

Ich sehe auf das Display und bleibe am Ladezeichen für den Akku hängen. Fast voll. Wie viel Zeit habe ich in dem Wagen verbracht? Mindestens zwölf Stunden, vermutlich mehr. War das Handy also aus- und wurde erst vor Kurzem wieder angeschaltet? Aber warum?

Unschlüssig kauere ich mich zusammen. Kann er das Klingeln trotz des Motorengeräuschs gehört haben? Wird er sich innerhalb der nächsten Sekunden auf mich stürzen?

Ich richte mich ein Stückchen auf. Nichts. Von meinem Entführer fehlt nach wie vor jede Spur. Dafür klingelt mein Handy erneut – und dieses Mal nehme ich den Anruf entgegen. »Becca.«

»Lou!« Im Gegensatz zu meiner geflüsterten Begrüßung gleicht Beccas einem Schrei. »Scheiße, wo steckst du? Ich versuche dich seit heute Morgen zu erreichen. Warum war dein Handy aus?«

Also lag ich mit meiner Vermutung richtig, dass mein Telefon erst kurz vor meiner Flucht aus dem Lieferwagen wieder angeschaltet wurde. Aber weshalb? Verdammt, weshalb?

»Ich bin an der Brücke bei den Aussiedlerhöfen«, sage ich leise, während ich in die mich umgebende Dunkelheit blinzle, jederzeit bereit dazu, mich den steilen Abhang hinabzustürzen, wie es Astrid getan hat. Alles ist besser, als noch mal in seiner Gewalt zu sein.

»Gott sei Dank!« Becca klingt so erleichtert, dass ich mich schlagartig besser fühle.

»Warum?«, hake ich irritiert nach.

»Weil ich schon auf dem Weg zur Brücke bin«, erwidert sie überraschend locker.

Für einige Sekunden bilde ich mir ein, neben dem Motor des Transporters auch das Brummen von Beccas Wagen durchs Handy zu hören.

Aber das ist unmöglich. Sie kann nicht hier sein. Das ist absolut unmöglich.

»Wie konntest du wissen …« Ich verstumme, weil ich mich lieber der neuen Hoffnung hingeben will. Wenn Becca wirklich in der Nähe ist, habe ich eine minimale Chance, der gerade noch unabwendbar scheinenden Katastrophe zu entgehen.

»Ich bin fast da. Schon an der Stelle, wo wir am letzten Donnerstag geparkt haben. Wo genau bist du?«

»Auf der anderen Seite der Brücke«, sage ich, komme schwankend wieder auf die Füße und drehe mich um. Einen grauenvollen Moment lang fürchte ich, das Gleichgewicht zu verlieren und rücklings auf die Schienen zu stürzen, kann mich dann aber mit der freien Hand an einem Busch am Rand der Böschung festhalten. Dornen graben sich in meine Handfläche, und ich unterdrücke einen Schmerzensschrei.

»Komm auf meine Seite der Brücke«, fordert mich Becca auf. »Ich warte hier auf dich und bleibe währenddessen in der Leitung.«

»Okay«, erwidere ich heiser und setze mich in Bewegung.

»Als ich Kevin erkannt habe und du als Reaktion darauf gezischt hast, ich solle Hilfe holen, habe ich es kapiert«, sagt Becca, während ich mich Stück für Stück dem Feldweg nähere. »Er muss sich genau so in dein Leben geschlichen haben wie damals in unseres. Später wollte ich dich erreichen, aber dein Handy war aus. Ich bin fast durchgedreht vor Sorge.«

Kurz durchzuckt mich der Gedanke, dass das so nicht stimmen kann. Während meiner Flucht in den Wald war es angeschaltet, ich konnte sogar einen Notruf absetzen, doch Beccas nächste Worte lenken mich ab.

»Bald ist Mitternacht. Dann bricht Tag Zero an. Dein letzter Tag«, sagt sie wie selbstverständlich, und obwohl mir das ebenfalls klar ist, nimmt meine Übelkeit schlagartig wieder zu. Muss sie das so gnadenlos formulieren?

»Nick war damals davon überzeugt, dass die Brücke eine zentrale Rolle spielt. Wo sonst hätte das Finale stattfinden sollen, wenn nicht an dem Ort, wo auch die Tragödie vor fünfzehn Jahren ihr Ende gefunden hat?«, führt Becca ihren Gedankengang fort.

Ja, wo sonst?

Mittlerweile stehe ich am Feldweg, der noch immer in grelles Licht getaucht ist. Mir bleibt keine andere Wahl, als erneut in den Lichtkegel zu treten.

Wo ist er? Sitzt er im Wagen und wartet? Aber worauf?

»Ich bin kurz vor den Stufen, bei dem Graffiti«, murmle ich ins Handy und erschauere, als mein Blick den verhassten Satz streift, der sich blutrot von der grauen Wand abhebt.

Der Tod fand Louisa um Mitternacht.

»Geh über die Brücke«, fordert mich Becca auf. »Na los. Ich warte auf der anderen Seite auf dich. Dann bist du in Sicherheit.«

Ich mache ein paar zögerliche Schritte und fröstle, als der kühle Wind auffrischt. In derselben Sekunde höre ich hinter mir ein Knirschen. Ich fahre herum, gerade rechtzeitig, um aus dem Augenwinkel eine Bewegung im Schatten neben dem Weg wahrzunehmen.

»Er kommt«, murmle ich.

»Schneller«, drängt mich Becca. »Los, Lou! Es sind nur noch ein paar Meter.«

Ich renne über den harten Boden, kann vor Schmerzen kaum noch sehen. »Stopp«, sagt Becca plötzlich, und ihr Tonfall ist so schneidend, dass ich automatisch gehorche. Mitten auf der Brücke bleibe ich stehen und blicke mich schwer atmend um. Obwohl ich nun etwas höher stehe, kann ich von der Umgebung rings um den Lichtkegel der Scheinwerfer nichts erkennen.

Plötzlich erlischt das Display meines Handys, und hinter mir ertönt erneut das Knirschen, das ich dieses Mal als Schritte identifizieren kann. Ich drehe mich wieder um, das Handy nach wie vor fest umklammert. Aus der

Dunkelheit neben dem Feldweg schält sich die schwarz gekleidete Gestalt meines Entführers und steigt langsam die drei Stufen zur Brücke hinauf. Seine Gelassenheit steht im krassen Gegensatz zu meiner Angst. Die Silhouette erscheint mir seltsam schmächtig, und ich realisiere erst jetzt, dass weder Größe noch Statur zu Phil passen.

Erst als sich mein Verfolger bis auf wenige Meter genähert hat, bemerke ich die fehlende Skimaske – und die Pistole in seiner Hand. Die Pistole in *ihrer* Hand. Weshalb kommt sie aus dieser Richtung? Und wieso hat sie eine Waffe?

»Becca?«, frage ich irritiert.

»Astrid«, korrigiert sie ruhig und richtet den Lauf direkt auf mein Gesicht.

EINUNDZWANZIG

»Du rührst dich nicht von der Stelle. Du näherst dich mir nicht, und du ergreifst auch nicht die Flucht«, sagt sie nüchtern. »Wenn du nicht gehorchst, schieße ich dir zuerst in die Kniescheiben und dann in den Kopf. Ich habe lange trainiert und bin äußerst zielsicher.«

Verzweifelt versuche ich zu verstehen, was das alles zu bedeuten hat. Phil ist unschuldig. Ich bin ohne Grund vor ihm aus meinem Haus geflüchtet, habe ihn zu Unrecht verdächtigt. Die wirkliche Bedrohung ist Becca. Meine scheinbare Retterin hat sich als mein größter Albtraum entpuppt. Ich begreife nur einen Bruchteil der Geschehnisse, meine Gedanken wirbeln derart durcheinander, dass es unmöglich ist, sie zu sortieren. Über mehrere Tage hinweg hat sie mich an der Nase herumgeführt, und ich bin nicht einmal auf die Idee gekommen, aus dieser Richtung Gefahr zu wittern.

»Wie …?«, beginne ich und blicke wie hypnotisiert in die Mündung der Waffe, die nach wie vor auf mich gerichtet ist. Wird das mein Ende sein? Erschossen auf der Brücke? »Warum …?«, fange ich erneut an und halte inne, als mir endlich – und viel zu spät – alles klar wird.

»*Astrid?*«, frage ich fassungslos. »Das ist also deine Rache für damals?«

»So ist es«, sagt sie sanft und nickt.

Und doch kann ich in der Dunkelheit das fiebrige Funkeln ihrer Augen erkennen. Ihr Hass ist unübersehbar. Wie konnte mir das bisher nur entgehen? Ist sie eine so gute Schauspielerin, oder war ich zu unaufmerksam?

Das Mädchen von damals taucht vor meinem inneren Auge auf. Glattes dunkelblondes Haar. Helle Haut. An die Augenfarbe erinnere ich mich nicht, dafür an die Brille, die sie trug. Ich kann kaum Gemeinsamkeiten mit der Frau feststellen, die vor mir steht.

»Hast du jetzt eine Ahnung davon, wie es mir bei eurem verdammten Spiel ging?«, reißt sie mich aus meinen Gedanken. »Weißt du, wie es ist, wenn die Angst keine Sekunde nachlässt, wenn sie einen Stück für Stück aushöhlt, bis man kaum mehr etwas anderes spüren kann? Wenn sie das Leben bestimmt? Am schlimmsten ist die Ernüchterung, die auf die immer seltener werdenden unbeschwerten Momente folgt, wenn man sich der Erkenntnis stellen muss, dass sich nichts an der Situation geändert hat, nicht wahr? Ich hatte eine Scheißangst, Louisa. Jede einzelne Sekunde jedes Tages, seit ihr begonnen hattet, mir die Geschichten zu schicken. Nachts hatte ich Albträume. Noch heute, nach über fünfzehn Jahren, kann ich mich an alle Einzelheiten erinnern. Nach der Umsetzung der zweiten Geschichte bekam ich kaum noch einen Bissen herunter. Meine Eltern zwangen mich zum Essen, anschließend habe ich alles wieder ausgekotzt. Ich konnte nichts mehr bei mir behalten, weil mein Magen, mein ganzer Körper in ständiger Panik war. Und als für euch nach dem *grandiosen* Finale an der Brücke der Spaß leider vorbei war und ihr von meinen Eltern auch noch in Schutz genommen wurdet, ging der Horror für mich nahtlos weiter.«

»Es tut mir —«

»Spar dir deine Entschuldigung«, fällt sie mir harsch ins Wort. »Zuerst habe ich die Schuld bei mir gesucht, habe mich jahrelang in mein Schneckenhaus zurückgezogen und mich bemüht, mit den Albträumen und den Erinnerungen zurechtzukommen. Ich dachte, ich hätte etwas getan, um das alles zu verdienen. Weil ich mir nicht vorstellen konnte, dass jemand ohne Grund so grausam sein kann. Dann wurde mir irgendwann mein Irrtum klar. Ich war das Opfer. Ein Opfer, das ihr vollkommen willkürlich ausgewählt hattet. Weil ich nicht so cool war wie ihr? Weil ihr wegen mir damals schlechte Noten bekommen habt?« Sie schüttelt den Kopf. »Was auch immer es war, es spielt keine Rolle mehr. Ihr wart die Schuldigen, nur das ist von Bedeutung. Die Arschlöcher, die sich wahrscheinlich für unglaublich witzig und kreativ hielten, weil sie es geschafft hatten, Mobbing auf eine neue Ebene zu heben. Die eine glückliche Zukunft vor sich hatten, während mir auch noch Jahre danach die Dämonen der Vergangenheit das Leben zur Hölle machten.«

»Es war falsch, was wir getan haben«, gebe ich zu, und obwohl dieses Eingeständnis in erster Linie Astrid besänftigen soll, meine ich es so. »Wir haben nicht über die Konsequenzen nachgedacht. Wir waren zu jung, um das Ausmaß dessen zu begreifen, was wir damit anrichten. Es war wie ein Spiel, das sich verselbstständigt hat, unüberlegt und dumm. Das hattest du nicht verdient. Das hat niemand verdient.«

Ebenso wenig ich oder einer der anderen von damals, egal, wie groß das Unrecht ist, das wir begangen haben. Aber das behalte ich für mich.

Wirkte Astrid zuvor noch verletzlich, gibt sie sich jetzt wieder aggressiv und unversöhnlich.

»Du schiebst das alles auf euer Alter? Ernsthaft?«, erwidert sie wütend. »Wir waren sechzehn, keine sechs.«

Ich erkenne meinen Fehler. Sage ich erneut das Falsche, könnte es mich das Leben kosten. »Ich weiß, dass es für das, was wir getan haben, keine Rechtfertigung gibt«, versuche ich, sie zu besänftigen. Bloß nicht herausfordern. Um Himmels willen nicht herausfordern. »Trotzdem tut es mir leid.«

Nach meiner Entschuldigung herrscht Stille. Erst jetzt bemerke ich den leichten Nieselregen, der sich wie ein dünner Film auf meine Haut legt und von meinen Kleidern aufgesaugt wird.

»Du verstehst es einfach nicht, oder?« Sie klingt genervt. »Es ist mir egal, ob du es bereust oder es dir leidtut. Jetzt ist es zu spät dafür. In den letzten Wochen hast du dich mit eurem Spiel damals auseinandergesetzt, weil ich dich dazu gezwungen habe. Vorher hattest du es vergessen, so wie die anderen. Habt ihr auch nur einmal versucht herauszufinden, wie es mir geht, nachdem ihr mich fertiggemacht hattet?«

Schweigend kämpfe ich darum, ihrem Blick standzuhalten. Zumindest ich habe es nicht getan, und ich bezweifle, dass ich damit alleine war.

»Natürlich nicht«, fährt Astrid fort. »Vermutlich wart ihr sogar froh, als ihr von meinem vermeintlichen Selbstmord gehört habt.«

Kurz ziehe ich in Erwägung zu widersprechen, verwerfe den Gedanken aber wieder. Astrid hat alles so sorgfältig vorbereitet, dass sie sich nicht so einfach von ihrem Vorhaben abbringen lassen wird. Fieberhaft suche ich nach einem Ausweg, doch mein Kopf ist leer. Wenigstens erschießt sie mich nicht, solange sie redet. Hoffe ich jedenfalls.

Als Astrid mich mit schräg gelegtem Kopf mustert, lässt der Ausdruck in ihren Augen mir das Blut in den Adern gefrieren.

»Es ist unangenehm zu realisieren, wie berechenbar man ist, nicht wahr?«, sagt sie spöttisch. »Nick gegenüber hatte ich leider nicht die Gelegenheit, mich zu erkennen zu geben. Zum Glück liegen bei dir die Dinge anders.«

Ich bleibe ihr eine Erwiderung schuldig und versuche stattdessen, die Tragweite meiner jüngsten Fehlentscheidungen zu erfassen. Nach wie vor hat Astrid alle Fäden in der Hand. Von Anfang an lief alles nach ihrem Plan – und das tut es noch immer. Sie hat allen Grund zu triumphieren.

Ohne ihre Pistole auch nur einen Zentimeter zur Seite zu nehmen, hebt Astrid den anderen Arm und wirft einen Blick auf ihre Uhr.

»Du hast dich erfreulich schnell bequatschen lassen«, stellt sie fest. »Ich hatte mehr Mühe und Zeit eingeplant, um dich auf die Brücke zu lotsen. Wie schön, dass du deiner neuen Freundin Becca blind vertraut hast. Wir können also noch ein wenig plaudern, bevor der Zug kommt. Die letzte Regionalbahn um Punkt Mitternacht, pünktlich zu Beginn von Tag Zero. Hübsch, nicht?«

Ich schlucke. Obwohl ich mit einem Finale ähnlich dem in der Originalgeschichte gerechnet habe, ist es etwas anderes zu wissen, wie es passieren wird. Wie stehen meine Chancen, gerettet zu werden?

Gibt es noch Hoffnung?

Ich bezweifle es, denn niemand hat auch nur den geringsten Schimmer, wo ich mich befinde. Es ist denkbar unwahrscheinlich, dass die Polizei eine Handyortung in Erwägung zieht, nachdem das Gerät für längere Zeit ausgeschaltet war.

»Stell dich mit dem Rücken zu mir an den Rand der Brücke und leg die Hände neben dich auf die Mauer, damit ich sie sehen kann«, unterbricht Astrid meine Überlegungen.

Sofort tue ich, was sie von mir will. Der Beton fühlt sich rau an meinen Handinnenflächen an, ich zittere im Regen und dem kühlen Wind, der an meinem dünnen Shirt reißt. So kalt. Mit brennenden Augen starre ich in die Tiefe, wo ich die Umrisse der Schienen erkennen kann. Dann hebe ich den Blick. In ungefähr zwei Kilometern Entfernung wird die Schwärze immer wieder von den Lichtkegeln fahrender Autos durchbrochen, die den Bahnübergang an der Hauptstraße nutzen. Zu weit weg, um mir zu Hilfe zu kommen.

Ich presse die Lippen zusammen und warte. Auf Astrids Erklärungen, die ich nicht hören will. Auf die Umsetzung der letzten Geschichte. Auf den Showdown. Auf den Zug.

»Du weißt gar nicht, wie viel Glück du in den vergangenen Wochen hattest«, sagt sie unvermittelt, und ich muss an mich halten, um nicht hysterisch aufzulachen. Ich verstehe, wie sie das meint, dennoch klingt der Satz nach allem, was ich erlebt habe, wie beißender Hohn.

»Das mit Nick ist damals dumm gelaufen«, fährt sie fort. »Er hat meine Brandnarben entdeckt und Verdacht geschöpft, deshalb musste er sterben, bevor seine Zeit gekommen war. Aber das war mein erster Versuch. Jetzt bin ich vorsichtiger und vorausschauender. Weißt du noch? Ich habe dich sogar ans Anschnallen erinnert, um deine Überlebenschancen während der Verfolgungsjagd zu erhöhen. Du kannst dir gar nicht vorstellen, wie oft ich nachts an deinem Bett stand, während du friedlich geschlafen hast. Wärst du aufgewacht, hätte ich keine Wahl gehabt. Zwei Jahre lang war ich heimlicher Gast in deinem Haus, habe alles vorbereitet und jeden Schritt sorgfältig ausgearbeitet, bevor du überhaupt geahnt hast, dass du in Gefahr schwebst.«

Sie macht eine kurze Pause, und als ich mich in ihre Richtung drehen will, spüre ich den kalten Stahl der Waffe in meinem Nacken.

»Du solltest dich besser nicht bewegen«, sagt sie, und ihre Stimme ist beneidenswert kontrolliert. »Es wäre doch zu schade, wenn du so kurz vorher das Finale versaust, weil ich dich erschießen muss.«

Ich schließe für einige Sekunden die Augen und bekämpfe die aufsteigende Panik.

»Du lebst nur noch, weil du bisher alles richtig gemacht hast«, fährt sie so emotionslos fort, als würde sie über das Wetter sprechen. »Wärst du im Wald nicht Richtung Straße geflüchtet, hätte ich dich erschossen. Wärst du nicht zu mir ins Auto gestiegen, hätte ich dich erschossen. Wärst du eben nicht aufmerksam genug gewesen, um das Handy aufzuheben, hätte ich dich erschossen. Wärst du nicht ans Telefon gegangen oder meinem Rat gefolgt, hätte ich dich erschossen.«

Gänsehaut überzieht meinen Körper. Sie hatte für jede meiner Handlungen die passende Reaktion parat. Lediglich eine Schwachstelle gab es in ihrem Plan.

»Aber Phil hat dir dazwischengefunkt«, versuche ich eine halbherzige Provokation.

»Die einzige Überraschung«, gibt sie ohne Umschweife zu, ein weiteres Zeichen dafür, wie sicher sie sich ihrer Sache ist. »Alles hat reibungslos funktioniert, und dann taucht plötzlich dieses Arschloch von der Post auf und droht, meine sämtliche Arbeit zunichte zu machen. Aber auch für ihn ist mir rechtzeitig eine Lösung eingefallen, selbst wenn es knapp war. Zum Glück hast du dich bereitwillig davon überzeugen lassen, dass der Paketbote das Bindeglied zur Vergangenheit ist. Was für ein Glück, dass du schon so paranoid warst.«

Ich presse die Lippen aufeinander, als ich realisiere, was heute Morgen wirklich geschehen ist. Astrid hat mich mit der verdammten Geschichte manipuliert. Bisher hatte jede ihrer Storys einen wahren Kern, und genau das hat sie sich zunutze gemacht. Sie hat es mit ein paar getippten Worten und einer passenden Reaktion geschafft, mich gegen die einzige Person aufzubringen, die mich in diesem Moment hätte retten können. Deshalb ging ihre Kamera nicht. Weil sie nicht, wie von ihr behauptet, bei sich zu Hause war, um mir ausgedruckte Mails zu zeigen, sondern weil sie sich schon in unmittelbarer Nähe befand und darauf wartete, dass ich ihr wie eine Idiotin in die Arme laufe. Und wieder habe ich genau so reagiert wie von ihr vorgegeben. Wie schon seit der ersten Mail.

Meine eigene Berechenbarkeit macht mich so wütend, dass ich sämtliche Vorsicht in den Wind schieße.

»Du tust so, als wären wir heute noch stolz auf diesen Mist«, verteidige ich mich. »Es ist keine Entschuldigung, aber es war nie unsere Absicht, dein Leben zu zerstören«, spreche ich unbeirrt weiter, obwohl ich den Lauf der Pistole in meinem Nacken spüre. »Ich bereue aufrichtig, was wir damals getan haben, ebenso wie die anderen beiden und bestimmt auch wie Nick. Was du hier mit mir abziehst, dieser Rachefeldzug, das zeigt doch nur, dass du nicht besser bist als wir. Vielleicht solltest du in Erwägung ziehen, die Vergangenheit ruhen zu lassen.«

»Ich soll die Vergangenheit ruhen lassen?«, wiederholt Astrid gefährlich leise. »Das kann nur jemand sagen, der noch immer nicht den geringsten Schimmer von dem hat, was ich ertragen musste. Und damit meine ich nicht nur die seelischen, sondern auch die körperlichen Verletzungen. Mein Oberkörper und mein Hals waren stark verbrannt. Ich hatte höllische Schmerzen, lag ewig im Krankenhaus. Noch jetzt erinnern mich die verfluchten Narben bei jedem Blick in den Spiegel an eure Grausamkeit.«

»Und dein Selbstmord? Deine Eltern –«

»Hatten es verdient, ihr Kind zu verlieren und die Trauer zu spüren«, beendet Astrid meinen Satz. »Statt mich in Schutz zu nehmen, mich zu unterstützen und Konsequenzen für euch, die Täter, zu fordern, haben sie mir zu verstehen gegeben, dass ich mich nicht so anstellen soll. Ich lag im Krankenhaus, verbrannt und mit den Nerven am Ende – und sie wollten die Sache auf sich beruhen lassen, um nicht negativ aufzufallen. Ihr Ansehen war ihnen wichtiger als ihre Tochter. Schließlich hatte ich ja *Glück gehabt* und überlebt.«

Kurz wird meine Panik vom Mitgefühl für Astrid überlagert. Sie ist psychisch krank. Obwohl sie sich nach außen hin gelassen gibt, wird sie innerlich vom Rachedurst zerfressen. Der Wunsch nach Vergeltung ist zu ihrem Lebenssinn geworden. Ihrem einzigen Lebenssinn. Für mehr ist kein Platz – anscheinend seit vielen Jahren, seit sie von ihren Eltern und ihrem Umfeld enttäuscht wurde. Egal, was ich sage, egal, wie sehr ich meine Reue und mein Bedauern beteure – es wird nichts an ihrem Plan ändern. Wir hätten damals zu unseren Taten stehen müssen. Jetzt ist es zu spät.

Als die Stille durch den fernen Signalton eines Zugs unterbrochen wird, fällt mir jeder Atemzug schwer.

»Auf die Minute pünktlich«, stellt Astrid hinter mir zufrieden fest. Angestrengt starre ich in die Nacht, kann aber nichts erkennen.

»Stell dich auf die Brüstung«, befiehlt sie.

Und damit besteht kein Zweifel mehr. Sie wird mich zwingen, von der Brücke zu springen, oder mich stoßen, sodass ich, wie sie damals, vom Zug erfasst werde. Allerdings werde ich mich nicht im letzten Moment mit einem Sprung zur Seite retten können.

Ich lege beide Hände auf die hüfthohe Mauer, ziehe erst ein Knie auf den rauen Stein, dann das andere. Als ich auf beiden Füßen stehe, schwanke ich gefährlich, bis ich das Gleichgewicht gefunden habe. Soll ich vielleicht jetzt so tun, als würde ich die Balance verlieren, von der Brücke springen und mich bei der Landung abrollen? Wie viele Meter sind es bis unten? Fünf? Sechs?

»Du wirst dich erst wieder rühren, wenn ich es sage«, ordnet Astrid an, als hätte sie meine Gedanken gehört, und ich kann die Mündung der Waffe an meiner unteren Wirbelsäule spüren. Wenn sie jetzt abdrücken würde ... Ich schließe kurz die Augen, während der Wind mit klammen

Fingern unter mein Shirt fährt. Ich zittere, habe Angst. Meine Zähne schlagen unkontrolliert aufeinander. Ich dachte, ich hätte in den vergangenen Wochen gelernt, was Todesangst ist. Ich hatte keine Ahnung.

»Solltest du auf den Gedanken kommen, zu früh zu springen, schicke ich dir ein paar Kugeln hinterher«, sagt sie ungerührt. »Wartest du zu lange, wirst du tot sein, bevor dein Körper am Boden oder auf dem Zugdach aufschlägt.«

»Okay«, flüstere ich, und ein Windstoß reißt mir die Worte von den Lippen. Der Regen ist stärker geworden, ich bin bis auf die Haut durchnässt. Plötzlich erkenne ich drei kreisrunde Lichter. Sie nähern sich unaufhaltsam. Wie lange habe ich noch? Eine Minute? Maximal.

Bilder vom vergangenen Donnerstag, als Astrid und ich nebeneinander an der Brüstung standen, während der Zug auf uns zukam, tauchen vor mir auf. Eine ähnliche Situation und doch ganz anders. Jetzt kann ich auch das dumpfe Grollen vermischt mit einem hochfrequenten Sirren hören, das lauter und lauter wird.

Die Mauer scheint unter meinen Füßen zu vibrieren, und für einen Augenblick habe ich den Eindruck, in der Schwärze die Balance zu verlieren und zu fallen.

Der Boden beginnt zu beben. Die Gleise singen. Summen.

Ich fokussiere mich auf meine Atmung, während die drei Lichtkegel, die das Dunkel zerschneiden, immer größer werden. Gleich. Gleich ist es so weit.

Er kommt.

Das leise Rattern des nahenden Regionalzugs ist schon zu einem unterschwelligen Dröhnen geworden, als mir klar wird, dass ich handeln muss, dass ich schon viel zu viel Zeit vergeudet habe. Ich werde sicher nicht tatenlos warten, bis Astrid mich erschießt, und ebenso wenig werde ich freiwillig sechs Meter in die Tiefe springen. Ich werde mich wehren, und ich bin eine Idiotin, weil ich es nicht schon früher getan habe. Astrids Worte haben mich abgelenkt. Natürlich, sie hat nur so viel erzählt, um mich am Nachdenken zu hindern. Während sie auf den Zug gewartet hat. Während *wir* auf den Zug gewartet haben. Sie hat alle Weichen gestellt, im wahrsten Sinne des Wortes. Bis zur letzten Sekunde. Bis zum Ende.

Der Zug ist nur noch wenige Hundert Meter entfernt, und die Zeit scheint mir ebenso wie mein Leben zwischen den Fingern zu zerrinnen.

Ein Knirschen lässt mich den Kopf um eine Winzigkeit nach links drehen. Aus dem Augenwinkel erhasche ich eine Bewegung in der Dunkelheit, und obwohl ich mich bemühe, nicht zu auffällig hinzusehen, hat es Astrid auch bemerkt.

»Ihr«, zischt sie, als sich zuerst Phil und dann Josy aus dem Schatten schälen.

Ich nutze, dass sie abgelenkt ist, um mich langsam auf dem Geländer umzudrehen. Entschlossen dränge ich die jähe Hoffnung zurück. An meiner Situation hat sich noch nichts geändert. Aber ich habe eine letzte Chance bekommen, die ich nutzen muss.

Mit dem Auftauchen von Josy und Phil geschieht zum ersten Mal in Astrids Plan etwas Unvorhergesehenes.

Zum ersten Mal wirkt sie überfordert.

Der Lauf der Pistole zittert in ihrer Hand. Sie zögert, kann sich offensichtlich nicht entscheiden, auf wen sie zielen soll.

»Ich hätte mich vergewissern müssen, dass du ausgeschaltet bist«, murmelt sie in Phils Richtung. Offensichtlich spricht sie von dem Schuss, den ich während meiner Flucht durch den Wald gehört habe.

»Astrid«, sagt Phil, der Josy mittlerweile hinter seinen Rücken geschoben hat, und hebt besänftigend beide Hände. »Komm schon. Lass die Waffe fallen. So muss es nicht enden.«

»Doch«, erwidert sie, und ihr tonloses Flüstern mischt sich mit dem Geräusch des näher kommenden Zuges. »Es ist das einzige Ende, das infrage kommt.«

Jetzt oder nie.

Ich nehme meinen ganzen Mut zusammen und handle. Endlich.

Konzentriert spanne ich meine Muskeln an und trete gegen Astrids rechte Hand, in der sie die Waffe hält.

Mein Angriff trifft sie unvorbereitet, die Pistole wird aus ihren Fingern katapultiert und schlittert über den Boden. Das Klappern geht in dem allgegenwärtigen Lärm fast unter. Der Zug wird in wenigen Sekunden da sein.

Phil geht auf mich zu und streckt die Hand nach mir aus.

»Nein!«, brüllt Astrid in dem Moment, springt auf die Brüstung und klammert sich an mir fest.

Trotz der Dunkelheit kann ich das fast besessene Glitzern in ihren Augen erkennen und realisiere entsetzt, was es bedeutet. Rache. Vergeltung. Ihr eigenes Schicksal ist ihr egal. Sie wird uns beide in den Abgrund stürzen.

Ich will sie abschütteln, taumle. Dann verliere ich endgültig das Gleichgewicht. Bevor ich falle, schließt sich ein stählerner Griff um meinen Knöchel, und ich werde mit brutaler Kraft zurück und aus Astrids tödlicher Umarmung gerissen. Sie rudert mit den Armen, versucht erneut, mich zu packen, greift ins Leere.

Zu spät.

Astrid stürzt von der Brücke, genau im selben Moment, in dem der Zug uns erreicht.

Ohrenbetäubendes Quietschen. Kreischender Stahl. Unaufhaltsam. Unausweichlich. Tödlich.

Grelles Licht. Ein die Kehle zerfetzender Schrei. Ihrer? Meiner? Das laute Schleifen der Bremsen.

Blitzende Funken. Verzehrende Hitze. Feuer. Schmerzen.

Dann nichts mehr.

Er ist da.

DANACH

Ich lande seitlich auf der Brüstung, ein grelles Stechen durchzuckt meine Hüfte, doch Phil hält weiterhin unbeirrt meinen Knöchel fest. Mein Shirt rutscht hoch, und die bloße Haut meines Oberkörpers schrammt über den rauen Stein. Obwohl mir vor Schmerz die Tränen in die Augen schießen, bin ich Phil unglaublich dankbar für sein Eingreifen. Ansonsten wäre ich in die Tiefe gefallen – wie Astrid.

Für einige Sekunden bleibe ich reglos auf dem Boden liegen, spüre den leichten Nieselregen auf meinen nackten Armen, den harten Beton unter meiner Wange, das Stechen und Pochen meiner Verletzungen. Eine Menge Sinneseindrücke, und ich genieße jeden einzelnen davon. Ich lebe.

»Sie ist direkt vor den Zug gestürzt«, holt mich Phil aus meiner Erstarrung. Ich stütze mich auf den Handflächen ab, verlagere mein Gewicht auf die Knie und ziehe mich an der Brüstung der Brücke hoch. Die letzten Stunden haben meine kompletten Kraftreserven aufgezehrt. Ich bin nicht sicher, ob mich meine Beine tragen.

Neben mir steht Phil und starrt in die vor ihm liegende Dunkelheit, in der die Gleise nur schemenhaft zu erkennen sind. Er atmet zittrig aus, dann geht er auf die andere Seite der Brücke und schaut in die Richtung, in der in einigen Hundert Metern Entfernung der Zug zum Stehen gekommen ist.

»Mein Gott«, murmelt Josy, und erst jetzt erinnere ich mich wieder an die Anwesenheit meiner besten Freundin.

Mit wenigen Schritten ist sie bei mir und zieht mich in eine feste Umarmung. »Es tut mir leid, Lou«, flüstert sie.

Obwohl ich froh über ihr Erscheinen bin, muss ich sofort an die Sätze denken, die sie mir im Verlauf unseres letzten Telefonats an den Kopf geknallt hat, kurz bevor sie mir von ihrer Schwangerschaft erzählt hat.

Du terrorisierst mich regelrecht mit deiner Paranoia. Deine Geschichten werden immer seltsamer – und nie gibt es einen Beweis dafür, dass sie nicht nur deiner Psyche entspringen.

Ich presse die Lippen aufeinander und kämpfe gegen die aufsteigende Bitterkeit an. Egal, was zuvor war: Sie ist jetzt hier. Nur das zählt.

»Das …« Meine Stimme gehorcht mir nicht, und ich räuspere mich mehrfach.

Josy weicht ein Stück zurück und mustert mich besorgt. »Bist du verletzt?«

Ich schüttle den Kopf. Bis auf ein paar Blessuren, die von selbst heilen werden, bin ich unversehrt. Ich hatte unwahrscheinliches Glück.

»Ich bin so …« Sie hält inne, dann greift sie nach meiner Hand. »Lou, das alles tut mir unglaublich leid. Dass ich dir nicht geglaubt habe. Dass ich dich mit deiner Angst alleine gelassen habe. Dass ich dir unterstellt habe, verrückt zu sein.«

Ich sehe sie an, unfähig, etwas zu erwidern.

»Ich habe deine Nachricht auf der Mailbox erst heute Morgen abgehört. Du hast so fertig geklungen, und ich war nicht für dich da. Ich hätte das alles ernster nehmen müssen. Aber es hat mich total überfordert, deshalb habe ich die Augen davor verschlossen, statt dir zu helfen.«

»Es ist okay«, bringe ich hervor, von ihrer aufrichtigen Entschuldigung zu gerührt für eine längere Antwort.

Sie versteht trotzdem und drückt erneut meine Hand. »Als du meinen Rückruf nicht angenommen hast, wurde mir klar, dass du in Schwierigkeiten steckst«, spricht sie weiter. »Deshalb bin ich zu deinem Haus gefahren. Und dort –«

»Hat sie mich getroffen«, ergänzt Phil, der wieder bei uns steht.

»Sie hat auf dich geschossen«, sage ich tonlos.

»Und mich verfehlt«, beruhigt mich Phil. »Allerdings bin ich für längere Zeit am Boden liegen geblieben, weil ich sicher sein wollte, dass sie auch wirklich weg ist. Dann bin ich ins Haus zurück, wo dein Kater vor der Tür saß. Als ich dich angerufen habe, war dein Handy aus, aber dafür hat kurz darauf Josy geklingelt. Es hat uns einige Stunden und Nerven gekostet, die Puzzleteile richtig zusammenzusetzen und diese Brücke zu finden. Dann sind wir Hals über Kopf losgefahren.«

Ich nicke schweigend, während mir erneut bewusst wird, wie viel Glück ich hatte. Mehr Glück als Astrid.

Von der Straße her nähern sich mehrere Fahrzeuge. Flackerndes Blau in der Dunkelheit.

Zögerlich trete ich an die Brüstung, lege die Handflächen auf den feuchten Beton und schaue erneut in die Tiefe.

Ein solches Ende hat sie nicht verdient.

Sie hat Nicks Leben genommen und mir meins zur Hölle gemacht. Sie war von Hass und dem Drang nach Vergeltung zerfressen. Doch wir waren es, die dieses Monster erschaffen haben.

Wir sind nicht ohne Schuld. Keiner von uns.

DANKSAGUNG

Passend zum Titel wäre es originell, an dieser Stelle genau 21 Personen zu nennen. Zum Glück reicht diese Zahl bei Weitem nicht aus für die vielen tollen Menschen, die mich im Verlauf des Entstehungsprozesses von »21 Tage« unterstützt und ermutigt haben.

Mein innigster Dank geht an …

… Martin, seines Zeichens bester Ehemann der Welt, Freund, Plotting-Genosse und Partner in Crime.
… Mayra, Jano und Darian, Herzenskinder und Lieblingsmenschen.
… meine Eltern. Danke für eure Geduld, eure Wertschätzung und eure nie endende Unterstützung.
… Tobi und Eva für konstruktive Kritik, Sorgfalt und die richtige Dosis an Perfektionismus.
… Christine und Peter für Rückhalt, Verständnis und unermüdliche Hilfe.
… Bernhard, Lieblingsschwager und Diskussionspartner.
… Yasmin für endlose Gespräche und Unmengen Zeit, Asti und Kaba mit Marshmallows.

… Chai, Drama-Lama und Melanzani-Sister, Urheberin des Apokalyptika-Rezepts.

… meine FB-Mädels. Des einen Freud, des andern … Wokgemüse! Es ist ein wahres *Wechselbart* der Gefühle mit euch.

… Steffi und Sven, die immer großzügig ihre Schorle mit mir teilen und mich mit Memes und Sprachnachrichten erfreuen.

… Lucy für das trübe Licht der Morgensonne und die aufmunternden Worte.

… Sin für Fangirl-Momente und emotionale Achterbahnfahrten. Wich braixhorten!

… Lea für die Gespräche zu unmöglichen Uhrzeiten. Ethan grüßt dich.

… meine Lieblinge von RSH.

… meine Testleser Chai, Eva und Eva, Hilke, Josy, Sandra, Stefan, Tobi und Yasmin.

… Imke und Karin, meine tollen Musikmädels.

… Anna Lena, strukturierteste und hilfsbereiteste Sitznachbarin aller Zeiten.

… Bianca, die immer positive Energie und Duftkerzen für die passende Stimmung am Start hat.

… Jan, Polizist meines Vertrauens.

… Thomas Montasser, mein wandelndes Care-Paket.

… Susanne Bartel, Ann-Kathrin Schuler und den gesamten Goldmann Verlag für die produktive Zusammenarbeit.

… die Zeilenspringer, die man auch nach dem Abitur nicht loswird.

… Felix, Imke und Nele für schöne Proben und noch schönere Auftritte.

… das Leibniz-Gymnasium, nach wie vor beste Schule der Welt. Ihr denkt doch nicht, ihr könntet mich loswerden, oder? ;)

… die Bookstagram-Familie für zahlreiche Leseempfehlungen und das Erleichtern meines Geldbeutels.

… euch, liebe Leserinnen und Leser, ohne die eine Geschichte nicht zum Leben erweckt werden kann.

Mehr Informationen zu meinen Büchern und mir gibt es bei Instagram (@bookcatish) oder auf meiner Homepage (www.akgelder.de).